KB053023

함께라서 행복한 결혼 19년차 부부 이야기

여보, 사랑해
자기야, 고마워

여보, 사랑해
자기야, 고마워

초판 1쇄 발행 | 2020년 1월 1일

지은이 | 한승희
펴낸이 | 김지연
펴낸곳 | 생각의빛

주 소 | 경기도 파주시 한빛로 70 515-501
출판등록 | 2018년 8월 6일 제 406-2018-000094호

ISBN | 979-11-90082-41-9 (03810)

원고 투고 | sangkac@nate.com

ⓒ한승희, 2020

* 값 13,200원

이 도서의 국립중앙도서관 출판예정도서목록(CIP)은 서지정보유
통지원시스템 홈페이지(http://seoji.nl.go.kr)와 국가자료종합목록
구축시스템(http://kolis-net.nl.go.kr)에서 이용하실 수 있습니다.
(CIP제어번호 : CIP2019053083)

여보, 사랑해
자기야, 고마워

한승희 지음

생각의빛

들어가는 글

2017년 4월, 남편은 새로운 도전을 앞두고 있었다. 평소에 등산을 좋아해 전국의 산행을 해왔다. 그리고 어느 날부터 히말라야에 가고 싶어 했다. 남편의 유일한 취미가 등산이고 원하는 것은 해봐야 한다는 것이 우리 부부의 생각이다. 나는 적극 지지해 주었다. 남편은 매일 체력 훈련도 하고 오래전부터 비행기 티켓을 끊는 등 준비를 해 오고 있었다.

남편이 떠나기 이틀 전이었다. 남편은 미리 회사에 긴 휴가를 제출한 상태여서 집에서 편하게 쉬고 있었다. 아직 물건을 몇 개 더 사야 해서 짐도 챙기지 않고 잠이 들었다.

아침 일찍 전화 소리에 잠이 깼다. 남편의 휴대전화였다. 잠이 덜 깬 목소리로

"여보세요~"

그러다가 갑자기 깜짝 놀라며 목소리가 커졌다.

"네? 아, 그래요? 아휴~ 알겠습니다. 지금 바로 출발하겠습니다."

심상치 않은 목소리와 떨리는 목소리로 전화를 끊었다. 무슨 일이 생긴 게 틀림없었다. 평소의 남편은 잘 놀라지도 않고 흥분하지도 않는다. 이렇게 허둥대는 모습을 본 적이 없다. 남편의 얼굴색이 검게 변하며 여행 가방을 마루에 던져놓았다.

"자기야, 무슨 일이야? 왜 그래?"

"아니~ 내가 왜 그랬는지 모르겠네. 미쳤었나봐. 가는 날이 오늘이야. 내일이 아니고."

"어머, 진짜? 그럼 어떡해."

"그냥 빨리 가야지. 비행기 못 타면 못 가는 거지."

이렇게 대답하는 남편은 충격으로 목소리와 몸까지 떨면서 짐을 챙기려고 이리저리 뛰어다녔다. 충격으로 정신이 하나도 없어 보였다. 여권과 필요한 짐들을 하나하나 마루에 던져놓았다. 거기에 가서 먹을 간편식 반찬 몇 가지와 두꺼운 옷, 수건, 속옷, 양말 등. 짐을 싸는 건지 던지는 건지 알 수 없었지만 내가 도울 수도 없었다.

이번 여행은 남편 혼자 가는 거라 남편만이 알고 있었다. 내가 괜히 끼어들어 시간이 지체될까 걱정되었다. 남편은 짐을 싸면서도 계속 자신을 탓했다.

"내가 왜 그랬지? 어떻게 날짜를 착각하지? 아~ 진짜."

남편은 엄청나게 많은 짐을 가방에 쑤셔 넣기 시작했다. 부족한 짐이 있는지 챙길 여력이 없었다. 비행기가 떠나기 2시간 전이라 빨리 가야 했다. 바지도 대충 입고 양말도 신지 못하고 신발을 신었다. 배낭을 등에 메고 황급히 나에게 인사를 했다.

"갔다 올게."

"그래. 빨리 가. 갈 수 있을 거야."

"비행기를 못 타면 다시 돌아올게."

힘없는 목소리로 억지웃음을 지으며 말했다. 그리고는 급한 마음에 달리기 시작했다. 쑥대밭이 된 집을 보니 마음이 더 어지러웠다. 마음속으로 남편이 꼭 비행기를 타길 빌었다. 마음이 어지러워 집안을 치우기도 싫었다. 그냥 놔두고 남편의 전화를 하염없이 기다렸다. 기다리는 시간이 너무 초조했다. 그동안 남편이 손꼽아 기다리며 준비했던 일이 생각났다. 무더운 날에도, 추운 날에도 체력 훈련을 위해 자전거를 타고 몇 시간을 다녔다. 히말라야에 다녀온 사람들이 쓴 책도 열심히 읽었다. 둘이 혹은 혼자서 여행에 필요한 물건을 사러 다녔다. 남편의 마음은 벌써 히말라야에 가 있었다. 그걸 알기에 부디 비행기를 타고 갈 수 있기를 빌었다. 드디어 전화가 왔다. 아까와는 다르게 차분하고 들뜬 목소리였다.

"승희 씨, 나 잘 도착해서 비행기 탈 수 있게 됐어. 다녀올게."

"그래? 잘됐네. 잘됐어. 그래도 일찍 도착했네. 잘 다녀와."

"응. 이제 비행기 타러 가."

"알았어. 잘 다녀와."

전화를 끊고 나니 웃음이 났다. 남편이 얼마나 기쁠지 느낄 수 있었다. 남편이 없는 동안 나는 회사에 다니느라 바빴다. 업무로 바빠서 정신이 하나도 없었다. 덕분에 남편이 없는 동안 시간이 금방 갔다. 산에 간 거라 통화도 안 되고 간혹 와이파이가 있는 곳에서 톡을 하나씩 보내왔다. 그렇게 며칠이 지나갔다. 회사에서 일하는데 톡에 영상이 하나가 와 있었다.

남편이었다. 평생 한 번도 받아 본 적 없는 영상 편지였다. 가슴이 심하게 뛰었다. 어떤 말을 했을지 궁금했다. 재빨리 동영상을 재생해 보았다. 온통 눈 덮인 곳에서 얼굴이 새까매지고 목소리가 갈라진 남편이 보였다. 쑥스러워하면서 남편은 이렇게 말했다.

"승희 씨! 안나푸르나에 왔어. 덕분에 잘 왔네. 내가 많이 사랑하고 있고. 알고 있지? 조심히 있다가 갈게. 돌아가서 행복하게 살도록 노력할게. 승희 씨! 아이 러브 유."

짧은 남편의 말 속에 담긴 진심이 느껴졌다. 동영상을 몇 번이고 다시 봤다. 다시 봐도 처음처럼 가슴이 떨렸다. 남편의 말처럼 나도 남편이 돌아오면 더 행복하게 살도록 노력하리라 다짐했다. 이렇게 떨어져 있을 기회가 없었는데 새삼 서로의 소중함을 느끼게 되었다. 남편이 돌아오면 '무지막지하게 사랑을 퍼부어 주어야겠다.' 다짐했다.

제 1 장

행복을 찾아서

어려서의 기억을 평소에 별로 떠올리지 않는다. 즐겁고 행복했던 기억보다 심장이 아플 만큼의 통증이 느껴지기 때문이다. 하지만 이렇게 아픈 상처뿐인 어린 시절을 겪은 사람이 세상에는 많을 거로 생각한다.

부모가 자식 앞에서 부부싸움을 많이 할수록 아이에겐 트라우마로 남는다. 살면서 그 트라우마로 인해 많은 어려움을 겪을 수도 있다. 그래도 극복할 수 있다고 말해주고 싶다. 이런 트라우마를 겪고도 결혼해서 행복하게 잘 살 수 있다고 말해주고 싶다.

부모님의 결혼생활이 자녀에게 똑같이 대물림된다는 말이 있다. 맞는 말인지 틀린 말인지 검증도 안 된 말인데 마치 사실인 양 퍼져 있다. 덕분에 결혼생활 내내 불행했던 엄마는 걱정 속에 살았다. 딸이 자신의 팔자를 닮을까 봐 마음을 졸여야만 했다. 문득 이런 생각이 들었다.

"우리 부모님과 정반대로 살아보는 건 어떨까? 완벽하게 반대로 살아보면 나는 어떤 삶을 살게 될까?"

이런 궁금증을 가지고 하나하나 생활에 실천해 나갔다. 그러면서 19년이 지났다. 부모님이 나를 철학자로 만들어준 것 같다.

젊은이들이여 결혼해라. 좋은 부인을 만나면 행복할 것이요. 악처를 만나면 철학가가 될 것이다.

_소크라테스

우리 부부는 불행하게 자랐다

그날은 다른 날보다 더 심했다. 외도하던 아빠를 더는 참을 수 없어 하는 엄마의 목소리가 심상치 않게 들렸다. 술에 취한 눈에 독기가 가득했다.

"좋아죽겠다는 그 여자랑 살지 왜 기어들어와~ 왜 나를 이렇게 비참하게 만들어~ 어? 왜! 도대체 왜 그러는데~ 왜? 내가 뭘 잘못했냐? 응? 뼈 빠지게 새벽부터 한 푼이라도 더 벌려고 손발이 부르트게 일하는데 도와주지는 못할망정 이렇게 나를 망신을 줘? 동네 창피해서 내가 얼굴을 들고 다닐 수가 없어. 내가 너한테 돈을 못 벌어온다고 바가지를 긁었냐~ 아니면 네가 이때까지 날 호강시켜줬냐~ 응? 시집 와서 이때까지 개고생을 시켜놓고 뭐가 잘나서 이젠 이런 꼴까지 당하게 해~ 무슨 이런 경우가 있냐고~ 길을 막고 물어봐라. 너 같이 행동하는 게 사람인지~ 응? 내가 억울해서 못살아~"

방에서 삿대질하며 소리를 고래고래 지르는 엄마에게 아빠는 화가 잔뜩 나서 말했다.

"그러니까 누가 너더러 그렇게 살라고 했냐? 이혼하고 너는 너대로 나는 나 좋아 죽겠다는 사람하고 살 테니까 인제 그만 살자고~ 이혼하자고."

이 말은 하지 말았어야 했다. 엄마는 눈이 돌아가서 분노로 폭발할 것 같은 얼굴이 되었다. 무슨 일이 벌어질 것 같은 생각이 들었다. 아니나 다를까 엄마는 부엌에서 칼을 꺼내 들었다.

"아빠~ 얼른 도망가요~ 얼른."

너무도 긴박했고 엄마의 모습을 보니 그 순간 소름이 돋았다. 나도 손발이 덜덜 떨리고 온몸이 요동을 쳤다. 심장은 쿵쾅쿵쾅 제멋대로 뛰었다. 엄마는 도망가는 아빠를 보며 분노에 차서 소리쳤다.

"이리 안 와! 어딜 도망가! 야!"

막아서는 나를 뿌리치고 아빠를 찾아 달려 나갔다. 아빠는 죽기 살기로 도망갔다. 아직 새벽이라 캄캄해서 어디로 갔는지 보이지도 않았다. 엄마는 돌아와서 씩씩거리며 분노에 차 울면서 도망가도록 막아선 나를 향해 소리를 질렀다.

"이 계집애야 왜~ 나를 잡아~ 왜! 나를 왜 말렸어? 왜! 왜!"

분에 겨워 콧김도 나고 숨을 몰아쉬면서 몸을 사시나무 떨듯이 떨면서 고래고래 소리를 지르며 온 식당 안을 날뛰었다. 흡사 포효하는 동물 같았다. 나는 아빠가 도망간 것만으로도 안심이 되어 엄마의 악쓰는 소리는 신경이 쓰이지 않았다. 좀전에 일어날 뻔한 살인사고를 막았다는 거로 충분했다. 나는 너무 놀라 울음도 나오지 않았다.

그날 그 사건을 생각할 때마다 몸서리가 쳐진다. 진짜 사람을 죽이는 살인자가 따로 있는 게 아니구나. 누구나 분노에 차고 원망스럽고 치욕을 느끼면 한순간에 그럴 수 있구나. 엄마가 진짜 아빠를 죽일 수도 있었겠다. 그런 생각이 들고 칼부림으로 누군가가 죽거나 다쳐서 뉴스에 나오는 상상을 했다. 그럼 나는 평생 부부싸움으로 힘든 게 아니고 살인자나 전과자의 딸로 남는 게 아닌가? 생각만으로도 끔찍했다. 그러나 이 일이 엄마에겐 두고두고 아물지 않는 상처가 되었다. 그리고 꺼지지 않을 분노가 될 줄은 미처 몰랐다. 그 뒤로 엄마는 나를 계속해서 원망했다. 아빠를 도망가게 했다고 소리 지르고 술을 먹고 분노로 울부짖었다.

엄마는 칼을 들었지만, 겁만 주려고 했는지도 모른다. 그 당시 나는 고등학생이었고 어린 나이에도 심상치 않은 기운을 느꼈었다. 다시 또 그날로 돌아가도 나는 아빠를 도망가게 했을 거다. 그런데 문제는 그 뒤로 17년 동안 아빠를 만날 수 없었다는 거다. 나도 몰랐다. 이렇게 될 줄은. 언제나처럼 아빠가 엄마의 화가 풀리면 돌아올 줄 알았는데 그날 아빠도 죽음의 공포를 잊을 수 없었는지 영영 돌아오지 않았다. 우리는 졸지에 세 가족만 남았다.

나는 차라리 안도감이 밀려왔다. 이젠 적어도 부부싸움은 안 하겠구나~ 하는 생각만으로도 안심이 되었다. 아빠가 내 인생에서 사라졌다는 것은 그다지 중요하지 않았다.

남편도 어릴 때 부모님이 그다지 사이가 좋지 않았다. 아버지가 돈을 벌어다 주지 않아 시어머님이 갖은 고생을 하며 돈을 벌었다고 했다. 남편은 부모님 이야기를 많이 하지 않는다. 나도 얼마나 힘들게 살았는지 짐작만 할 뿐이다. 시어머니는 돈이 없어 남편이 초등학교에 다닐 때 밥값을 넉넉하게 못 준 일을 두고두고 마음 아파하셨다.

"내가 먹고사느라 바빠서 어린 아들을 챙겨주지 못했어. 밥 사 먹으라고 돈을 줬는데. 그때는 돈이 없어서 턱없이 부족하게 줬어. 애가 밥도 제대로 못 사 먹고 얼마나 배가 고팠을까? 그 일이 영 안 잊히네. 오래됐어도."

소크라테스가 악처라고 불리는 크산티페를 만나 살면서 한 말이 나에게도 적용이 된 것 같다. 나는 우리 부모님과 같이 24년을 살면서 어떤 철학이 저절로 생겼다. 소크라테스가 말했다고 한다. "내가 이 여자를 견뎌낼 수만 있다면 천하에 상대하기 어려운 사람은 없어질 것이다."라고. 사실상 소크라테스를 철학자로 만든 건 어떻게 보면 크산티페의 역할이 큰 것 같다. 나에게는 "아빠"와 "엄마"가 크산티페의 역할을 했다. 이해가 안 되는 부분이 많았다. 왜 행복하려고 노력하지 않는지~ 누구나 행복하려고 살 텐데 두 분은 마치 불행을 맞이하려고 사는 것 같았다.

"내일보다 오늘 조금 더 불행해지자! 아싸! 해냈다. 내일도 해내자."

내가 보기에 두 분은 이런 마인드로 하루하루를 살았다. 나의 부모님만 이해한다면 세상 모든 사람이 이해되지 않을까? 내가 결혼해서 사는 데 많은 도움이 되지 않을까? 행복한 결혼생활에 대한 해답은 우리 부모님이 가지고 있지 않을까?

결혼에 대해 남과 다른 생각을 가졌다. 결혼에 대한 환상 같은 건 없었다. 남자에 대한 환상도 없이 결혼했다. 남자는 결혼 전에 잘해주다가 결혼 후엔 무조건 본성을 드러낸다고 생각했다. 모든 남자가 그럴 것으로 생각했다. 우리 부모님도 그랬고 텔레비전에 나오는 연속극에서도 그랬다. 또 결혼한 사람들은 이렇게 말했다.

"속아서 결혼했다."

그래서 나는 결혼하면 무조건 불행해진다고 생각했다. 남자들은 결혼하면 무조건 거친 말과 욕을 입에 달고 살고 주먹을 휘두르게 된다고 생각했다. 살다가 서로 바람피우는 일은 의례 겪는 일이라 생각했다. 내가 겪은 결혼은 온통 그랬기 때문이다.

우리 집은 식당을 운영했다. 엄마가 거의 운영했고 아빠는 놀기 좋아하고 사람들과 어울리는 걸 좋아해서 각종 모임에 참석했다. 그 모임에서 회식을 하면 우리 집 식당에서 하도록 했다. 아빠의 역할은 대부분 그런 역할이었다. 그래서 동네 사람 대부분 우리 집에 와 봤다. 우리 집은 살림집과 식당이 같이 있었기 때문이다. 집 주변의 아줌마, 아저씨도 모두 아는 이웃이었다. 우리 집은 동네 사랑방이나 마찬가지였고 동네에서 일어나는 대부분의 일을 알 수 있었다. 그 대부분의 일은 나쁜 일이 많았다.

"세탁소집 아저씨가 바람이 났대 ~ 근데 그 집 아줌마가 알아버려서 한바탕 난리였대. 싸우고."

"에고, 그 아저씨 얼굴이 반반하더니. 여자들이 좋아하게도 생겼지. 그 집 아줌마가 예쁘게 생기진 않았잖아. 그래서 그런가? 마누라한테는 맨날 그렇게 못되게 굴더니만. 바람이 났구먼. 아줌마 열 받게도 생겼지. 그럼 오늘 가게 안 하겠네."

"혜주 엄마 얼굴 봤어? 시퍼렇게 멍든 거? 어제 혜주 아빠가 바람피운 거 걸려서 난리였대. 혜주 엄마 성격에 그 꼴 못 보지. 죽자고 덤볐나봐. 그 엄마가 체구는 작아도 성깔이 엄청난데. 혜주 아빠는 이제 달달 볶여서 죽을 거야. 아마."

"농장에 김 사장 마누라가 바람이 나서 애 셋 놔두고 집을 나갔대. 에고, 김 사장은 엄청 착실한데 마누라가 끼가 많은가봐. 애들도 아직도 어린데 누가 키워? 애들이 불쌍하지. 애는 왜 그렇게 많이 낳아서."

"그러게. 애들이 무슨 죄야. 김 사장이 그래서 매일 마누라 찾으러 여기저기 다닌대나봐."

살면서 '왜 나만 이렇게 살아야 해? 다른 사람은 잘만 사는데? 이건 너무 불공평해!' 이런 생각을 한 번쯤은 해봤을 거다. 지금에야 알게 된 사실이 있다. 다른 사람도 잘사는 것처럼 보이지만 모두 각자의 문제와 씨름하며 살고 있다는 것이다.

부자든, 가난하든, 학벌이 높든, 낮든 모두 공평하게 문제는 주어진다. 다만, 아무렇지도 않은 척, 행복한 척, 문제없는 척 연기하고 있을 뿐이다. 특히 걱정하나 없을 것 같은 재벌이나 인기를 먹고 사는 스타들까지도 저마다 문제를 가지고 있다. 모두 우리와 한 치도 어긋남 없는 삶을 살고 있다. 누구든지 이런 문제에서 벗어나는 방법은 한 가지뿐이다. 내 문제에서 빠져나와야 한다. 내 문제 속에만 들어가 있으면 답이 없다. 문제에서 빠져나와야만 한다. 내 문제에만 너무 깊게 빠져 다른 사람의 삶에 관심이 없었다. 살짝 관심을 가졌지만, 마음의 여유가 없어 신경을 쓰지 못했다. 내 문제에서 빠져나와 마음을 열었다. 세상으로 들어가 보았다. 나보다 힘든 사람을 보았다.

평생 한 번도 앞을 볼 수 없었던 사람, 팔 다리가 없이 태어난 사람, 화상으로 온몸이 만신창이가 된 사람, 지적장애 때문에 평생을 다른 사람에게 이용당하는 사람 등등. 내가 가진 문제는 아무것도 아니었다. 그러자 감사하는 마음이 절로 생겼다. 할 수 있는 방법을 찾아 기꺼이 다른 사람을 돕기 시작했다. 다른 사람을 돕기 시작하자 내 문제를 잊고 비로소 행복이 찾아왔다.

우리가 겪은 힘들었던 일이 없어지지는 않는다. 트라우마로 남아 오랫동안 우리를 괴롭힐 수도 있다. 하지만 그런 상태를 극복할 수만 있다면 우리 안에 있던 위대함이 밖으로 나온다.

우리가 극한의 고통을 딛고 일어날수록 다른 사람에게는 더 큰 희망을 줄 수 있다. 비로소 그때 나도 자유로워진다. 우리 안에 있는 위대함을 꺼내기 위해 그런 문제가 생겼음을 이해하게 되었다. 그런 위대함 따위는 필요 없으니 그냥 평범하면 좋겠다고 할 수 있다. 하지만 그건 불가능하다.

누구든지 자신만의 문제를 가지고 태어난다. 그 문제에 대한 답을 찾아가는 여정이 인생이라는 걸 알았다. 나의 경우에는 부모님이 던져주신 많은 문제에 대한 해답을 찾아가야만 했다.

독자분들도 첫 번째로 해결해야 할 문제가 이것이다. 우리는 대부분 어릴 적 부모님 밑에서 자라기 때문이다. 우리의 부모님은 물론 완벽한 사람이 아니다. 우리를 키우면서 수많은 문제를 던져준다. 그 문제를 우리가 살면서 하나씩 해결하고 답을 찾아가는 과정을 겪어야만 한다.

나만 이런 일을 겪고 있다고 생각하는 대신에 해답을 찾아보는 걸 어떨까?

"아픈 만큼 성숙한다."

"세상에 공짜는 없다."

술과 도박 그리고 무책임

불행해진 시기는 중학교에 입학하고부터이다. 그때는 몰랐다. 알았다면 나는 부모님과 같이 살지 않았을 거다. 부모님은 나와 동생에게 이사하기 전에 미리 설명해주지 않았다. 아무것도 모른 체 외할아버지 집에서 나와 하남이라는 곳에서 살게 되었다. 그것도 살림집이 딸린 식당에서. 나는 졸지에 식당 집 딸내미로 살게 된 거다. 엄마는 한 번도 식당을 운영해 본 적이 없었다. 다른 기술 가진 게 없고 주부로 살았던 경험으로 식당을 차린 거다.

그런데 엄마는 신기한 재주를 가지고 있었다. 엄마도 몰랐던 재능을 식당을 하면서 알게 되었다. 엄마는 한 번도 해본 적이 없는 요리를 만드는 재주가 있었다. 요리 감각이 남달랐다. 처음에는 순댓국을 팔았다. 순댓국을 끓여본 적도 없었는데 엄마는 어느새 순댓국을 끓여 팔고 있었다. 제법 맛있다고 소문도 나서 손님이 많아졌다.

아빠는 근처의 회사에 들어가서 지게차를 운전하는 일을 하셨다. 처음 얼마간은 자리 잡느라 엄마도 아빠도 힘들었을 거다. 그런데 장사를 어느 정도 하고 하남에 기반을 잡고부터 문제가 하나 둘씩 생기기 시작했다. 아빠는 회사생활이 안 맞아 매일 회사 동료들과 싸우고 윗분들과 다투셨다. 회사를 그만둔다고 매일 엄마에게 이야기했다. 엄마는 끝까지 반대했지만 결국 그만두셨다. 그리고 사업을 하겠다고 이것저것 벌리고 다니셨다. 식당을 돕는다고 이 모임, 저 모임에 가입해서 모임의 회식이나 야유회 때마다 우리 식당에서 할 수 있도록 했다. 갑자기 많은 손님이 오면 엄마 혼자 감당이 안 되었다. 내가 도와야만 했다. 이 일 저 일 눈치껏 했다. 청소도 하고 식당 테이블도 닦고 물수건도 개서 냉장고에 넣어놓았다. 반찬도 담아놓고 손님이 오면 서빙을 맡아서 했다.

늘 고생하시는 엄마를 도와드렸다. 식당 일은 대부분 몸 쓰는 일이 많다. 엄마는 일이 고되어서 점점 몸이 망가졌다. 목 디스크, 허리 디스크도 오고 온몸이 다 아파 늘 침과 부항, 지압을 받아야 했다. 우리 집은 아빠만 열심히 살았다면 문제가 없을 것 같았다. 괜한 생각이지만.

아빠가 회사를 그만두고 사람들과 어울리고 밤마다 식당 한 구석에서 화투를 쳤다. 술도 마셨다. 엄마는 밤새 술안주를 만들어야 했다. 그러다 싸움이 일어나기도 했다. 식당과 집이 붙어 있었기에 화투를 치는 날은 잠을 잘 수 없었다. 또 사람들이 아빠에게 돈을 빌려 달라고도 했다. 마음 약한 아빠는 돈을 빌려주고 못 받아서 엄마는 고생은 고생대로 하고도 항상 수중에 돈이 없었다. 그리고 뭔가 사업을 벌인다고 돈을 가져가고 사업이 망하고 악순환이었다.

엄마와 아빠는 다투기 시작했다. 아빠는 한탕주의로 단숨에 돈을 벌려고 했다. 엄마는 그게 맘에 안 들었다. 아빠는 엄마가 통제할 수 없는 사람이었다. 맘대로 살았다. 가정이 없는 사람처럼. 점점 더 술에 취해 있는 시간이 많아졌고 남들과 싸우는 날도 많아졌다. 그리고 외도까지 했다. 아빠는 허풍도 많고 말을 믿게 하는 능력이 탁월했다. 외모도 나름 괜찮아서 여자들이 많이 따랐다.

어느 날 학교에서 돌아오는 길에 아빠가 나를 길에서 불렀다. 웬 여자와 같이 있었고 나에게 소개를 했다. 어린 내가 생각해도 이건 아닌 것 같았다. 나에게 인사를 시키며 같이 살 새엄마라고 했다. 아빠는 당당했다. 마치 딸도 부인도 아들도 없는 사람 같았다. 나에게만 그런 게 아니고 여기저기에 그 여자를 소개하고 다녀서인지 동네에 소문도 파다하게 났다. 엄마는 마지막 남은 자존심이 무너지고 수치로 인해 그때부터 술을 마시기 시작했다. 엄마가 술을 마시기 시작하자 우리 집은 걷잡을 수 없었다. 아빠랑 똑같이 해준다고 같이 술을 먹고 싸웠다. 엄마는 고생은 고생대로 하고 돈도 못 벌고 이런 치욕을 겪게 되니 한계에 다다랐다. 엄마도 어느 순간부터는 참고 있지 않았다. 아빠에게 거침없이 욕도 하고 소리도 지르고 막말도 했다. 엄마, 아빠는 내가 보기에 미래가 없어 보였다.

고등학교 때 하루는 엄마에게 진지하게 아빠랑 이혼하시라고 말했다. 그리고 이혼 신고서를 엄마에게 내밀었다. 아빠를 그만 포기하라고 말했다. 아빠는 미래가 없는 사람이니 이혼하는 게 백번 좋을 것 같다고 했다. 나와 동생은 괜찮으니 그만 이혼하면 좋겠다고 담담하게 이야기했다. 그런데 결론적으로 말하면 엄마는 현재까지 이혼하지 않으셨다. 나는 두고두고 그날 엄마를 이혼하게 만들지 못한 걸 후회했다. 그날 이후의 삶은 최악이었다.

아빠는 보훈 자녀로 되어 있어서 대학교도 학비 없이 입학할 수 있으셨다. 좋은 회사도 맘만 먹으면 입사하는 데 어려움이 없으셨다. 보훈 자녀로 혜택이 많았지만, 공부도 하지 않았고 좋은 직장도 들어가서 오래 다니지 못하셨다. 아빠는 사람들과 어울리는 걸 좋아했고 사람을 가리지 않고 사귀셨다. 그러면서 문제가 많았다. 엄마는 항상 사람을 가려서 사귀라고 말했지만, 아빠는 한 번도 듣지 않으셨다. 엄마를 잔소리꾼으로 치부하며 잔소리할 조짐만 보이면 재빨리 도망을 가셨다. 사람들에게 매번 배신당하는 아빠와 엄마를 보고 자랐다. 엄마도 믿었던 사람에게 돈을 빌려줬다가 못 받았다. 엄마는 돈을 떼인 직후 다시는 돈거래를 안 하겠다고 했지만, 매번 같은 상황이 반복되었다. 엄마가 자주 했던 말이 생각이 난다.

"돈을 빌려줄 땐 앉아서 주고, 받을 때는 서서 받는다."

"나는 인덕이 없어서 돈을 빌려주면 절대 못 받는다."

"돈 빌려주면 돈 잃고 사람 잃는다."

이런 말을 들으면 이상했다. 왜 한번 당하고 또 당할까? 아빠도 매번 거짓말을 하는데 엄마는 신기하게도 계속해서 속으셨다. 덕분에 나는 사람을 사귀는 걸 신중해야 한다는 걸 배웠다. 엄마, 아빠 모습을 보고 사람을 함부로 믿지도 않았고 사귀지도 않았다. 이 교훈은 살아가는 데 많은 도움을 줬다. 나에게 아무 이유 없이 잘해주는 사람을 만나면 화들짝 놀랐다. '이 사람이 뭔가 흑심이 있구나.' 하고 경계 또 경계했다. 세상에서 제일 무서운 사람이 아무 이유 없이 잘해주는 사람이라고 각인이 되었다. 부모님은 세상 사는 방법을 몸소 보여주시며 깨닫게 해주셨다.

어릴 때는 부모님의 삶에 의해 이리저리 치일 수밖에 없다. 우리가 선택할 수 있는 것이 거의 없다. 어떤 집에서 살지도, 이사 가는 것, 부모님의 이혼 또는 별거, 부모님의 행복, 부모님의 직업 등 하나도 우리가 관여하지 못한다.

그러나 우리가 할 수 있는 것은 의문을 품는 것이다. 부모님의 삶을 보면서 늘 의문을 품었다.

"왜 엄마는 희망이 없는 사람과 계속 살아가시지?"

"왜 부모님은 돈을 떼이면서 계속 빌려주시지?"

"왜 부모님은 저런 말씀을 하시지? 말이 씨가 된다고 했는데. 인덕이 없다. 복이 없다는 말을 입에 달고 사시는 걸까?"

"부모님은 이렇게 안 맞는데 결혼은 왜 했을까?"

"왜 열심히 살고 노력하면 잘 산다는데 몸이 부서져라 일해도 우리 집은 가난할까?"

어릴 때는 세상의 전부가 부모님이다. 부모님의 말씀은 전부 옳다고 생각하게 된다. 하지만 그게 하나씩 무너지기 시작했다. 그때가 도박하고 술을 먹고 사람들과 싸우는 모습을 자주 봤을 때이다. 또 하나 부모님의 말씀과는 다른 현실을 접했을 때이다. 그때 불신이 생겼다. 나만 이런 생각을 하는 건 아니었다. 어릴 때 부모님의 행동을 비판하는 사람을 만나곤 한다. 그리고 이렇게 말하곤 했다.

"나는 절대로 우리 부모님 같이는 살지 않을 거야!"

물론 나도 그랬다. 부모님에게 불신이 생기고 나서 고분고분하게 행동하지 않았다. 반항도 하고 "엄마처럼은 절대 안 살아!" 말하곤 했다. 하지만 우리는 자신도 모르게 소름 끼치도록 부모님과 닮은 모습을 발견한다. 하지만 자연스러운 현상이다. 이런 모습을 알아차렸다는 것만으로도 반은 성공한 인생이다. 무거운 마음일 필요가 전혀 없다. 문제는 부모님과 같은 말, 같은 행동을 하면서도 모르는 것이다. 모를 수밖에 없는 이유가 있다. 나의 위치가 달라졌기 때문이다. 내가 부모가 되고 자녀가 생기면서 상황과 위치가 변했기 때문에 모를 수 있다. 하지만 가만히 들여다보면 나도 부모님과 똑같이 살고 있음을 발견하게 된다.

나도 결혼한 지 10년이 지나서야 알게 되었다. 소름이 돋았다. 나는 남편과 치열하게 싸우는 대신 시어머니와 싸우고 있었다. 그것도 10년이나. 그러면서도 몰랐다. 엄마처럼은 절대 안 산다고 발버둥 쳤지만 결국 똑같이 불화가정을 만들고야 말았다. 이런 상황을 알려면 나의 상황을 객관적으로 바라볼 수 있어야 비로소 알아차릴 수 있다.

무슨 인생이 수수께끼 같지? 하는 생각이 들 수도 있다.

하지만 맞다. 수수께끼임을 알아차리고 답을 찾아야 한다.

결혼 그리고 시작

결혼에는 고통이 있다. 그러나 독신에는 행복이 없다.
_아프리카 속담

2년간 다니던 회사에서 퇴사하게 되어 잠시 놀고 있었다. 하루는 같이 쉬고 있던 친구를 만났다.

"승희야~ 우리 구청에서 아르바이트생을 모집하는데 같이 지원할까?"

"무슨 일인데?"

"그냥 간단한 문서 정리하고 복사하고 그런 일이래. 한 달만 하면 돼. 우리 용돈 벌자. 놀면 뭐 해."

"그래, 좋아."

지원 후 합격하고 바로 일을 시작했다. 구청 아르바이트는 어려운 일이 하나도 없었다. 시키는 일만 도와주면 되었다. 복사도 하고 서류정리도 하고 나름 재미있었다. 직원들도 인사를 잘하고 싹싹한 우리에게 잘 대해 주었다.

그리고 한 달이 지나 우린 그만두게 되었다. 아르바이트를 그만둔 어느 날 약속이 있어 명동을 갔다. 그런데 우연히 아르바이트하던 곳의 직원을 길에서 우연히 만나게 되었다. 신기하고 반가웠다. 그분도 생각지도 못한 만남에 이렇게 말했다.

"어~ 어~ 반가워."

"어머나, 안녕하세요."

"요즘 어떻게 지내?"

"잘 지내고 있어요. 근데 어쩜 이렇게 만나지? 신기하네요."

"그러게. 나도 놀랐어. 그리고 너에게 소개해 주고 싶은 사람이 있는데 나중에 밥 한번 먹자."

"그래요? 알겠어요."

우린 전화번호를 서로 주고받고 헤어졌다. 이런 우연이 있나? 신기했다. 그 일 이후 며칠이 지났다. 저녁에 집으로 전화가 왔다.

"여보세요. 승희 씨 있나요?"

"전데요?"

"나야!"

"어머, 안녕하세요."

"그래, 지난번 우리 밥 먹기로 했지? 이번 주 일요일 어때? 너에게 소개해 주고 싶은 친구가 있다고 했지? 같이 보자."

"알겠어요. 저도 혼자서 그러니까 친구 한 명이랑 같이 나갈게요."

"그래, 맘대로 해."

이렇게 약속을 정하고 일요일 날 친구와 같이 나갔다. 이 만남이 내 인생에 얼마나 중요한 만남이 될지 상상도 하지 못했다. 그렇게 만난 남자는 선하고 인상이 좋았다. 우린 만나서 차를 마시고 같이 영화를 봤다. 그리고 저녁 식사도 했다. 아쉬워서 후식으로 아이스크림까지 먹고 헤어졌다.

헤어진 시간이 5시쯤으로 기억한다. 특별한 일은 없었다. 그날 차를 마시고 영화를 보고 밥을 먹었다. 그런데 이상하게 그때 했던 말이 기억나지 않는다. 하지만 그 만남 이후 매일 선명하게 그 사람이 생각났다. 이런 느낌은 난생처음이었다. 그러다 말겠지 하고 넘겼다. 하지만 다음 날에도 생각이 났다. 만났던 사람이 더 선하고 더 좋은 사람으로 느껴졌다.

'이게 뭐지? 나는 독신주의자인데?'

이상한 일은 만난 날은 그 사람이 그렇게 좋게 느껴지지 않았다. 그래서 서로 연락처도 주고받지 않고 헤어졌다. 다시 만날 일은 없을 거로 생각했다.

문제는 만난 후이다. 시간이 지날수록 강렬하게 생각이 났다. 참다 참다 나도 모르게 소개해준 분에게 전화를 걸었다.

"안녕하세요. 저 승희예요."

"오~ 그래, 반가워. 반가워. 잘 지내고 있지?"

나는 단도직입적으로 재빨리 말했다. 마음이 급했다.

"네 ~ 저 근데 친구분 전화번호 좀 알려주세요. 만나보고 싶어요."

"그래? 알았어. 만나봐. 좋은 친구야."

하고 흔쾌히 알려주었다. 전화번호를 받고 가슴이 심하게 요동쳤다. 전화번호를 받자마자 바로 전화를 걸었다. 전화벨이 울리는 그 시간에 많은 생각이 들었다.

'전화를 안 받으면 어쩌지? 받고서도 나를 만나기 싫다면 어쩌지?'

그런 생각을 하는데

"여보세요?"

"네, 안녕하세요. 오빠~ 저 승희예요."

"안녕하세요."

"오빠, 만나고 싶은데 시간 되세요?"

단숨에 말해버리고 잔뜩 긴장했다.

"네, 시간 돼요. 내일은 어때요?"

"저는 좋아요."

생각보다 수월하게 긍정의 답을 듣고 시간과 약속 장소를 정했다. 기분이 들뜨고 좋았다. 머뭇거리지도 않고 흔쾌히 만난다고 답한 건 나에게 좋은 감정이 있다는 것으로 생각했다.

이렇게 남편과 나의 첫 만남이 시작되었다. 나중에 남편을 소개해준 이유를 듣게 되었다. 구청에서 아르바이트하는 모습을 보고 왠지 자신의 친구와 잘 맞을 것 같다는 생각이 들었다고 한다. 그런데 오지랖이란 생각이 들어 소개해 주지 않았다고 한다. 나중에 나와 운명처럼 명동에서 만나게 되어 깜짝 놀랐다고 했다. 아무래도 둘이 인연이 있나 보다 생각이 들어 소개팅을 주선하게 됐다고 한다.

우리가 인연이란 생각을 하도록 만든 사건이 또 일어났다. 남편은 나를 만나기 전에 이미 공무원 시험에 합격해서 발령을 기다리던 중이었다. 만난 지 한 달쯤 지나 나의 첫 생일을 맞았다. 남자친구를 친구들에게 소개해주고 싶었다. 생일을 핑계로 같이 만났다. 친구들이 어떻게 생각할지 궁금했다. 식당에서 저녁을 먹으면서 친구들의 짓궂은 질문이 쏟아졌다.

"오빠는 승희가 언제부터 좋았어요?"

"처음 만났는데 좋더라고요."

"왜 좋았어요?"

"선해 보이고 예뻐 보였어요."

"어머, 어머나."

"오빠 손은 잡았어요?"

"지난번에 손은 잡았어요."

"꺅!"

스물 두 살이었던 친구들은 얼굴이 빨개지면서 손 잡았다는 말에 소리를 질렀다. 그런데 남편의 삐삐가 울렸다. 잠시 전화를 하고 온다고 하더니 돌아와서 말했다.

"승희야~ 오빠 기 봬야 할 것 같아. 오늘 발령이 나서 나오라네."

"어머, 진짜요?"

"응, 나도 오늘 발령받을 줄은 몰랐는데 깜짝 놀랐네."

진심으로 깜짝 놀라고 얼떨떨한 표정이었다. 내 생일 날이 남편의 임용일이 된 것이다. 하고 많은 날 중에 내 생일이라니.

'우린 진짜 인연인가?' 하는 생각이 들었다.

운명적 만남이라는 생각이 들었다. 연애 기간 내가 남편을 더 많이 좋아했다. 나는 남편이 인생의 전부였지만 남편은 아니었다. 스물일곱 살이었던 남편은 막 시작한 직장생활에 재미를 붙여 직장동료와 잘 어울려 놀았다. 그래서 많이 서운했다. 매번 내가 먼저 보고 싶어 만나자고 말했다.

하루는 남편이 물었다. 만난 지 얼마 되지 않아서였다.

"승희야. 너는 몇 살에 결혼하고 싶어?"

그때 너무 어렸고 결혼에 대해 아무 생각 없이 답했다.

"5년 후?"

"그래? 5년 후에 결혼하고 싶다고? 그래, 알았어."

이런 대화가 오가고 난 뒤 한 번도 결혼에 대한 이야기를 꺼낸 적이 없었다. 그러다 연애한 지 만 5년이 되던 어느 날 나에게 말했다.

"승희야, 이제 우리 만난 지 딱 5년이 되었어. 결혼할 거니?"

"결혼? 글쎄."

갑작스러운 물음에 당황했다.

"그래? 한번 생각해봐. 그리고 결혼하지 않을 거면 우리 헤어지자."

결혼에 대해 아무 생각이 없다가 헤어지자는 말에 놀라서

"그래, 알았어. 결혼하자."

바로 답을 했다. 남편은 연애할 때 우리 식당이 바쁠 때면 소방서를 다니면서도 쉬는 날이면 일을 도와주었다. 설거지도 하고 음식물 쓰레기도 버려주고 궂은일을 다해주었다. 그런데도 결혼하겠다고 했을 때 엄마는 반대했다. 이모도 반대하고 내 친구들도 모두 반대했다. 이유는 한가지였다. 남편 눈에 쌍꺼풀이 없어 선한 인상이 아니라는 이유였다. 성격이 보통이 아닐 것 같다고 했다. 결혼하면 내가 남편에게 꼼짝 못 하고 숨죽이고 살아야 할까봐 걱정하셨다. 그러나 내가 결혼하겠다고 고집을 부리자 엄마는 너무 불안한 마음에 이모와 궁합을 보러 가셨다. 어느 절의 노스님인데 궁합은 한 번도 틀린 적이 없는 분이라고 알려진 곳이었다. 다녀와서는 웬일인지 엄마는 결혼을 순순히 허락하셨다. 궁합이 어떻게 나왔는지 궁금해서 물어보니 노스님이 이렇게 말씀하셨다 한다.

"어디서 이렇게 잘 만났는지 모르겠네. 둘이 천생연분이야. 진짜 서로 사랑하고 있고 부부 연을 맺으면 평생 잘살고 죽은 후에도 세 번을 환생해서 결혼할 운명이야. 사위가 결혼하면 딸이 하고 싶다는 일은 뭐든 하라고 할 거야. 딸이 원하는 건 다 들어주고 시키는 일은 다 해줘. 다만 시부모님을 모시고 살아야 하는데 시부모님한테는 좋은 일인데 딸이 스트레스를 많이 받겠어."

이모와 엄마는 신기해하셨다. 이런 궁합이라고 전혀 예상 못 했는데.

나도 기뻤지만, 엄마도 좋아하셨다. 엄마 자신은 불행했던 결혼생활이 딸에게는 대물림되지 않는다는 사실만으로도 안도하셨다. 엄마는 늘 불안해하셨다. '딸의 팔자는 엄마 닮는다는데 우리 딸도 나처럼 살면 어쩌나.' 하고 내가 커갈수록 걱정이 되었다고 한다.

우리는 양가 허락이 떨어지자마자 결혼을 서두르기 시작했다. 6월 25일, 그날은 결혼 비수기라 결혼식장도 많았고 어딜 가나 바쁠 때가 아니라 일사천리로 진행되었다. 신혼 때는 분가해서 살기로 해서 방 하나짜리 작은 신혼집도 구하고 살림살이도 꼭 필요한 것만 사고 예물, 예단은 서로 생략했다. 폐물도 반지만 했고 우린 간소하게 준비했다.

우린 이렇게 갑자기 결혼하게 되었다. 부모님은 외모를 참 중요시 생각하셨다. 그래서 남편의 외모를 보고 반대를 심하게 하셨다. 외모로 사람을 판단하면 안 된다는 말도 있다. 얼굴보다는 마음이 고와야 한다는 말도 있다. 여러 가지 이유로 결혼을 부모님이 반대하시면 어떻게 해야 할까? 나보다 인생을 오래 사신 부모님 말씀을 완전히 무시할 수도 없는 노릇이다.

배우자를 만나는 일은 정말 인생에서 가장 중요한 일이다. 하지만 결혼해서 살아야 하는 사람은 분명히 나다. 내가 판단하고 책임도 져야 한다는 생각이다. 사람을 알려면 겪어봐야 한다. 말하는 것과 행동하는 것을 보고 판단해야 정확하다. 하지만 맘먹고 속인다면 어떻게 해야 할까?

오랫동안 겪어보면 본성을 드러낼 때가 반드시 온다. 표정이나 말과 행동에서 힌트를 얻을 수 있다. 이걸 알아차려야 한다. 그러나 눈에 콩깍지가 씌어 모를 수도 있다.

그래서 연애를 좀 오래 하면 좋겠다. 적어도 1년은 해야 한다는 생각이 든다. 나는 부모님의 불행했던 결혼생활 덕분에 만 5년을 연애했다. 5년은 긴 시간이다. 내가 알고 싶었던 모든 걸 알기에 충분한 시간이었다. 만약 폭력성, 주사가 심하고, 여자 문제가 끊이질 않고, 여자를 너무 좋아하고, 사람을 무시하는 말, 술을 과하게 좋아하는 사람이라면 결혼을 말리고 싶다.

이미 결혼을 했다면? 부부상담소에서도 이혼을 권유하는 케이스가 있다고 한다. 바로 폭력성이 있는 사람이다. 서로 폭력에 길들여질 수 있다.

하지만 용기를 내라고 하고 이혼을 강하게 권유한다고 한다. 어떠한 상황에서도 폭력은 정당화가 될 수 없다. 맞는 말이다.

결코 쉽지 않았지만

사랑은 사람을 치료한다.
사랑을 받은 사람, 사랑을 주는 사람 할 것 없이.
_메닝거

결혼 전 집을 구하러 다닐 때가 생각이 난다. 우린 집을 구할 돈이 그리 많지 않았다. 그 당시에는 주식을 사는 사람이 많았다. 남편은 좋은 집을 사려고 주식을 하다 다 날렸다고 고백을 했다. 그래서 돈이 많지 않아 위축되어 있었다. 싸고 좋은 집을 구해야 하는데 아무리 발품을 팔아도 원하는 집을 못 구했다. 나는 원하는 집을 머릿속에 정확하게 그려놓고 있었다. 내가 그렸던 집을 설명했다.

"나는 아무도 살지 않았던 집을 원해. 우리가 들어가서 살면 처음이 되는 거지. 그리고 방 하나에 거실이 있으면 좋겠고 집 근처에 시장도 있었으면 좋겠어. 그래야 시장보기 편하지. 전철역도 걸어서 갈 수 있고 멀지 않아야 해. 물도 잘 나와야 하고 집이 너무 덥거나 춥지 않았으면 좋겠어."

남편은 내 말을 듣자마자 엄청나게 화를 냈다.

"아니, 이 돈 갖고 그런 집을 어떻게 구해? 절대 못 구해. 그냥 돈에 맞춰서 적당한 집을 구해야지. 우리가 돈이 많으면 맘대로 고르지만, 지금은 그런 형편이 아니잖아?"

나를 세상 물정 모르는 철없는 사람 취급하면서 크게 화를 냈다. 그런데도 내가 원하는 집을 포기하지 못해서 여기저기 엄청나게 돌아다녔다. 슬슬 지칠 때쯤 기적 같은 일이 벌어졌다. 우연히 들어간 부동산에 우리가 원하는 집을 말했더니 마침 그런 집이 있다고 데리고 갔다. 그 집은 공사 중이었고 그동안 아무도 살지 않는 공간을 세주려고 집주인이 모두 뜯어고치고 있었다. 그리고 우리에게 방, 거실, 화장실이 될 위치를 알려주었다. 공사 중이라 온통 시멘트로 덮여 있었지만 원했던 집이라는 걸 단번에 알 수 있었다. 그래서 남편에게 이 집을 원한다고 말했다. 그 집이 완성되고 깜짝 놀랄 수밖에 없었다. 내가 머릿속에 상상하던 바로 그 집이었다. 가격도 집주인이 싸게 내놓아서 우린 부담이 없었다.

벽지도 맘에 들고 장판 색도 맘에 들었다. 무엇보다도 출입문이 튼튼한 철문이었다. 공사한 지 얼마 되지 않아 물도 시원하게 잘 나왔고, 한여름인데도 집이 시원했다. 더 놀라운 건 시장이 집에서 불과 1분 거리에 있었고 지하철역과도 5분 거리, 버스정류장도 2분 거리에 있었다. 물론 아무도 살지 않던 새집이었다.

나에게는 다른 사람과는 다른 능력이 있다. 부모님이 바쁘셨고 놀이공원이나 여행을 가 본 적이 없었지만, 덕분에 책 읽을 시간이 많았다. 현실에서 벗어나고 싶었던 욕망을 자연스레 책으로 승화시켰다. 어려서 곧잘 공상에 빠져서 살았고 상상을 잘했다. 내가 책 속의 주인공이라 생각했다. 진짜처럼 생생하게 상상을 했다. 간절하게 원하는 게 있으면 원하는 걸 구체적으로 적었다. 누가 가르쳐준 적도 없었지만, 오래전 이미 끌어당김의 법칙을 사용하고 있었다.

본능적으로 그런 법칙을 알아차렸다. 절박한 상황에서 내가 할 수 있는 일은 그것뿐이었다. 오랫동안 식당에 딸린 작은 방에서 살았다. 화장실은 밖에 있었으며 심지어 재래식이었다. 따로 욕실이 없어서 목욕할 때는 식당 부엌에서 했다. 아니면 목욕탕을 가야 했다. 너무 불편하게 살아왔다.

결혼해서는 내가 원하는 집에서 살아보고 싶었다. 쉽진 않았지만 꿈꾸고 상상했기에 이루어졌다. 우여곡절 끝에 집을 구했고 결혼 후 신혼생활이 시작되었다.

엄마는 결혼 전 식당일을 돕게 하셨다. 그런데 한 가지만은 절대 못하게 하셨다. 그건 바로 음식 만들기다. 청소, 빨래, 설거지, 홀 서빙 심지어 음식을 배달하는 것까지 돕게 했지만 절대로 음식을 만들게 하진 않았다. 결혼해서 아무 요리도 못했다. 밥도 익숙해질 때까지는 죽 밥이 되기도 하고 고두밥이 되기도 했다. 국도 못 끓여서 늘 정체불명의 국이 되었다. 남편의 아침은 늘 토스트를 해줬다. 또 가까운 시장에서 반찬을 사다 먹었고 국도 사다 먹었다. 외식도 하고 시장을 돌면서 이것저것 사 먹고 들어오기도 했다. 별로 불편하지 않았다. 하루는 이상한 생각이 들어 엄마에게 물어봤다.

"엄마, 왜 나한테 다른 일은 다 돕게 하면서 요리는 안 가르쳐줬어?"

"너 음식 잘하면 고생할까봐. 나처럼. 엄마가 음식 잘해서 좋은 게 하나도 없잖니. 너라도 편하게 살아야지."

27년간 한 번도 물은 적이 없었다. 궁금할 법도 한데 왜 여태 엄마에게 한 번도 안 물어봤을까? 결혼하고 나서야 엄마의 마음을 느낄 수 있었다.

'이래서 결혼을 해야 부모 마음을 이해하는 건가?' 하는 생각이 들었다.

우리는 결혼을 하면 양가 부모님의 영향을 무시하지 못한다. 신혼이라 분명 둘만 살지만, 시어머니와 같이 사는 기분이 들었다.

시어머님은 우리 생활에 개입을 많이 하셨다. 아침 일찍부터 남편을 깨우는 모닝콜을 하셨고 나는 그게 너무 싫었다. 그래서 하지 말아 달라고 했지만 달라진 건 없었다. 또 하나는 일주일에 한두 번은 꼭 시댁으로 오라는 전화를 했다. 깍두기를 담갔다고 오라고 하시고 장 담갔다고 혹은 김치를 담갔다고 불렀다. 나는 그게 매번 못마땅해서 왜 그렇게 부르냐고 남편에게 불만을 말하면 남편은 외려 나를 이상한 사람 취급했다.

"부모님이 오라고 하는 건 당연한 거야. 그게 이상한 건 절대 아니지. 자식을 보고 싶어 하는 게 정상이지 않냐? 나는 장모님이 더 이상하네. 왜 한 번도 우리를 오라고 안 하고 우리 집에 오지도 않으시니? 나는 그게 더 이해가 안 간다."

이렇게 우린 생각이 완전히 반대였다. 우리 엄마는 결혼 당시에도 식당을 운영하여 바빴다. 그리고 신혼 때 우리를 배려해서 오라 가라 말씀하지 않았다. 반대로 시부모님은 모두 연로하셔서 생업이 없으셨다. 그래서 우리 부부에게 더 집착했을지 모른다. 그땐 너무 어려서 시부모님을 이해하지 못했다. 시아버님은 갓 시집 온 며느리를 보고 싶어 하셨다. 시어머님은 같이 살던 아들이 어느 날 갑자기 떠나니 허전해서 자꾸 부르셨음을 이해하지 못했다. 결혼 초 우린 이 문제로 끝도 없이 싸웠다. 결국 나는 가지 않고 남편만 보내는 사태까지 벌어지고 말았다. 남편도 지쳐서 나를 데려가지 않았다. 나는 어쩌다 한번 시댁에 갔다.

지금 같으면 어땠을까? 어떻게 행동했을까? 나이가 그때보다 정확히 20살이나 많아졌다. 오랜 결혼생활을 하면서 다양한 경험으로 채워졌다. 일단 연로하신 시부모님을 많이 이해했을 것 같다. 남편을 지독히 사랑하는 시어머님을 이해하고 남편에게 자주 찾아가 보라 말했을 것 같다. 나도 될 수 있는 대로 자주 뵈러 갔을 거다. 특히 시아버님이 결혼 후 3년 만에 돌아가셨는데 더 많은 시간을 같이 보내지 못해서 아쉽다.

신혼 시절 우리 시아버님의 이야기를 한번 해보겠다. 아버님은 성격이 무뚝뚝하고 말씀이 거의 없으셨다. 또 건강이 그리 좋지 않아서 걸음걸이도 활발하지 않았고 말도 어눌하게 하셨다.

어머님과는 노년에도 사이가 그리 좋지 않아서 많이 다투셨다. 아버님이 경제권을 모두 쥐고 계셔서 항상 직접 청량리 시장에서 장을 봐오셨다. 어머님이 시 오라는 게 아니었고 그날 장에서 제일 싼 물건을 배낭 가득 사 오셨다. 아니면 아버님이 좋아하는 것 위주로 사 오셨다. 그래서 어머님은 내가 가면 하소연을 하셨다.

"무가 싸다고 시장에서 매일 무를 사 와서 죽겠어. 이 많은 무를 다 뭐해? 다른 거 맛있는 게 얼마나 많은데 꼭 무만 사 와~ 에이, 징그러워 죽겠어. 그래서 내가 매일 깍두기를 담그잖아. 무로."

아버님은 절약하셨다. 구두쇠처럼 돈을 안 쓰셨다. 또 가족 중에 누구에게도 살갑게 애정 표현한 적이 한 번도 없었다고 한다. 그러다 막내며느리를 보신 거다.

나에겐 한없이 자상하셨다. 내 얼굴만 보면 웃으셨다. 항상 며느리를 보고 싶어 하셨고 그리워하셨다. 남편은 이런 아버님을 신기해했다. 그래서 나에게 아버님의 반응을 보려고 시키는 일이 많았다. 하루는 나에게 맛있는 걸 사 달라고 조르라고 시켰다. 그래서 진짜로 아버님에게 졸랐다.

"아버님, 저 맛있는 거 사 주세요."

했더니만 말없이 신발을 신으셨다. 나도 얼른 따라나섰다. 집 앞 슈퍼에 같이 가셔서 내가 먹고 싶은 걸 고르라고 하셨다. 그래서 몇 개 골랐다. 계산을 위해 아버님이 지갑을 꺼냈는데 돈이 하나도 없는 빈 지갑이었다. 그래서 민망하신 아버님은 웃으셨고 나도 따라 웃었다.

남편은 그날 느꼈다고 한다. 아버님이 며느리를 얼마나 좋아하고 계신지. 평소에 별로 웃지 않았고 아끼는 게 생활화되어 무언가를 단번에 사주는 법도 없으셨다. 나는 원래의 아버님의 성격을 모른다. 원래부터 이렇게 잘 웃으시고 잘 사주시는 줄 알았다.

아버님이 이렇게 나에게 애정표현을 하면 할수록 시어머니는 나를 더 미워하셨다. 하지만 그때 아버님의 사랑 덕분에 모든 걸 잊고 웃을 수 있었다. 미움을 이기는 것도 사랑이라는 걸 알 수 있었다. 어머님은 매번 상처가 되는 말과 행동을 했지만, 아버님은 그걸 모두 치유하고도 남을 만큼 사랑을 주셨다. 내가 별로 사랑받을 만한 행동을 한 적이 없음에도 그냥 나라는 존재 자체를 사랑해 주셨다. 이런 경험은 지금 생각해 봐도 가슴이 먹먹할 만큼 벅차다.

내가 어머님과 식사 준비를 하고 있으면 부엌이 잘 보이는 곳에 자리 잡고 말없이 바라보셨다. 뒤돌아 있어도 아버님의 시선이 느껴졌다. 이런 아버님을 남편은 난생처음 봤다. 어머님은 이 와중에 자꾸만 신경질을 내셨다.

"왜 자꾸 걸리적거리게 거기 나와 있어요? 예? 방에 들어가 있어요."

그러거나 말거나 아버님은 못 들은 척 앉은 자리에서 꼼짝도 하지 않으셨다. 가끔 상상해본다. 결혼해서 아버님이 어머님하고 오래오래 같이 사셨으면 어땠을까?

이렇게 곁에 가까이 있기만 해도 사랑이 느껴지는 사람을 만나기는 참 힘든데. 나는 참 운이 너무 좋았다. 아버님은 당신이 일찍 돌아가실 줄 미리 아신 것 같다. 그래서 그 엄청난 사랑을 짧고 굵게 다 주고 가셨나 보다. 그 사랑 덕분에 나는 힘든 결혼생활을 이어갈 수 있었다.

역사나 서툰 결혼생활

남편이 결혼 후 많이 달라졌다. 달라질 거라 예상했었다. 언제고 주먹을 휘두를 거로 생각했다. 그런데 남편은 어떤 상황에서도 주먹을 휘두르는 사람이 아니었다. 다른 사람은 결혼 전에 잘해주고 결혼 후 대부분 신경을 쓰지 않기 시작하는 데 남편은 그 반대였다. 결혼 전 자기하고 싶은 거 다 하고 상처 주는 말이라도 자기 소신껏 말하던 사람이었다.

그랬던 남편이 결혼 후 책임감이 생겨서 그런지 결혼 전보다 더 다정다감해지고 더 유순해졌다. 내가 바라는 대로 웬만하면 다 해주고 뜻대로 따라주었다. 집안일도 같이 하고 밖으로 도는 일도 없이 회사에서 칼같이 퇴근하고 하고 집으로 곧장 와서 시간을 같이 보냈다. 우린 산책도 다니고 시장도 같이 다니고 영화도 보러 다녔다. 먹고 싶은 게 있으면 외식도 하고 물건이 필요하면 둘이 사러 다니면서 부족한 살림을 채워 넣기도 했다.

여행도 여기저기 많이 다녔다. 남편은 좋은 점이 참 많은 사람이었다. 살아

보니 그걸 알게 되었다. 회식이 있어 술을 마시고 오면 씻고서 바로 잠이 들었다. 주사도 없었고 음식도 가리지 않고 웬만하면 잘 먹었다. 술 마시고 집으로 친구를 부르는 일도 절대 없었다.

매일 한 시간 전에 출근하는 부지런한 사람이었고 회사에서 있었던 일은 절대 집에서 이야기하는 법도 없었다. 아무리 피곤해도 부인이 원하면 외출을 했다. 뭐든지 부인이 원하는 걸 해주는 따뜻한 남편이 되어주었다.

남편이 한없이 다정다감한 줄 알았는데 시어머니 문제만큼은 완고했다. 시어머니가 하루는 아버님과 연락도 없이 우리 집을 방문하려고 하셨다. 하지만 우리 집을 못 찾아 집으로 돌아가셨다. 나는 내심 다행이라 여겼고 그 문제를 남편에게 따지고 들었다.

"아니, 어머님은 왜 우리 집에 오시는데 연락도 안 하시고 출발하셨대? 그건 너무 하신 거 아냐? 우리가 집에 없을 수도 있고 약속이 있을 수도 있는데 무턱대고 오시면 어떡해? 어떻게 이렇게 말도 안 되는 일을 하시지? 너무 하신 거 아냐? 앞으로는 그런 일이 없으면 좋겠어. 진짜 기분 나빠."

집들이 때 한번 초대한 적이 있었는데 두 분이 다시 오고 싶어 하셨다. 너무 싫었다. 부담도 되고 자꾸만 우리 인생에 끼어드시는 게 싫었다. 남편의 생각은 나와 달랐다.

"아니, 엄마가 아들 집에 오는데 왜 연락을 하고 와야 해? 그냥 오실 수도 있지. 오고 싶어 하시는 게 정상 아니야? 나는 장모님이 더 이해가 안 돼. 어떻게 딸내미 시집 갔는데 한번을 안 오셔?"

이런 식으로 우린 서로의 엄마들이 이해가 안 된다고 끝없이 싸우고 또 싸웠다. 결혼은 그런 것 같다. 좋은 것도 많은데 참아야 하는 것도 많다. 어느 시기엔 싫은 일만 연속해서 생기기도 한다. 좋은 일은 가물에 콩 나듯 하고 나쁜 일만 줄줄이 생기는 시기가 있다.

결혼 1년 만에 남편에게 아기를 갖고 싶다고 말했다. 남편은 결혼 전에는 그렇게 완강하더니 내가 원하니 아기를 낳자고 동의했다. 신혼 1년째에 아기를 가졌다. 아기가 생겨 병원에 검진 갔던 날이 생각이 난다. 믿어지지도 않았고 신기하기도 했다. 기분이 날아갈 것처럼 좋았다. 소원이 이루어졌다. 사랑하는 남자와 결혼도 하고 아기도 가진 것이다. 남편도 첫아기라 감격스러워했고 양가 부모님도 뛸 듯이 기뻐하셨다. 하루하루가 행복했다. 아기를 가진 기쁨에 설레고 좋았다. 친구도 모두 놀라워하며 축복해주고 축하를 해줬다. 이런 행복이 계속될 줄 알았다. 입덧이 시작되기 전까지는.

입덧이 너무 심했다. 물 한 모금, 밥 한 숟가락도 못 먹었다. 세상의 모든 냄새가 역하고 싫었다. 화장실에 가는 일도 고역이었다. 화장실 냄새 때문에 마스크를 세 개나 쓰고 들어가야 했다.

세상의 모든 냄새에 민감해졌다. 좋은 냄새건 나쁜 냄새건 모두 역하고 싫어졌다. 밥도 할 수도 없었고 밥을 먹지도 못했다. 살이 계속 빠지고 몸이 점점 망가졌다. 결국 병원에 가서 링거를 맞아야만 했다. 맞고 나서 조금 기력이 회복되었다가 일주일 만에 또 탈진해서 링거를 맞는 일이 반복되었다. 걸어 다닐 수도 없었다. 너무 못 먹어서 하늘이 핑핑 돌았다. 한 걸음 한 걸음 걷기가 힘들어 거북이처럼 느리게 걸었다.

아기를 갖는 일이 이렇게 힘들 줄은 상상도 못 했다. 3개월 동안 외출도 못하고 계속 토했다. 신경은 한없이 예민해졌다. 나는 이렇게 힘든데 남편은 밖에서 술도 마시고 들어오고 혼자 밥도 잘만 먹었다. 힘들고 예민해져 남편에게 이유 없이 화를 냈다.

어느 날 드디어 먹고 싶은 게 생겼다. 수박이었다. 토할까봐 잔뜩 긴장하고 먹었다. 수박은 신기하게 토하지 않고 넘어갔다. 3개월이 지나니 간혹 먹고 싶은 음식이 생겼다.

하루는 매운 낙지볶음이 먹고 싶어졌다. 사 오길 원하는 가게가 있었다. 꼭 그 가게에서 사 오라고 시켰는데 남편은 귀찮아서 그냥 집주변의 아무 가게에서 낙지볶음을 사 왔다. 먹어보니 단번에 내가 원하는 맛이 아니란 걸 알았다. 눈이 뒤집혔다.

"내가 여태 밥도 잘 못 먹고 토하기만 한 거 뻔히 알잖아. 그런데 어떻게 이럴 수 있어? 거기 가서 사 오는 게 그렇게 힘들었어? 너무한 거 아냐? 나는 그 집 낙지볶음 아니면 안 넘어가는데 이런 걸 먹으라고 사 왔어? 어? 진짜 너무한 거 아냐?"

폭언을 퍼부었다. 남편도 첫아이를 가진 거라 입덧에 대해 잘 모르고 한 행동이었다.

"미안해, 그냥 낙지볶음이면 되는 줄 알았어. 진짜 미안해."

남편은 미안해하며 사과를 수십 번 했다. 나도 남편도 부모가 되는 첫 경험이라 서로 미숙했다. 혹독한 입덧 삼 개월을 보내고 있었다. 하루하루가 고역이었고 시간도 안 갔다. 너무 울렁거려서 잠을 잘 수도 없었다. 진짜 어찌해야 할 바를 몰랐다.

텔레비전을 봐도 남편을 봐도 좋은지 몰랐다. 기쁜 일도 없었고 어서 이 입덧이 끝나기만을 손꼽아 기다렸다. 나에게는 삼 개월이 삼 년 같이 느껴졌다. 나 말고도 그 기간이 삼 년처럼 길게 느껴진 분이 또 있었다. 바로 우리 시아버님이다. 며느리가 아기를 가졌는데 입덧이 심하다는 말에 걱정도 되고 얼굴을 직접 보고 싶어 하셨다. 매일 매일 며느리 만날 날을 학수고대하셨다.

그러다 입덧이 가라앉아서 시댁을 가게 되었다. 아버님이 어느 때보다 환하게 웃으며 반겨주셨다. 그리고 식사 후에 냉장고에서 수박 한 통을 꺼냈는데 기절초풍할 정도로 컸다. 지금까지 본 적이 없는 큰 수박이었다. 성인 남자가 혼자 들 수도 없을 만큼 컸다. 집 앞 마트에서 배달을 시켰거니 생각했다. 그런데 아니었다. 수박에 얽힌 이야길 들었다. 어느 날 아버님이 입덧 중인 며느리가 수박을 잘 먹게 되었다는 걸 알게 되셨다. 그 소식을 듣자마자 아주 큰 배낭을 메고 바로 청량리 시장으로 가셨다고 한다. 그리고는 시장을 샅샅이 뒤져서 그렇게 크고 맛있는 수박을 찾아내셨다. 연세도 많고 걸음도 불안정하게 걷는 분이 이 무거운 걸 메고 지하철을 타고 사 오신 거다. 그리고는 이 수박을 사놓고 며느리가 오기만을 하염없이 기다리셨다. 수박을 먹는 내내 가슴이 먹먹해서 고개를 들 수가 없었다. 결혼해서 부모가 되기 전에는 진정한 어른이 아니라는 말이 있다. 전에는 이해가 되지 않았다.

'말도 안 돼. 스무 살이 되면 어른이지 왜 결혼을 하고 애를 꼭 키워봐야 어른이야?'

진심으로 이해가 가지 않았다. 결혼하고서야 비로소 이해가 되었다. 결혼식을 하기 전 많은 걸 서로 의논해야 한다. 그런 과정에서 겪게 되는 일은 연애할 때 겪는 일과 천지 차이다. 그 고비를 넘겨야 비로소 결혼생활이 가능하다. 이 과정이 호락호락하지 않아 준비하다 깨지는 경우도 종종 있다. 결혼생활은 연습이 없다. 어제까지 따로 살던 남남이 만나 같이 살 게 되는 거다. 거기에다 양가 집안 어른도 상대해야 한다. 우리가 지금까지 살면서 한 번도 경험해보지 못한 세상으로 들어가는 거다.

결혼이라는 세상을 자세히 들여다보면 나를 힘들게 하는 사람도 있고 나를 사랑해주는 사람도 있다. 거기에는 그냥 이유 없이 미워하는 사람도 있다. 억울하지만 그렇다. 그러나 반대로 이유 없이 사랑해주는 내 편도 분명히 존재한다. 그런데 그때는 그걸 몰랐다. 지금에서야 이걸 깨닫게 되었다.

감사한 일은 금방 잊고 억울하고 화나는 일에 감정 소모를 많이 했다. 늘 나를 피해자로 생각했다. 피해자로 생각하면 그렇게 살게 된다. 그래서 결혼 생활 내내 그렇게 살았다. 피해자로 사는 삶은 절대 행복할 수 없다. 삶에서 나 자신이 주인공이 되어 이끌어 가야 하는데 그러지 못했다. 누구나 힘든 일도 겪고 좋은 일도 생긴다. 그러나 좋은 일에 집중하고 살면 즐거운 인생이 된다. 반대로 나쁜 일에 집중하고 살면 힘든 인생이 된다.

친구 중에 유일하게 나만 시부모님과 같이 살았다. 우리 시부모님은 외할머니, 할아버지보다 연세가 더 많으셨다. 친구들은 분가해서 살았고 시부모님도 젊으시고 경제력도 있었다. 나와는 결혼생활 자체가 달랐다. 20대에 시부모님과 같이 사는 경우는 내 주위에 없었다. 그때는 너무 가혹하다고 생각했다. 왜 나만 이런 일을 겪게 되는지 억울함만 쌓였다. 46살의 지금의 내가 29살의 그때의 나에게 해줄 이야기가 있다.

"네가 그렇게 힘들었던 이유는 한평생 겪을 일을 단시간에 압축해서 모두 겪어야 했기 때문이야. 나중엔 네가 제일 마음 편한 사람이 되어 있을 거야."

독자 중에는 현재 예전의 나처럼 가혹하다 느껴지는 힘든 인생을 살고 있을 수도 있다. 얼마나 힘들까? 많이 걱정된다. 하지만 먼저 겪어본 사람으로서 말해 드리고 싶다. 그건 운이 나빠서도 아니고 자신이 나빠서도 아니다. 분명 더 나은 삶으로 가는 과정이라고 말해 주고 싶다. 그리고 그 시간은 반드시 다 지나가고 더없이 편하고 행복한 날이 올 거라고.

바닥 끝까지 추락하다

결혼해서 살림을 합치고 시부모님과 살다 보니 고부갈등을 심하게 겪게 되었다. 텔레비전에 나오는 막장 드라마를 내가 매일 매일 쓰고 있었다. 하루하루 생활 속에 희로애락이 다 들어 있었다.

시어머니는 몸이 불편한 시아버님을 부축해드리는 것도 싫어하셨다. 시아버님은 걸으실 때마다 앞으로 넘어질 듯 말 듯 하셨다. 넘어지면 얼굴부터 다치실 수도 있어 나는 불안한 맘에 팔짱을 끼고 걸었다. 아버님은 며느리와 걷는 걸 좋아하셨다. 보폭을 아버님 속도에 맞추고 다정하게 이야기도 나누면서 걸었다. 그러면 어머님은 화를 내면서 팔짱 낀 팔을 빼게 하고 아버님을 혼자 걷게 하셨다. 어린 마음에 시어머니의 행동이 이해되지 않았다. 며느리와 시아버지가 다정하게 지내는 걸 극도로 싫어하셨다. 그러다 아버님에게 담도암 진단이 내려져 얼마 못사신다는 판정을 받았다. 고령이라 병원에서는 수술도 해주지 않았고 그렇다고 항암치료를 견딜만한 힘도 없으셨다. 그냥 집으로 퇴원하여 사시는 날까지 편하게 살도록 하는 게 좋을 것 같다고 결론을 내렸다. 퇴원 후 집으로 모셔왔다.

아이를 낳은 지 얼마 되지 않아 어린 딸을 키우면서 치매에 암까지 걸리신 아버님을 보살펴야 했다. 아버님은 치매가 하루가 다르게 심해지셨다. 불행인지 다행인지 암으로 아프신 건 못 느끼시는 것 같았다. 얼마 후엔 남편과 나도 못 알아보셨다. 나를 아주머니라고 부르고 아들인 남편에게는 아저씨라고 불렀다. 남편은 그러면 살갑게 대꾸해 주었다.

"거기 아저씨, 나 좀 봐요."

"왜 그러세요? 아저씨."

"여기가 어디예요? 아저씨."

"여기는 의정부예요. 제가 머리 잘 깎는 미용사인데 이발 한번 시켜 드릴게요. 특별히 아저씨가 미남이시라 공짜로 해 드리는 거예요"하고 너스레를 떨었다. 그리고는 준비해 둔 이발기로 머리를 짧게 깎기 시작했다. 남편은 손재주가 좋아 뭐든 잘했다. 아버님 머리도 능숙하게 잘 깎았다. 아버님은 웃으시며

"아저씨. 고마워요. 고마워. 누군지 모르겠지만 복 받을 거요."

환하게 웃으며 말씀하셨다. 나에겐 집안에서 화장실 가는 길을 물으셨다.

"아주머니, 화장실이 어디예요?"

"제가 모셔다드릴게요."하고 집 화장실로 안내해 드렸다.

우린 나름대로 최선을 다해서 아버님을 보살펴 드렸다. 그런데도 상태가 점점 나빠지셨다. 결국 방에서 소변을 보기도 하셨고 남편이 일하러 가면 내가 아버님을 목욕 시켜 드려야 했다. 시어머님은 넘어져서 팔을 심하게 다쳤

기 때문이었다. 평소에 아버님이 사랑을 많이 주신 덕분에 거부감 없이 할 수 있었다.

그러던 어느 날 아버님은 눈을 감으셨다. 돌아가시기 직전까지 하고 싶은 말씀도 다 하셨다. 끼니도 거른 적이 없으셨다. 그래서 전혀 예상을 못 했다. 우리 곁에 조금 더 계실 거라 생각했다. 말벗도 더 해드리고 맛있는 것도 더 사 드릴 걸 후회가 되었다. 이 경험으로 지금 내 곁에 있는 사람에게 후회가 남지 않도록 해야 함을 뼈저리게 느끼게 되었다.

'시간은 되돌릴 수 없구나. 한 치 앞도 모르는 게 사람이구나.'

내 삶에서 얻은 귀중한 교훈이었다.

여행을 가려면 지금 가야 한다. 돈은 없다가도 있을 수 있지만, 시간은 되돌릴 수 없다. 아이를 키울 때 돈을 더 모으려고 아이들과 체험하는 걸 미루지 않았다. 아이가 질색하고 안 갈 때까지 방방곡곡을 데리고 다녔다. 조부모님, 엄마, 시어머니도 몸을 움직일 수 있을 때 모시고 다녔다. 또 드실 수 있을 때 사드렸다. 그 결과 후회가 남지 않았다. 나도 아이들에게도, 조부모님에게도, 엄마에게도, 시어머님에게도.

지금 형편이 어려운 분이 있을 수 있다. 하지만 돈이 없어도 갈 수 있는 곳이 많다. 동네의 놀이터, 어린이대공원, 한강공원, 박물관 등 문제는 같이 시간을 보내려는 마음이다. 몸이 피곤하고 힘들어서 혹은 삶의 여유가 없어서 미루다 보면 어느새 아이는 크고 부모님은 늙으셔서 거동을 못 하게 되신다. 소중한 사람과 시간을 보내고 나면 몸은 힘들어도 마음은 한없이 뿌듯하고 좋다. 많은 추억이 남는다. 아직도 나는 너무 잘한 일이라고 생각한다. 아버님은 나에게 이걸 깨닫게 해주셨다.

아버님이 돌아가시고 나니 어머님이 남편에게 더 집착하셨다. 내가 느끼기에 그랬다. 남편이 출근하는 모습을 베란다에서 하염없이 바라보는가 하면, 남편의 속옷을 어머님이 사 오고, 남편이 자는 베개도 사 오셨다. 또 남편 옷을 지극정성으로 다림질하고 출근 전 남편 아침 식사를 새벽부터 준비하셨다. 아이가 크면서는 육아갈등이 더 심해졌다. 어머님은 밥 먹기 전에 사탕, 과자, 요구르트를 주셨다. 나는 그걸 못 하게 말렸다. 그러면 더 많이 주셨다. 또 아이에게 우유를 언제 줄지 정할 때도 많이 다투었다. 나는 시간을 딱딱 맞춰서 줘야 한다고 했고 어머님은 아무 때나 배고플 때 줘야 한다고 하셨다.

우린 사사건건 다투었다. 나는 밥을 조금만 달라고 해도 어머님은 고봉밥을 주셨다. 아기엄마는 밥을 많이 먹어야 한다는 거다. 어머님은 절대 고집을 꺾지 않으셨다. 나도 내 생각을 절대 꺾을 생각이 없었다. 우린 매일 팽팽하게 신경전을 했고 그러면서 화병이 생기기 시작했다. 나중엔 같이 밥 먹는 것도 싫어서 한집 살면서 밥도 따로 먹었다. 나는 그때 알았다.

'사람이 미우면 밥 먹는 것도 그렇게 밉게 보이는구나!'

남편이 의정부에서 서울로 이사를 하자고 했다. 그래서 집을 팔고 서울에 집을 장만했다. 그런데 이사를 한 지 얼마 되지 않아 어머님이 머리가 심하게 아프다고 하셨다. 평소 고혈압 약을 드시는데 머리가 깨질 것 같다고 하소연하셨다. 남편이 병원에 급히 모시고 가니 혈압약을 드신 상태에서도 혈압이 200 정도 나왔다. 그래서 검사를 하니 뇌출혈이라 바로 수술을 해야 했다.

바로 수술을 시작했고 5시간이나 걸렸다. 다행히 수술은 잘되었지만, 어머님은 연세가 많아서 회복이 잘 안 되셨다. 병간호는 큰애가 어려서 내가 할 수 없어서 간병인에게 맡겼다. 코에 줄을 끼셨고 정신이 오락가락하셨다. 4개월 정도를 간병인이 맡아서 보살폈는데 진짜 천사 같은 분이었다. 말도 안 되는 억지를 부리고 식사도 안 드신다 했지만, 어떻게든 먹여드리고 뜻을 다 받아드렸다. 이 분 덕분에 많이 호전되셨다. 그 후 4개월이 지나 병원에서 퇴원해야 한다고 압박을 해왔다. 더 치료할 게 없다고 했다. 걷지도 못하고 혼자 몸을 일으키지도 못하시는데 재활 훈련은 해줄 수가 없다고 하면서 퇴원하라고 했다. 어떻게 할까 고민하다가 병원비와 간호비로 너무 많은 돈이 들어 어쩔 수 없이 집으로 모셨다. 기저귀를 차고 죽을 드시고 움직이지 못해 욕창 생길까 봐 자세를 이리저리 바꿔드렸다. 남편이 없는 날은 모두 내 몫이었다. 남편은 더 힘들었다. 일도 하고 어머니 목욕도 시키고 변비가 심하면 관장도 해 드렸다. 손톱, 발톱 다 깎아 드렸고 이발도 해드렸다.

남편이 진심으로 어머니를 사랑하는 게 느껴졌다. 반면에 나는 싫어하던 어머님이 아프니 병간호하는 일이 죽기보다 싫었다. 하루하루 나는 죽어가고 있었다. 얼굴도 누렇게 뜨고 관절도 아프기 시작했다. 너무 힘들어서 큰아이에게 화도 많이 냈다. 매사에 화가 났다. 행복하지 않고 화나 있지 않으면 무표정했다. 아침에 눈을 뜨면 사는 게 지옥이었다. 긍정적이고 발랄하던 나는 어디로 가고 늘 뚱하고 화내고 힘들어하고 지쳐 있었다. 뭔가 결단을 내려야했다. 남편에게 도저히 병간호를 하지 못하겠다고 말하고 요양원으로 모시겠다고 말했다. 그리고 내가 모시고 갔다. 요양원에 직접.

사람의 의지가 무섭다는 생각이 든다. 어머님은 누가 봐도 돌아가실 것 같았다. 살도 다 빠지고 앙상하게 뼈만 남았고 정신도 오락가락하고 앉아 있지도 못하셨다. 친척들이 와서 보면 모두 돌아가실 것 같다고 말했다. 그런데 어머님이 요양원에 가더니 달라지셨다. 아들이 있는 집으로 다시 돌아가겠다는 일념으로 병을 이겨내셨다. 침대에서 앉아서 일어나는 연습을 매일 했고 팔, 다리 운동도 하셨다. 근력이 생겨 혼자 일어나고 조금씩 걷게 되었다고 한다. 걷게 되면서 운동량을 더 늘려 잘 걷게 되셨다. 나중에는 기저귀도 떼고 화장실도 다니게 되셨다. 혼자 식사도 하고 여기저기 걸어 다닐 수 있게 되셨다. 참 놀라운 분이다. 결국 요양원에 모신지 1년 만에 모두 회복이 되셨다. 남편은 집에 가고 싶다는 어머님을 이기지 못했다. 나에게 계속 집으로 어머니를 모셔오자고 했다. 그 당시에 둘째를 임신한 상태였고 결국 내가 아이를 낳고 몸조리 한 달하고 어머니를 모시고 오기로 약속을 했다. 끔찍하게 싫었지만. 어쩔 수 없었다. 남편이 너무 간절하게 원했기 때문이다.

어머님을 요양원에 모시면 나는 행복했고 남편은 불행했다. 그런데 어머님이 집으로 오면 나는 불행했고 남편은 행복했다. 너무 아이러니 아닌가? 둘 다 행복할 방법은 없었을까?

결국 내가 양보를 했다. 그리고 결혼생활 내내 내 결정을 후회했다. 어린 아들과 딸을 키우면서 동시에 어머님을 돌봐야 했다. 다시 어머님의 육아 방식과 나의 육아 방식이 대립했고 남편을 사이에 두고 싸움이 일어났다. 항상 남편이 자고 있으면 출근 전에 일어나라고 방문을 두드리셨다. 두드리지 말라고 하면 방에서 큰소리로 남편을 부르셨다. 나는 어린 손자가 자니까 그러지 말라고 해도 소용이 없었다. 가족들 생각은 안 하고 매번 당신이 하고 싶으면 뭐든지 다 하는 어머님이 이기적이라는 생각이 들었다.

새벽마다 아이들이 깨고 나도 깨고 너무 힘들었다. 또 어머님은 내가 살림을 하니 새벽마다 2시쯤 일어나셔서 냉장고를 열고 뭐가 있나 하나하나 뒤지셨다. 부스럭거리는 소리에 잠이 깨곤 했다. 그러지 말라고 해도 소용이 없었다. 항상 수면 부족에 시달렸다. 아들은 극도로 예민해서 밤낮으로 잠을 안 자 낮잠을 잘 수도 없었다. 새벽엔 어머니가 잘만하면 부스럭대고 부르는 통에 잠을 잘 수 없었다. 이런 사소한 일들이 쌓여서 나는 어머님에 대한 미움이 점점 커졌다. 나중에는 걷잡을 수 없었다. 화가 점점 커져 나를 잃어버렸다. 내 본래 모습이 어떤 모습인지도 잊을 만큼 늘 화난 사람이 되었다.

웃음이 사라지고 무기력한 상태로 살았다. 아무것도 느껴지지 않았다. 나를 이렇게 만든 남편도 미웠다. 차라리 죽고 싶었다. 나를 사랑하지 않는다고 생각했다. 단지 본인의 부모님이 돌아가실 때까지 병간호할 사람이 필요했다는 생각이 들었다. 그런 생각에 사로잡혀 하루하루 슬픔과 분노 사이를 왔다 갔다 했다. 마음속에 전쟁이 따로 없었다. 나는 인생에 맨 밑바닥에 있었다. 사람이 바닥을 치고 죽을 각오를 하면 못할 것이 없다. 어떤 분이 말했다. "인생에서 가장 힘들 때 그때가 오면 비로소 행복이 찾아오는 때"라고 했다. 그때는 그 말이 무슨 의미인지 몰랐다.

지금은 그 의미를 명확하게 알고 있다. 너무 힘들면 사람은 죽으려고 하든지 살려고 그때부터 행동을 시작한다. 살아남기 위해. 평소에 하지 않던 행동도 기꺼이 감수하게 된다. 없던 용기도 생기고 더 잃을 게 없기 때문에 못 할 일도 없게 된다. 나는 진짜 잃을 게 하나도 없는 순간까지 오게 되었다. 잃을 게 없는 순간이 왔을 때 비로소 행복이 찾아올 준비를 하고 있었다.

그 순간을 몰랐을 뿐. 지금 이 책을 읽는 분 중에 잃을 게 없는 순간이 되었다면 기뻐하라고 말해드리고 싶다. 이 세상에 잃을 게 없는 순간은 내가 세상에서 사라지는 것이다. 그렇게 느껴지는 순간이라면 무슨 일이든 다 할 수 있게 된다. 비로소 모든 두려움에서 벗어나는 완벽한 순간이다.

이 순간 놀라운 기적을 경험하게 된다. 마치 죽음을 각오하고 절벽에서 뛰어내린 뒤에야 비로소 자신의 등에 날개가 달려 있었음을 알게 되는 것처럼. 이때 비로소 절망과 희망은 한 몸이라는 걸 깨닫게 된다.

세상에 행복은 있는 걸까?

심한 자살 충동이 느껴지자 심각한 상태라는 생각이 들었다. 남편도 불안해했다. 자포자기 심정으로 심리상담 센터를 찾았다. 하지만 상담센터를 방문해서 예약하고 이상한 일이 생겼다. 상담하기로 한 순간부터 이상하게 마음이 차분해졌다. 예약을 잡고 기다리는 동안 왠지 모를 기대감에 살짝 기분이 좋아졌다. 상담 날짜가 되고 모래 놀이 치료를 하기로 했다. 그냥 내 맘대로 모형 인형을 골라서 모래 상자에다 꽂는 거다. 무엇을 만들지는 내 맘이었다. 좋은 집과 넓은 마당 한쪽에 금붕어를 키우는 연못을 만들었다. 내가 꾸민 모형을 보고 상담 선생님이 질문했다.

"이 집은 누구 집인가요?"

"우리 집이요."

"이 집에 누구누구 살고 있나요?"

"저와 남편이 살고 있어요."

"무얼 하고 있을까요? 두 분이?"

"평화롭게 살고 있어요. 조용하게."

이런 식으로 대화를 계속하다 보면 나의 속마음이 나온다. 내가 원하는 것을 저절로 말하게 된다. 질문에 답하다 보면 싫어하는 것도 말하게 된다. 그러다 보면 내 상처가 드러난다. 이런 식으로 상담을 받았다. 원래 50분씩 상담을 하는데 늘 시간이 짧다고 느껴졌다. 한 5분 정도 지난 것 같은데 벌써 시간이 지나갔다. 늘 아쉬움을 안고 나왔고 다음 상담 시간이 기다려졌다. 누군가가 내 이야기에 귀를 기울여 주고 감정을 읽어주고 공감을 받는 느낌이 좋았다. 상담 선생님은 판단하지 않고 내 이야길 묵묵히 들어주었다. 그러다 질문을 던지기도 하고 주로 초기엔 내가 말을 많이 했다. 누군가가 내 이야길 아무 평가 없이, 감정의 흔들림 없이 담담하게 들어주는 경험은 처음이었다. 내 이야기를 다 듣고 나면 내가 느꼈던 감정을 선생님이 올바르게 이해했는지 질문했다.

"선생님은 그때 화가 나신 건가요?"

또는 내 말을 듣고 내가 진정으로 원하는 걸 알게 해준다.

"그러면 가만히 있어야 선생님이 편안해지는 거네요."

"상대방도 감정이 있고 자유가 있는데 선생님이 원하는 대로 가만히 있는 게 가능할까요?"

내가 바라는 일이 결국에는 불가능한 일이라는 걸 스스로 깨닫게 해주었다. 살면서 이런 과정을 겪어본 적이 한 번도 없었다. 나에게 필요한 질문을 하면 필요한 답이 나왔다. 이런 과정을 겪으면서 한없이 슬퍼서 울기도 했다. 내 메말랐던 감정이 되살아났다. 그동안 너무 괴로워서 감정을 못 느끼도록 봉인해 놓았다. 그 감정이 풀린 것이다.

아픈 걸 아프다고 말하고, 슬프면 슬프다고 말하고, 화나면 화났다고 말하는 것이 가능해졌다. 힘들었지만 이 과정을 겪으면서 치유가 되었다. 내가 잘못 생각했음을 깨달았다. 상담을 받은 후 심리상담사가 되고 싶다는 생각이 들었다. 상담 선생님에게 방법을 물었다. 상담학과에 진학하면 된다고 했다. 상담이 종료되고 당장 상담학과를 가려고 준비했다. 그러는 중에 버스에서 광고 방송이 나오고 있었다.

"S 대학을 다니고 내 인생이 달라졌다. S 대학을 다니고 내 인생이 달라졌다!"

하는 노래 소리가 내 마음에 팍하고 꽂혔다. 당장 검색을 하고 학과를 찾아봤더니 가족 상담학과가 있었다. 가족 상담학과도 맘에 들었다. 왠지 끌렸다. 당장 등록을 하고 서류를 준비했다. 나는 내 인생을 한번 바꿔보기로 마음먹었다. 이젠 행복해지기로 했다. 행복한 느낌을 알고 싶고 경험하고 싶었다. 행복이 세상에 있다면.

가족 상담학과에 3학년으로 편입을 했다. 평소에 나 같으면 하지 않을 행동을 했다. 입학식 후 오리엔테이션을 갔고 혼자 가족 상담학과에서 선배들이 사주는 저녁을 먹으러 갔다. 극도로 싫어하는 자리였지만 학교생활 하는데 도움을 받을 수 있겠다 싶어 선배들을 만나러 갔다.

거기서 선배 중에 한 분이 멘토를 할 수 있다고 멘토링 제도를 소개해 주었다. 나도 들어가고 싶다고 했고 학교에 신청하라고 했다. 다음날 당장 학교에 신청하고 나의 멘토가 10명이나 멘티를 받았다. 얼마 후에 멘토가 만나자고 하여 다른 멘티들과 만나게 되었다. 멘토는 사이버상에서 학교생활 하는 법을 자세히 알려주었다. 멘토는 좋은 분이었다. 진심으로 신입생들을 도우려고 여러가지로 애를 썼다.

또한 서로 개인적인 아픔을 이야기하는 자리도 마련해주었다. 서로의 아픔을 이야기히면서 깊게 친해졌다. 서로의 아픔을 따뜻한 눈으로 봐주고 힘들었겠다고 위로받는 시간이 되었다.

멘토만이 아니라 멘티들끼리도 서로서로 친해지고 자주 만났다. 만나서 공부에 관해 이야기도 하고 서로의 힘든 점들도 나누었다. 도울 수 있는 부분은 서로 돕고 학교 특강에도 자주 같이 갔다.

멘토는 웃음 치료 전문 강사였는데 우리 멘티들을 위해 웃음 치료를 따로 해주었다. 그 웃음 치료 강의를 들으면서 울고 웃으며 우리 자신을 사랑하고 이해하고 배려하도록 만들어 주었다.

학교 전공과목도 많은 도움이 되었다. 부부치료라는 과목을 수강하였다. 그러면서 건강하게 대화하는 법도 배우고 왜 부부싸움을 하게 되는지도 배웠다. 그동안 싸웠던 이유가 대화하는 방법이 잘못되었음을 알게 되었다. 부부싸움을 하다 보면 지금 일어난 일만 가지고 싸우지 않게 된다. 옛날 일까지 다 꺼내서 싸운다.

"지난번에 자기도 그랬잖아!"

"옛날에 자기가 이랬잖아~ 그전에도 그랬으면서~"

하면서 상대방은 기억도 나지 않은 나만 기억하고 있는 일들을 다 꺼내놓게 된다. 그리고 대화하다 보면 심하게 일반화를 하게 된다.

"자기는 매일 그래~"

"매번 이게 뭐야~"

"모든 사람이 다 그렇게 사는데 자기만 왜 그래?"

"항상 이런 식이지."

이런 말들을 자주 썼다. 그러다 보면 싸움이 더 커지고 수습이 안 되곤 했다. 해결도 안 된 상태에서 싸움이 더 커지기만 했다. 이런 상태가 반복되면 상대방을 보기만 해도 화가 난다. 건강한 부부간의 대화법을 배우면서 잘못된 방법으로 대화하고 있음을 반성하고 수정해 나갔다. 지금은 이런 말을 쓰지 않는다.

대화법만 제대로 알아도 싸움은 많이 줄어들고 서로 오해가 줄었다. 공부하면 할수록 남편과 사이가 원만해졌다. 문제는 어머님과의 관계만 남았다. 아직도 어머님이 심하게 미웠다. 내가 이 문제로 힘들어하자 2박 3일 치유 여행을 가면 어떻겠는지 멘토가 제의했다. 당시 60만 원으로 2박 3일간 여행경비로는 큰 금액이었다. 하지만 멘토 부부도 이 여행을 다녀와서 인생이 바뀌었다는 말씀에 무조건 가보기로 했다.

남편은 화들짝 놀랐다. 평소의 나답지 않은 일이었다. 2박3일을 모르는 사람들과 낯선 곳을 간다고 하니 걱정스러워했지만 결국 다녀오라고 했다.

그래서 2박 3일 여행을 가게 되었다. 이 여행이 내 인생을 완전히 달라지게 만들지 그때는 몰랐다. 치유 여행이라 상처뿐인 사람들만 있어서 그런지 분위기가 참 어두웠다. 우린 조를 짜고 조끼리 앉아서 프로그램 진행대로 따라했다. 그러면서 서로 조금씩 친해졌다. 율동도 하고 웃기도 했다. 프로그램에서는 강의를 듣는 시간도 많았다. 강의는 온종일 계속되었다. 늦은 밤까지. 우리의 인지를 바꾸려는 것 같았다. 웃음에 대한 강의가 대부분이었다.

소장님의 강의는 우리가 왜 웃어야 하는지와 웃어서 생기는 생활의 변화들, 우리가 오늘 당장 행복을 선택할 수 있다고 했다. 환경이 아무리 힘들어도 우리가 행복하기로 마음먹기만 하면 된다고 했다. 사람들 중에 아픔을 갖지 않은 사람은 한 명도 없다고 했다. 다들 아픔을 갖고 있고 자신만 아프다고 생각하지 말라고 말씀하셨다. 누군가를 용서하는 일은 나 자신을 위한 일이라고 했다. 사람은 누구나 태어나는 순간 존중받아야 함을 깨닫게 해주었다. 이런 내용의 강의를 온종일 들었다. 그러면서 서로의 아픔을 보듬어 주는 시간, 맘껏 웃고, 몸을 흔들어보고, 울기도 하고 웃기도 하면서 내면을 치유해 갔다. 나는 철저하게 프로그램을 따라 했다. 모든 걸 하라는 대로 했다.

목은 쉬어서 남자 목소리처럼 되었다. 열도 나고 몸살도 걸렸다. 잠을 조금 자고 계속 강행군을 한 결과다. 하지만 마음은 날아갈 것처럼 가벼웠다. 여행의 마지막 날엔 어머님을 이해하게 되었고 존중하게 되었다. 용서하게 되었다. 진심으로.

여행을 마치고 집으로 돌아왔다. 어머님을 보는 순간 포옹을 해드렸다. 미운 마음이 없어지고 연민만 남아있었다. 며칠 전까지 미움이 산을 이뤘지만 언제 그랬냐는 듯이 사라지고 없어졌다.

2박 3일 만에 이런 일이 생길 거라고는 생각지 못했는데 진심으로 놀라웠고 남편도 깜짝 놀랐다. 내 목소리에 놀라고, 내 행동에 두 번 놀랐다. 자존감도 높아지고 뭐든 할 수 있다는 사랑스러운 사람으로 변해 있었다. 스스로 행복하기로 마음먹게 되었다. 애들도 사랑스러운 눈으로 바라보게 되었다. 세상이 며칠 만에 달라 보였다. 이런 일이 세상에 있구나. 신기하기만 했다.

치유 여행 후에 내 환경은 변한 게 없었다. 변한 건 나 자신이었다. 그런데도 나는 며칠 전과는 다르게 모든 일이 감사해졌다. 내가 눈이 있어 볼 수 있는 것, 말할 수 있는 것, 먹을 수 있다는 것, 걸어 다닐 수 있다는 것 등 사소한 일들이 끝없이 감사하게 느껴졌다.

내 경험상 감사함을 느낄 수 있다는 건 행복으로 가는 지름길인 것 같다. 전에는 감사함을 모르고 살았다. 나 자신의 문제에만 초점을 맞추고 살았다. 문제에서 벗어나 다른 것들을 보기 시작했다. 세상은 즐거운 일들로 가득하고 나는 그걸 충분히 즐길 수 있는 몸과 마음이 있었다.

이런 마음가짐을 가지니 매일 아침이 즐거웠다. 어머님에게 연민을 가지고 다정하게 말하고 행동하고 잘해드렸다. 그러니 나 자신이 대견하고 자존감이 올라갔다. 어머니에게도 대화 방법을 알려드리자 그대로 하기 시작하셨다. 평소에 어머니에게 과일이나 간식을 가져다드리면 이렇게 호통을 치셨다.

"뭐 하러 이런 걸 가져와? 애들이나 주지."

한두 번도 아니고 매번 그러시니 진짜 드시기 싫으셔서 그런가? 하고 안 드렸다. 그러면 애들에게

"너희는 좋겠다. 나는 어멈이 그런 것도 안 준다."

이렇게 말씀하셨다. 이러지도 못하고 저러지도 못해 속이 썩고 있었다. 그러다 치유 여행을 다녀온 후 어머니에게 내가 듣고 싶은 말을 알려드렸다.

"어머니 이것 좀 드셔보세요."

맛있는 복숭아를 씻어서 드렸다. 역시나 어머니는 소리를 버럭 지르셨다.

"뭐 하러 이런 걸 가져와? 응? 애들이나 챙겨주지."

"애들 것도 많이 있으니까 걱정하지 말고 드세요. 그리고 제가 맛있는 간식을 가져다드리면 고맙지요?"

"그럼! 나야 고맙지."

"그럼 앞으로는 고마워. 잘 먹을게 라고 말씀해 주세요. 약속하실 거죠?"

"그래. 내가 앞으로는 그렇게 말할게."

그리고 그 뒤로 어머니는 수박이나 아이스크림 등 간식을 드릴 때마다

"고마워. 내가 맛있게 잘 먹을게."

하고 말씀해 주셨다. 10년 넘도록 서로 힘들었던 순간이 이렇게 간단하게

해결이 되었다. 지금 생각해보니 어머님은 자신만의 투박한 방법으로 사랑을 표현하셨다. 그때는 전혀 몰랐다. 단지 더 좋은 표현 방법을 모르셨다는 생각이 든다.

그 뒤로 조금씩 더 나은 방법들을 찾아 나가는 과정을 겪으면서 어머님과 사이가 더 좋아졌다. 평소에 좋아하시는 것도 많이 사다 드리고 만들어 드렸다. 신기하게 내가 바뀌자 가족들이 모두 바뀌기 시작했다. 집안 분위기도 점점 따뜻하게 변해갔다. 살벌하던 분위기가 편안하고 서로에게 너그러워졌다. 아이들이 사소하게 잘못해도 웃으며 괜찮다고 말해 주었다.

세상에 행복은 널려 있었다. 그동안 내가 못 느낄 뿐이었다. 사랑하는 남편과 아이들이 있었고 건강한 몸을 가진 내가 있었다. 아이들과 여행을 갈 수 있는 돈도 있고 시간도 있었다. 집도 있고 차도 있고 가진 게 많은 사람이었다.

뭐든 잘하고 있다고 용기를 북돋아 주는 남편이 보였다. 그전에는 힘들게 하는 장본인이라 미워했는데. 남편의 배려와 나를 얼마나 걱정하고 사랑하고 있는지가 느껴졌다. 그동안 왜 그걸 몰랐었나? 행복으로 벅찬 느낌이 몸을 가득 채웠다. 뭔가가 몸을 간질이는 것 같은 느낌이었다.

제 2 장

아직도 우리는 연애 중

사람은 각자 인생의 목표를 가지고 있다. 어떤 분은 사회적 성공을 꿈꾸는 분도 있고, 부자가 되고 싶거나 명예를 가지기를 원한다. 사회의 소외계층을 위해 봉사하는 삶을 선택하시는 분도 있고 사회를 개혁하고자 노력하는 분도 있다. 참 멋진 분들이다. 내가 하지 못하는 것을 해주는 많은 분에게 고맙기도 하다.

결혼 후 나에겐 계속 일관된 목표가 있었다. 목표라기보다 내가 평생토록 가야 할 길을 정해놓았다. 바로 남편과의 사랑이었다. 처음 사랑했던 마음이 평생 가는 것이었다. 그게 어렵다면 남편과 사이좋은 부부로 살다 죽는 거다. 에이 뭐 이런 걸 원하느냐고 할지 모르지만, 인생에서 가장 이루고 싶은 일이다. 우리 사이를 점검하고 내가 하는 행동의 파장에 대해 머릿속으로 예측해보고 이게 맞는 걸까? 끊임없이 생각해본다.

부모가 흔히 자녀에게 집착하는 경우가 있다. 이러지 않으려면 배우자와 온전하게 사랑하는 방법밖에 없다고 생각했다. 건강하게 한 사람의 인격체로 자녀를 키우고 싶다. 성인이 되면 자신의 삶을 살도록 놓아 주고 적당한 거리를 유지하며 응원하는 멋진 부모가 되고 싶었다.

자녀가 모두 떠나면 다시 남편과 남은 삶을 오순도순 살면서 늙어가는 것이 완성해야 할 마지막 꿈이다. 그러기 위해 오늘도 우리 부부는 노력한다.

가족끼리 그러는 거 아냐

　많은 부부가 살아가는 모습을 주위에서 보게 된다. 드라마에서도 보고, 실생활에서도 보고 책 속에서도 본다. 실생활에서 보는 부부들의 모습들이 다들 비슷비슷하다. 이 부부 사는 모습, 저 부부의 사는 모습들이 닮은 구석이 많다. 멀리 보지 못하는 모습들이 안타깝기만 하다. 가족이 하지 말아야 하는 여러 가지 사례를 말해보려고 한다.

　집안에서 가부장적인 남편이 있다. 부인과 자녀를 동등하게 보지 않고 자신의 말을 무조건 복종해야 하는 존재로만 생각한다. 상처 주는 말을 서슴없이 한다.

　"아니, 어디서 말대꾸야?"

　"하라면 하지 토를 달고 그래?"

　"집구석이 왜 이 모양이야? 온종일 집에서 뭐 했어?"

　"외식? 돈이 썩었어? 돈 벌려면 얼마나 힘든지 너희가 알아?"

자녀와 부인에게 입만 열면 굴욕을 주는 말만 한다. 이런 분은 나중에 분명 외로워질 것이다. 부인도 자녀도 당장은 참고 있겠지만 언젠가는 당한 만큼 똑같이 해주려고 벼르고 있을 거다. 나중에 무시당한 만큼 무시를 할 거고 옆에 있고 싶지 않을 것이다. 이런 미래의 모습이 선명하게 그려진다.

사이 좋은 부부라고 서로 착각하는데 건강하지 않은 모습도 있다. 서로 한시도 떨어지면 안 된다 생각하는 부부다. 남편이 일할 때 빼고는 늘 같이 있다.

이렇게 사는 게 좋은 것 같지만 숨 막힐 수 있다. 서로 좋아하는 것을 하도록 배려해주고 응원해주고 성장을 돕는 시간이 전혀 없다. 무조건 같이만 있는 거다. 남편은 일하러 가는 것 빼고는 절대 다른 사람들과 인간관계를 맺지도 않고 돈을 쓰지도 않는다. 한 달에 개인 용돈을 십 원도 쓰지 않는 거다.

부인은 자신의 인생이 없다. 오로지 남편 뒷바라지와 자녀에 대한 관심이 전부다. 대화하면 끝도 없이 남편과 자녀 이야기만 한다. 자신에 대한 이야기는 하나도 없다. 자녀에 대한 과잉보호와 집착이 보였다. 자녀가 지금은 어린데 점점 크면 어찌 될지 걱정이 되었다. 자녀에게 사춘기도 올 거고 독립을 해야 할 때가 오면 "빈 둥지 증후군"을 겪을 확률이 높다.

너무 밖으로만 도는 남편도 있다. 매일 매일 새벽까지 술 마시고 들어오고 주말에도 일하러 나가든지 약속이 있어 나가버린다. 부인과 자녀와는 시간을 보내지 않는다. 항상 아빠를 그리워하는 아이들, 남편과 시간을 보내고 싶어 하는 부인이 있다. 약속을 잡지만 한 번도 지키지 못한다. 번번이 실망하는 가족들을 대수롭지 않게 여긴다.

약속을 어기고 매일 밖으로만 도는 남편에게 잔소리하고 싸우다 나중엔 가족도 지치게 된다. 어느 날부터인가 가족 중 아무도 약속을 믿지 않게 된다. 원래 그런가 보다 하고 무시하는 단계가 지나면 자녀와 부인은 남편이 필요 없어도 되는 날이 온다. 자녀는 공부와 친구 만나는 게 더 중요하고 부인도 자신이 하고 싶었던 일을 찾는다. 또한 자신과 맘에 맞는 사람들과 관계를 맺게 된다. 이렇게 되면 나이 먹어 부인과 같이 오순도순 잘 지낼 기회가 없어진다. 남편이 나이 먹어 은퇴하고 집에만 있게 되는 순간 귀찮아지고 부부 싸움이 잦아지는 노년을 보내게 된다. 서로 오랫동안 같이 보낸 시간이 없었던 부부다. 서로를 잘 몰라 낯설고 어색하고 둘이 뭐를 하고 보낼지 몰라 힘들어진다.

길고 긴 노년 생활을 어떻게 보낼까? 황혼 이혼을 하게 되는 대표적인 이유다. 둘이 같이 있는 일이 의미가 없고 힘들고 짜증이 나고 귀찮다. 매일 싸우다 결국은 황혼이혼을 하게 된다.

우리 부부도 많이 싸웠다. 감정적이고 다혈질인 나는 특히 화가 나면 아무도 감당을 할 수 없었다. 화를 폭발하고 내 맘대로 해야 직성이 풀렸다.

어느 날 남편이 잔소리를 시작했다.

"이게 뭐니? 냉장고 정리 좀 해라."

가끔 남편이 이런 잔소리를 하는데 이럴 때마다 기분이 확 나빠졌다.

"냉장고가 뭐 어때서?"

"상한 거는 버리고, 안 먹는 것도 버려야지. 상한 거 냉장고에 있으면 좋을 게 뭐가 있니?"

"상한 거 없어. 어쩌다 하나 있는 거 가지고 잔소리야. 살림하다 보면 그럴 수도 있지. 자기는 뭐 다 잘해?"

시어머니를 모시고 사는 것도 힘들고 애 둘 키우는 것도 벅차고 힘들었다. 힘든 것도 몰라주고 냉장고 정리 따위로 잔소리를 하는 남편이 미웠다. 너무 미워서 견딜 수가 없었다. 한집에 같이 있다는 자체가 싫어져서 남편이 출근하고 없을 때 말없이 집을 나왔다. 그 당시 아이들이 7살, 1살이었다. 속으로 '그래. 그렇게 좋아하는 어머니랑 둘이 잘 먹고 잘살아봐라. 어디 얼마나 잘 사나 한번 보자.'

하면서 가출을 했다. 1살 아이의 짐이 많아 유모차에 가득 싣고 비어있던 외할머니, 외할아버지 집에서 일주일을 보냈다. 주택이었던 우리 집보다 아파트였던 할머니, 할아버지 집은 살기가 편했다. 더군다나 시어머니도 안 계시고 미운 남편도 안 보니 좋았다. 아이들만 온전히 볼 수 있어 좋았다. 근처의 친구도 놀러 오라고 해서 같이 시간을 보내기도 했다.

일주일 후에 화가 풀렸다. 집에 가야겠다는 생각이 들었다. 짐을 챙기니 유모차에 가득하였다. 노숙자 같은 느낌도 들었다. 남편이 어떻게 반응할까? 뭐라고 할까? 집안은 어떻게 되어 있을까? 돌아오는 내내 궁금했다. 아들은 너무 어려서 몰랐고 딸은 여행 갔다 집으로 돌아간다고 생각했다. 아이들도 나도 긴장이 없는 편한 상태를 경험했다. 내가 유모차를 끌고 집에 들어가서

"나 왔어."

"에구~ 어딜 갔다가 이제 왔니?"

남편이 버선발로 나와 아들을 안아주면서 물었다. 눈에는 반가움이 가득 들어있었다. 우리는 일주일 전에 싸웠던 건 모두 잊었다. 남편은 그새 바싹 말라 있었다. 얼굴과 팔, 다리의 살이 많이 빠져서 앙상했다.

"어디 있다 왔니? 응?"

"나 없이 잘 있었어? 어머니랑 둘이 사니까 엄청 좋았겠다. 냉장고 정리 안 하는 부인도 없고 말이야. 애들도 없이 편하고 좋았지?"

"뭐가 좋니? 부인이랑 애들이 집에 없는데~ 말이 되는 소릴 해라. 냉장고

정리 안 했다고 잔소리한 거 미안해. 사과할게. 내가 왜 그랬는지 몰라. 반성하고 있었어. 미안해."

남편은 사과했다. 짐 정리를 하고 냉장고를 열어봤다. 일주일 동안 요리를 할 수 없는 어머니와 남편과 둘이 어떻게 살았는지 알 수 있었다. 냉장고는 텅 비어 있었다. 먹을 반찬이 거의 없었다. 아무것도 없었다. 그동안 냉장고 안에 있던 반찬만 먹었나 보다. 시장에 가면 반찬도 많이 팔고 국도 팔고 음식도 많이 파는데 사 먹은 흔적이 없었다. 어머니가 나중에 이렇게 말씀하셨다.

"아비가 어멈이랑 애들이 없으니까 기운이 하나도 없고 매일 매일 라면만 먹었어. 잠도 못 자고 그러더라. 아비 걱정하는데 어딜 말도 없이 갔다 왔어?"

하고 원망 섞인 말씀을 하셨다.

'남편이 일주일 내내 잠도 못 자고 밥도 못 먹었구나. 그래서 그렇게 살이 많이 빠졌구나.'

후회되었다. 평소 남편이 밥 먹는 일을 제일 좋아하고 배고픈 걸 절대 못 참는데 오죽했으면 하는 생각이 들었다.

'이럴 줄 알았다면 더 빨리 돌아올 걸'

사랑하는 사람을 마음 아프게 하면 어떤 느낌이 드는지 아실 것이다. 화가 나서 막말을 했는데 내 가슴이 더 아프고 힘들었던 기억이 있을 것이다. 그래서 더 사랑하는 사람이 무조건 지게 되어 있음을 알게 되었다. 사랑하는 사람을 아프게 하면 자신의 마음이 더 아픈 법이다. 그래서 다름엔 절대로 집을 나가지 않았다. 아무리 화가 나도. 가족끼리 상처 주는 일을 하지 말아야 하는 가장 큰 이유이다.

식지 않는 사랑

세상에 식지 않는 사랑이 있을까? 연애 기간의 설레는 감정을 유지하는 유효기간은 최대가 3년이라는 기사를 본 적이 있다. 이렇게 설레는 감정이 유효기간이 있는 건 우리의 심장 건강을 위해 꼭 필요하다고 말한다. 평생 배우자를 볼 때마다 처음 만날 때처럼 심장이 뛰고 설렌다면 심장에 이상이 생길 수도 있다. 사람의 신체는 생각할수록 대단하다는 생각이 든다.

연애하는 5년 동안 남편을 죽도록 사랑했다. 이유는 없었다. 그냥 좋았고 남편의 모든 점이 다 좋았다. 눈에 뭐가 단단히 쓰여서 그랬는지 남들은 외모도 무섭게 생겼다고 하고 새까만 피부가 필리핀 사람 같다는 말도 했고 말수도 별로 없고 사교성이 없어서 좋아하는 사람이 거의 없었다.

내 눈에는 큰 키도 좋았고 피부가 까매서 건강해 보였다. 외모도 순해 보였고 사람 좋아 보였다. 말수 없는 건 사기성도 없고 순박하고 진실해 보였다. 사교성이 많아서 여기저기 모임에 다니는 것보다는 사교성이 없어서 나에게

만 집중할 거라 좋았다. 암튼 어떤 면을 봐도 좋은 시기였다. 싸우고 나서도 보고 싶고 그리웠다.

결혼해서는 6개월간 남편의 팔을 베고는 좋아서 잠이 오지 않았다. 아무리 잠을 청해도 잠이 오지 않았다. 남편과 있으면 오히려 편하지 않았다. 잠을 잘 수 없었으니 힘들기도 했다.

남편은 잘만 잤는데 나는 매일 매일 잠을 청해도 잠이 안 왔다. 밤새 뜬눈으로 남편의 얼굴을 보고 또 봤다. 팔을 꽉 잡고 꼭 붙어 있었다.

남편은 2교대로 근무했는데 남편이 출근하면 그때부터 잠을 잤다. 나도 너무 신기한 경험이었다. 얼마나 좋았으면 잠이 안 올까? 책을 좋아해서 책을 읽다가 잠든 적도 많았지만 6개월이나 잠을 못 잔 적은 없었다. 나만큼 배우자를 좋아하는 사람을 찾기가 힘들었다.

남편도 자신을 얼마나 좋아하는지 느끼고 있었다. 그러나 너무 심하게 좋아해서 버거워하기도 했다. 조금 덜 사랑하면 안 되겠니? 라고 말하기도 했었다. 잠은 자야 하지 않겠니? 팔을 너무 꽉 쥐고 안 놔줘서 가위에 눌리기도 했었다고 한다.

지금은 어떨까? 이렇게 사랑했었는데 지금도 그럴까? 답은 사랑이 분산되어 남편에게 가는 사랑이 조금은 덜해졌다. 애를 둘을 낳다 보니 딸과 아들에게도 사랑이 많이 갔다. 아이를 낳고 모유 수유할 때는 남편이 안중에도 없었다. 그때는 온통 갓난 아기를 잘 키워야만 하는 데 신경을 집중해야 했다. 결혼하고 아이를 낳으면 신혼 때와는 다른 인생을 살게 된다.

이런 사실을 몰랐다. 이런 사실을 말해주는 사람도 없었고 인생의 조언이나 충고를 해주는 사람도 없었다. 본능에 충실하게 따랐다. 이 본능이 모성 본능인지도 몰랐으며 자연스러운 감정인지도 몰랐다. 무지했다. 어디서든 배울 기회가 없었다.

요즘은 건강가정지원센터에서 신혼부부를 위해 다양한 교육을 하고 있었다. 신혼부부나 예비 부모들이 살면서 겪게 되는 일들을 미리 알려준다. 자연스레 겪게 되는 감정들과 삶이 급격하게 바뀌는 시기들도 알려준다. 알면 더 현명해질 텐데 우린 그러지 못했다.

아이가 생겨 좋았지만, 남편은 소외감을 느꼈다. 모든 생활은 아기에게 맞춰져 있었다. 전화도 시끄러우니 하지 말라고도 했고 퇴근하고 초인종도 절대 못 누르게 했다. 출근할 때도 아무 소리도 내지 말고 조심히 출근하라고 엄명을 내렸다. 아이가 낮잠을 잘 때 부족한 잠을 자고 살림을 해야 했기에 신경이 날카로워졌다.

남편이 예전에 전화하면 한없이 다정하게 굴고 반가워했다. 그런데 어느 날부터는 전화를 금지하고 용건이 있어 전화했다가는 불호령이 떨어졌다. 이 시기에 주위에 나와 같은 경험을 한 사람이 많을 것이다. 이런 상황이 오면 남편들은 서운함을 느낀다. 서운함에 부인에게 괜히 화를 낼 수도 있다. 부인도 아주 힘들어 보이지만 열심히 일하고 온 자신을 거들떠보지도 않으면 무시당했다는 생각이 든다. 심지어 밥도 안 차려주고 집안도 엉망이면 짜증이 날 수 있다. 서로 더 많은 배려와 이해를 바라게 되고 마음의 여유가 없어지는 시기다.

나도 그랬다. 내가 더 힘들다고 생각했다. 거기다 나는 시부모님과 살았기 때문에 남편만 단속한다고 되질 않았다. 나에게는 통제할 수 없는 시어머니가 계셨다. 늘 신경이 날카로운 상태였다.

지금 생각해보면 우리의 사랑이 식지 않을 수 있었던 이유가 몇 가지 있었다. 아이를 낳기 전 남편에게 무한 신뢰와 무한 사랑을 주었다. 남편이 사랑을 충분히 받았다고 느낄 만큼의 사랑이었다. 남편은 그때 받았던 사랑을 지금도 가끔 꺼내 보고 좋아한다.

내가 줬던 그 사랑은 남편이라는 존재 자체를 이유 없이 사랑했다. 조건 없는 사랑을 받으면 스스로 가치 있다고 느끼게 된다. 스스로 사랑스럽다는 생각이 절로 든다.

무조건적인 사랑은 여러 가지를 나에게 가져다주었다. 남편도 나를 그렇게 사랑하게 만들어줬다. 둘 중 한 사람이 힘들어서 서운하게 할 때마다 그때의 사랑을 기억한다. 그러면 자연스레 상대를 배려하고 이해하고 존중하게 된다. 가장 힘들 때가 첫아이를 키울 때였다. 첫아이를 키우는 건 무한한 희생과 인내를 요구하는 일이었다. 잠을 잘 수 없고 말 못 하는 아이가 울면 답답해도 참고 달래야 했다. 기저귀도 갈아주고 대변도 치우고 목욕도 시켜야 했다.

남편은 헌신적으로 도와주었다. 자신도 일하고 와서 파김치가 되었을 텐데 항상 내 얼굴을 살피고 내 컨디션이 괜찮은지 아픈 데는 없는지 살펴봤다.

미용실에 갈 수도 없고 옷도 흰색 티만 입었고 온통 젖 냄새가 진동했다. 무릎 나온 운동복 바지를 매일 매일 입고 있었고 씻지 못해 눈곱이 덕지덕지, 머리에 기름이 끼였지만 예쁘다고 말해주었다.

내가 봐도 몰골이 말이 아니지만, 그때는 내 몸을 치장할 여력이 없었다. 아이가 아프면 더 심하게 몰골이 변했다. 그런데도 남편의 사랑은 변함이 없었고 퇴근 후 바로바로 집에 와서 기저귀를 빨고, 젖병을 삶고 아이를 안아줬다. 내가 조금이라도 쉬고 잘 수 있게 아이도 봐줬다. 이런 남편의 배려는 힘든 상황에서도 이겨내도록 만들어줬다.

살다 보면 부부는 서로 힘든 순간을 맞이할 수밖에 없다. 그런데 평소에 사랑을 비축하지 못했던 부부들은 이런 시기에 더 싸우고 서로 책임을 전가하게 된다.

내 주위에 많은 부부가 그랬다. 시댁과의 갈등 또는 몸이 아프거나 사업이 망하거나 아이가 유산되거나 살면서 힘든 순간이 얼마나 많겠는가?

우리 부부도 첫아이를 낳았을 때 최악으로 힘들었다. 시아버님도 투병 중이었고 나는 출산한 지 얼마 되지 않았고 갓난아이를 키워야 했다. 설상가상으로 시어머님은 팔이 부러지셨다. 남편은 역대 최고로 출동이 많은 곳으로 발령이 나서 기진맥진하게 일해야 했다.

우리 집의 누구 한 사람 편하게 사는 사람이 없었다. 그런데도 우린 모든 상황에 최선을 다했다. 남편이 없는 하루는 내가 아버님을 전적으로 보살폈고 병원도 모시고 다녔다.

어머님은 한쪽 팔로 살림을 하고 갓난아기를 봐주셨다. 남편은 내가 몸도 회복이 안 되었는데 아버님을 돌봐드리는 걸 고마워했다. 고마운 마음을 행동으로 보여줬다. 나를 위해 본인이 할 수 있는 모든 걸 해줬다. 하지만 한번 잠이 들면 업어 가도 모르게 잠이 들었다.

천하가 뒤집어져도 모를 정도로 잠이 깊이 들었다. 온종일 출동하느라 얼마나 힘들었을까? 나도 맘이 안 편했다. 그래도 우리는 하루하루 살아내야만 했다.

우리 부부가 사랑이 식지 않은 이유를 돌이켜보면 힘든 상황을 같이 겪고 이겨냈기 때문이다. 그런 생각이 든다. 서로 죽을 만큼 힘들고 지쳤음에도 배우자가 더 걱정되었다. 내가 조금 더 그 힘든 일을 많이 하고 싶고 배우자는 편하게 해주고 싶은 마음이 컸다.

친구들은 이런 상황을 어떻게 견디는지 도저히 이해하지 못했다. 하지만 그때 우리는 하루하루가 감동이었다. 일상생활 자체가 사랑 그 자체였다. 아이러니하게도 육체적으로 한계상황을 겪었지만 가장 서로를 사랑했던 시기였다.

남편은 나의 새로운 면을 봤다. 나도 남편의 새로운 면을 보게 되었다. 우린 서로를 사랑하면서도 존경스러워했다. 여리고 뭐든지 도움이 필요할 것 같은 약한 부인의 강한 면을 보았다. 자신이 없는 동안 이런 일을 해낼 수 없을 거라 여겼던 사람이 해내고 있었다.

남편은 아픈 아버님을 더할 나위 없이 잘 보살펴 드렸다. 병원에서 두 달 동안 어머님과 돌아가면서 병간호하는 모습도 봤고, 집으로 모셔 와서는 극진히 아버님을 보살펴드렸다. 평소 무뚝뚝하던 모습을 버리고 까불까불한 어린 자식이 되어 아버님에게 재롱도 부렸다. 존경스러운 남편의 모습이다. 연세 드신 부모님을 외면하지 않고 최선을 다하는 모습은 멋있었다.

사람의 본심은 어려울 때 드러난다고 한다. 친구도 가족도 그렇다. 평소에 사이가 좋고 힘들지 않을 때는 서로 잘 지낸다. 그러다 한쪽이 힘들어지면 관계를 끊어버리거나 반대로 도움의 손길을 내밀어 주기도 한다. 지극히 어려울 때 나와 남편은 회피하지 않고 당당하게 자신의 자리에서 최선을 다했다. 이런 서로의 모습에서 사랑이 식을 수 없다.

부부의 사랑이 자녀 사랑으로

사람에게 집이란 어떤 곳일까? 모두 다르게 느낄 것이다. 어떤 분에겐 휴식의 장소일 수도 있고 에너지를 충전하는 장소일 수 있다. 어릴 때부터 우리 집은 싸움의 장소였고 늘 긴장되고 불안한 곳이었다.

결혼해서 우리 집도 마찬가지였다. 아들과 딸은 서로를 못 잡아먹어서 안달이었고 매일 매일 울고불고 싸우고 때리고 화나서 온몸을 부르르 떠는 날들이 많았다. 엄마인 나는 매일 시어머니와 냉전 중이었고 뜨거운 화를 몸속에 품고 있었다. 언제 터질지 모를 폭탄을 안고 사는 기분이었다. 집이란 공간에 있으면 있을수록 불안하고 냉랭하고 사랑이라곤 없는 장소가 되어버렸다. 인정하기 싫었지만 그런 공간을 만든 건 나라는 걸 알고 있었다. 나도 괴롭고 가족 모두가 힘들어했다. 모두 불행했다. 하지만 나 자신을 통제할 수가 없어 절망스러웠다.

나의 가장 큰 장점을 이용하기로 했다. 나는 꿈꾸고 상상하는 능력이 뛰어났다. 머릿속으로 그림을 생생하게 그릴 수 있다. 내가 아이들에게 원하는 엄마의 모습을 상상해봤다.

아이가 뭔가를 실수했을 때 괜찮다고 다독여줄 수 있고 학교 끝나면 엄마가 있는 집을 향해 달려와서 엄마에게 안길 수 있는 푸근한 엄마, 편안한 엄마, 아이들의 눈높이에서 이야길 들어주고 공감해줄 수 있는 엄마, 잔소리하지 않고 아이의 인격을 무시하지 않는 엄마, 화내지 않는 엄마, 욱하지 않는 엄마가 되고 싶었다. 지금의 나와는 정반대였다.

불가능해 보였지만 내가 할 수 있는 건 꿈꾸는 것밖에 없었다.

남편이 밤마다 꾸준히 하는 일이 있었다. 그건 아이들을 재우고 나면 야간 산책을 가는 거다. 눈이 오나 비가 오나 우린 매일 걸었다. 걸으면서 남편은 내 이야기를 들어줬다.

동네 한 바퀴를 돌면서 그날의 에피소드를 생생하게 이야기하면 남편은 묵묵히 잘 들어주고 가끔 과한 반응도 해주었다. 대부분 아이에 대한 이야기가 많았다.

딸이 초등학생이 되었는데 우린 교육에 대한 생각이 달랐다. 처음엔 나도 옆집 엄마들처럼 딸에게 과도한 사교육을 시켰다. 안 시키면 불안해서 잠이 오지 않았다. 그만큼 주변의 엄마들은 좋은 학원을 한곳이라도 더 보내려고 안달이었다. 학습 효과에 좋은 걸 시키려고 경쟁하듯 아이를 학원으로 보내고 있었다. 아이의 점수가 곧 엄마들의 점수였다. 나도 그렇게 살았다.

그러다 내 생각이 바뀌어 가기 싫어하는 딸아이를 학원을 보내지 않게 되었다. 남편은 심하게 불안해했다. 그걸로 산책하면서 다투기도 하고 서로의 생각을 끊임없이 이야기했다.

우리에겐 동네 산책이 토론의 장소가 되기도 하고 화해의 장소, 때론 공감의 장소가 되었다.

동네에서 가장 좋아하는 장소가 있다. 바로 도서관이었다. 도서관에만 가면 흥분이 되었다. 책 냄새도 좋았고 많은 책을 보고 있자면 기분도 좋아지고 설레기도 했다.

어린 아들과 매일 도서관을 다녔다. 아들에게 책을 읽어주고 빌려와서 집에서도 읽어줬다. 마음에 드는 책이 있으면 내 책과 아이들 책을 같이 빌렸다. 빌린 책을 아이들에게 잠들기 전 읽어주곤 했다.

나에게 책은 스승이자 지혜를 얻을 수 있는 보물창고였다. 매번 의문이 생기면 답을 주었다. 유일한 안식처였다. 집이 아닌 도서관에서 나는 편안함을 느낄 수 있었다.

책을 읽으면서 내가 원하는 엄마가 되기 위해 노력했다. 하루아침에 되지는 않았다. 매일 아침 책을 읽고 학교에서 돌아오는 아이를 맞을 때면 책에서 배운 대화법을 실천하고자 노력했다. 하지만 금세 원래 하던 대로 상처를 주곤 했다. 그러면 한없이 우울해지고 실망스러웠다. 이런 과정이 몇 년 동안 반복되었다. 하지만 포기하지 않았다. 그러다 어느 순간부터 점차 나아지게 되었다. 그 당시에는 몰랐지만 지금 돌아보니 그랬다. 야간 산책길마다 남편에게 속상함을 토로했었다.

"나는 이상하게 딸에게 예쁘게 말하려 해도 잘 안 되네. 매일 매일 다짐을 하지만 그게 어려워. 오늘도 별일 아닌 일에 딸에게 심하게 화를 냈어. 친구와 놀다가 조금 늦었는데 약속을 지키는 습관을 들이게 해야 한다는 생각에 심하게 야단을 쳤어. 지금 생각해 보니 아이가 놀다 보면 늦을 수도 있는 건데 ~ 약속을 잘 지켜야 한다고 좋은 말로 이야길 했어도 됐는데 왜 그랬는지 모르겠어."

그러면 남편은 속상해하는 나를 위로해줬다.

"이렇게 반성하는 엄마를 둔 딸은 좋은 엄마를 둔 거야. 잘못한 일을 반성하는 일은 쉽지 않은 일이야. 괜찮아."하고 따뜻하게 안아주고 토닥여줬다.

한동안 나의 대화는 이런 식이었다. 매일 매일 아들과 딸에게 잘못 행동했던 일들을 반성하면 남편은 괜찮다고 위로해줬다.

매일 이런 과정을 겪으면서 좋은 엄마가 되는 상상을 했다. 그리고 대학교에 들어가서 아이들의 발달에 대해 공부했다. 아동발달, 청소년 이해론 또 시어머니를 이해하기 위해 노년학도 공부했다. 우리 부부가 건강하게 살기 위해서 부부치료도 중점적으로 공부했다.

나의 상처를 치유하기 위한 공부도 빼놓지 않았다. 할 수 있는 모든 노력을 기울였다. 뒤늦게 들어간 대학교는 나에게 많은 걸 깨닫게 해줬다. 아동발달에 대한 기본적인 지식이 쌓이니 아이들의 행동이 이해되었다.

딸아이는 7살 때쯤 공주 그림을 많이 그렸다. 각종 공주에 빠져 살았다. 뭐든 공주가 그려져 있는 걸 선택했고 공주 이야기책을 탐닉했다.

매일 매일 하루도 빼지 않은 일과가 공주 그림을 그리는 거였다. 꼭 머리에 왕관을 쓰고 드레스를 입은 각종 보석을 달고 있는 공주였다. 또한 공주 옷도 좋아했다. 머리끝부터 발끝까지 공주처럼 꾸미고 싶어 했고 공주들이 가지고 다니는 봉까지 손에 들고 다녔다.

나는 어려서 이런 걸 못 해봤다. 대리만족하느라 딸을 예쁘게 꾸며줬다. 못하는 솜씨로 딸의 머리도 최대한 예쁘게 묶어주고 공주 옷도 많이 사줬다. 신발도 구두를 많이 사줬다.

공부하다 보니 아이들이 이렇게 하는 건 발달과정의 자연스러운 현상이었다. 여자라는 정체성이 생기려고 여자아이는 더 여성스러운 행동을 하게 되었다. 이 시기에 남자아이들은 남성이라는 정체성이 생기려고 남성스러운 장난감에 빠져든다고 한다. 총, 칼, 로봇, 군인 같은 장난감을 그 시기에 더 많이 가지고 놀게 된다. 상대에 대해 알면 이해가 되고 기꺼이 존중과 배려하게 된다.

대학 공부를 시작했을 때 딸이 초등학교 고학년이 되었다. 5학년 때쯤 공부를 시작하면서 매일 매일 새로운 내용을 배우고 익히는 게 얼마나 힘든 일인지 알게 되었다. 내가 하는 공부는 스스로 전공과목을 선택해서 하는 공부인데도 힘들었다. 새로운 용어와 새로운 이론, 새로운 학자들을 구분하기가 힘들었고 이론들이 서로 섞였다. 과제도 머리 싸매고 해야 했고 중간고사, 기말고사를 볼 때마다 극심한 스트레스에 빠졌다. 이걸 알게 되고부터 딸에게 공부에 대한 잔소리를 덜 하게 되었다.

지금 자녀에게 공부하라는 잔소리를 멈추고 싶은 부모가 있을 것이다. 그런데 멈출 수 없다면 부모 자신이 시험을 한번 보라고 권하고 싶다. 나처럼 늦게 대학교를 입학하면 더 좋다. 아마 바로 멈추게 될 것이다. 경험은 최고의 교훈을 준다.

아이가 학교에 가면 동영상으로 공부를 했다. 모르면 동영상을 계속 반복해서 듣기도 했다. 그리고 과제나 시험공부를 하고 있으면 딸이 학교에서 돌아왔다. 그럼 딸에게 자연스레 하는 말이 "학교 잘 다녀왔어? 수고가 많았어. 공부하기 힘들지?"

"응, 오늘은 학교에서 샌드위치를 만들기로 했었는데 감자가 준비 안 됐다고 못 만들었어. 내가 얼마나 오늘만을 기다렸는데 엄마 어쩜 이럴 수가 있어? 이거 너무한 거 아냐?"

하면서 분노를 폭발했다. 예전의 나였으면 아이의 처지를 이해 못 해서 이렇게 말했을 거다.

"그럴 수도 있지. 그게 그렇게 화낼 일이야? 다음에 하면 되잖아."

하지만 공부를 하고 자녀교육에 대해 배운 후에는 이렇게 대답해 주었다.

"그랬어? 어머 어쩜 그러니? 애들이 많이 기다렸을 텐데~ 감자가 없다고 안 하다니. 그냥 감자 없이 만드는 샌드위치도 있는데 왜 그랬대?"

"그러니까 엄마~ 내 말이 그거야. 그냥 만들기로 했으면 다른 방법을 찾아서 만들어야 하는 거 아냐? 이건 너무해."

"그래. 너무하다. 우리 딸이 얼마나 기다렸는데 ~ 속상하겠다. 학교가 학생들과의 약속을 안 지키면 무시당하는 느낌도 들었겠다."

"응, 진짜 그랬어."

딸은 엄마가 자신의 감정을 읽어주자 점차 화가 누그러져 갔다. 그리고는 스스로 이렇게 이야길 했다. "그래도 엄마, 지금은 괜찮아졌어. 다른 날 한다니까. 또 기다려지네." 하며 화를 스스로 가라앉혔다.

감정에 관한 공부는 나의 욱하는 습관을 버리게 만든 일등 공신이다. 감정은 억누르거나 이해를 받지 못하면 없어지지 않는다. 아이의 감정은 특히 더 그렇다. 엄마가 거울처럼 감정을 읽어주고 공감해주었을 때 아이들은 그 감정이 증폭되는 게 아니라 점차 누그러지고 나중에는 없어진다. 어른의 감정도 마찬가지다.

딸은 피아노 치는 걸 좋아해서 피아노학원에 다녔다. 그러다 어느 날은 "엄마, 나 피아노 학원 안 다닐래." 갑자기 이렇게 말했다.

예전 같으면 "피아노 학원을 왜 안가? 조금만 더하면 체르니 30인데~ 매일 매일 안 다니면 금방 잊어버리지 ~ 말도 안 되는 얘기 하지도 마."하고 아이 말을 잘랐을 거다. 하지만 감정 공부를 하고부터는 다르게 말했다.

"요즘 피아노 치기 어렵지?"

아이는 기다렸다는 듯이

"응, 엄마 피아노 치기가 점점 어려워져서 힘들어."

"그랬어?~ 그만두고 싶을 만큼 힘들다는 거지?"

"응, 엄마."

"그럴 수 있어. 엄마도 너무 힘들면 그만하고 싶더라."

"그래도 엄마, 나 조금만 더 다녀볼래."

"그래? 힘들면 언제든 이야기해. 조금 천천히 진도 나가도 괜찮아."

"응, 알았어."

아이들이 그만 다니고 싶다고 말하는 건 대부분 힘들다는 뜻임을 알고 있었기 때문에 가능했던 대화다. 아이는 엄마가 힘들어한다는 걸 알아주고 이해해 주는 것만으로도 해결이 되었다.

이처럼 감정을 읽어준다는 건 아이들이 자신이 어떤 상태인지 알게도 해주고 깨닫게 해주기도 한다. 내가 바라던 좋은 엄마가 나도 모르게 되어가고 있었다. 하루하루 못난 엄마에서 점차 좋은 엄마로 변해가고 있었다.

밤마다 남편과의 산책길에서 이런 감동을 주는 이야기를 하며 나의 감정을 남편과 나눴다. 남편도 나와 감정을 공유했고 더 좋은 부모가 되어야겠다는 다짐을 했다. 우린 이러면서 더욱더 사랑이 돈독해지고 커지게 되었다. 육아하면서 힘들지만 여러 가지 경험을 통해 진짜 성숙해짐을 느낀다. 나도 남편도 미숙했던 모습에서 진짜 어른으로 성장해나가는 기분이다. 맞벌이 부부든 외벌이 부부든 육아는 공동으로 하면 좋겠다. 아이와 유대감도 느낄 수 있고 성숙해지는 최고의 순간을 맛보게 된다.

지금 행복합니다

행복에 대해 알기 위해 탐닉하던 날이 있었다. 도대체 행복이란 어떤 느낌일까? 행복하려면 어떻게 해야 할까? 나의 행복은 언제쯤 올까? 행복한 삶을 사는 사람은 어떤 사람일까?

이런 궁금증을 해결하기 위해 행복이라고 들어간 책은 모두 읽었다. 진리는 하나로 통하는 것처럼 행복은 결국 환경과는 상관이 없었다. 어떤 환경이든지 감사하는 마음을 가지고 내가 가진 것들이 크건 작건 만족을 해야 했다. 더 나아가서 남을 위해 돕거나 돕기 위해 노력을 하는 과정에 있었다. 결국 나 자신의 문제에 빠져 있지 않아야 했다. 타인을 사랑하는 마음과 돕는 마음이 중요했다. 어떤 상황이든 현재 내 상황을 감사하다고 느낄 때 행복이 찾아온다고 했다.

어려운 상황에서도 감사하는 마음을 가진 사람이 있다. 반면 불행하다고 원망하고 절망에 빠지는 사람도 있다. 왜 사람은 모두 같은 행동을 하지 않고 같은 마음이 되지 않는 걸까?

　이런 이야기를 들은 적이 있다. 사람은 곁에 누군가가 믿어주고 사랑을 주는 한 사람만 있으면 절대 잘못되지 않는다는 말이다. 이 이야기를 듣고 나의 경우는 누가 있었을까? 생각해보았다. 외할아버지께서 그런 사랑을 주셨다는 생각이 든다.

　할아버님은 노후자금이 있었다. 그 돈은 할머니와 할아버지의 노후자금이라서 함부로 쓰시지 않고 아껴 쓰셨다. 자식들이 아무리 어려워도 돈을 빌려주지 않으셨다. 그래서 원망도 많이 들었다. 그 돈은 할머니, 할아버지의 생명줄이나 마찬가지였다. 누구 하나 정기적으로 용돈을 드리는 분도 없으셨고 살림을 도와주는 자식도 없었다. 모두 살기 바빴다. 나빠서가 아니라 상황이 그랬다. 나는 어느 날 결혼 후 이사할 때 돈이 급하게 필요했다. 3,000만 원이라는 큰돈이었다. 주위에 그런 큰돈을 가지고 있을 사람이 없었다. 어쩔 수 없이 할아버지에게 전화를 드렸다.

　어려웠지만 그만큼 절박한 상황이었다. 거절하시면 그때 다른 방법을 찾기로 하고 무조건 전화를 드렸다. 할아버지는 내 말을 다 들으시더니 "어디로 보낼까? 계좌번호 불러라. 할아버지가 바로 은행에 가서 보내줄게." 하고 말씀하셨다.

　3,000만 원은 그 당시 정말 큰돈이었다. 할아버지께서 몇 년을 생활하실 만큼 컸다. 그런데 그 큰돈을 묻지도 따지지도 않으시고 당장 보내주시겠다고 말씀하셨다. 사랑이라고밖에 생각할 수 없었다. 나는 그런 손녀였다. 할아버지에게. 생명과도 같은 그런 존재였다. 그런 사랑을 받았던 나는 절대 잘 못될 수 없었다. 어떤 상황에서도. 부모님이 그렇게 힘들게 했어도 시어머니와 힘들었어도 해결할 방법을 찾고 노력할 수 있었던 이유였다는 생각이 든다.

할아버지의 사랑이 새삼 감사하다.

행복은 어떤 느낌일지 궁금했다. 기분이 좋은 상태일까? 고마움을 느낄 때의 기분일까? 감동할 때의 기분일까? 기쁜 순간의 느낌일까? 궁금했다. 내가 행복하다고 느끼는 상태는 어떤 상태일까? 특별한 날 선물 받는 기분일까?

이런 궁금증을 해결하고자 일상의 감정을 점검하기 시작했다. 아들이 학교에서 백 점 맞아 기분이 좋고 기쁜 순간이 있었다. 잠시 기뻤지만, 일순간 사라졌다.

외출했다가 밤에 늦게 들어오는 나를 위해 남편이 데리러 와주거나 비가 올 때 우산을 가져다줄 때도 감동이었다. 감사한 마음이 들었다. 그러나 그 감정도 잠시 뒤면 사라지고 없었다. 행복은 일순간 사라지는 그런 기분일까? 회사에서 일할 때 열심히 일한 만큼 보상을 받는다면 그것처럼 기쁜 일이 없을 것이다. 그런데 그런 기분도 며칠이면 사라지고 없었다.

어느 날 평일 저녁에 아들과 식사를 하는데 감사한 마음이 들고 눈물이 날 만큼 기분이 묘했다. 뭔가가 가슴에 훅하고 들어오는 것 같았다. 내가 원했던 일상이었다.

매일 매일 내가 간절히 원하던 일상의 모습이 펼쳐지고 있었다. 고요하고 편안한 저녁 따뜻한 집에서 어린 아들과 맛있는 반찬을 만들어 저녁 식사를 차렸다. 아들이 나에게 가장 맛있어 보이는 반찬을 젓가락으로 집어서 먹여주었다. 내가 시킨 행동도 아니고 평소에 내가 아들에게 먹여주는 행동을 했던 것도 아니었다. 아들이 스스로 마음이 내켜서 그런 행동을 한 것이다.

이런 일이 왜 간절히 바란 일상일까? 평소에 밥상에서 늘 긴장을 했다. 어려서부터 밥 먹는 자리는 긴장과 불안의 연속이었고 사랑을 느낄 수 없는 장소였다. 내 가정을 꾸리고도 못난 엄마였기에 늘 누군가를 미워하고 있어서 냉랭하고 화를 온몸으로 내뿜고 있었다. 아이들에게 엄마는 두려운 존재였다. 언제 터질지 모르는 화산 같은 존재였을 테니까. 몇 년이 흘러 마음속의 미움이 사라지고 난 후 엄마에게 스스럼없이 반찬을 먹여줄 수 있는 아들을 본다는 건 모든 상황이 변했다는 의미다. 마음 한 곳이 따뜻해졌다. 뭔가가 평화로운 느낌이었다. 이전의 즐겁고 들뜬 기분과는 달랐다.

"아! 이게 행복인가?" 이런 생각이 들었다.

누군가가 행복에 대해 정의해주었다. "안정되고 평화로운 상태"라고 했다. 공감되었다. 내 마음이 기쁘고 즐겁고 한없이 좋은 일을 겪었을 때 마음의 안정과 평화가 도리어 깨졌다. 극심하게 좋은 상태에서 다시 평정심을 되찾으려면 한참이 걸렸다. 마치 고통과 슬픔을 겪었을 때처럼 다시 평온하게 되기까지 시간이 걸렸다. 그런데 일상에서 오는 잔잔한 일들은 들뜬 기분이 아닌 평온하고 안정된 마음으로 행복한 상태가 오래갔다. 감사하는 마음도 동반되었다.

일상에서 조용히 차를 마시는 것, 가족과 외식을 하는 것, 아들이 고마워할 때, 딸이 저녁 먹으며 맛있다고 말해주는 것에서 행복을 느낀다. 남편과 조용히 대화할 수 있는 것, 냉장고에 요리할 재료가 있다는 것 등에서도 행복을 느낄 수 있었다.

어떤 의도로 이런 정의를 내렸는지 경험을 통해 알 수 있었다. 물론 나의 개인적인 감정이고 느낌이다. 사람마다 다르지 않을까? 행복을 느끼는 감정도? 다른 사람들이 느끼는 행복의 느낌은 어떨까? 궁금하다. 그토록 알고 싶어 하던 행복한 느낌을 경험해서 좋았다. 나는 이런 느낌이 들 때마다 말하기 시작했다. 사람이 옆에 있든 없든 "행복해"라고. 그랬더니 아들도 어느 날부터 나를 닮아가기 시작했다. 좋은 감정을 느낄 때마다 "행복해"라고 말하기 시작했다.

평범한 일상에서 자주 말했다. 아들도 행복의 느낌을 어렴풋이 알아가고 있었다. 어려서 부모님이 행복하게 살지 못했고 주위 사람들이 불행하게 사는 모습을 보고 자랐다. 그렇게 살고 싶지 않았다. 행복하게 살고 싶었다.

어떤 사람들은 깊은 절망에 빠지기도 한다. 자포자기 상태가 되어 아무리 발버둥 쳐도 빠져나올 수 없는 미로처럼 생각하고 포기하는 사람도 있다.

할아버지 덕분에 절망스러운 순간에서 빠져나올 수 있는 회복 탄력성이 있었다. 어려움을 한 번도 겪지 않는 사람이 있을까? 아마 없을 것이다.

회복 탄력성이란 원래는 물리학에서 나온 용어이다. 어떤 물질이 변형된 후 원래 형태로 되돌아오는 능력을 말한다. 사람들이 힘든 일을 겪을 때마다 어떤 사람은 툭툭 털고 일어나는 데 어떤 사람은 일어나지 못한다. 회복 탄력성은 마음의 근력이나 마찬가지다.

희망이 없는 절망의 상태에서도 절망하지 않고 결국에는 노력하여 절망을 희망으로 바꾸고야 만다. 내가 할 수 없는 일은 받아들이고 내가 할 수 있는 일은 행동으로 실천하고 흔들림 없이 해나간다.

어느 정도로 간절하게 행복한 삶을 원했는지는 내가 했던 많은 행동 속에 담겨있다. 남에게 해가 되지 않은 모든 행동을 다 했다. 심리 상담을 받았고 대학교에 입학해서 공부도 하고 멘토를 만나고 멘토가 이끄는 대로 치유 여행을 다녀왔다.

치유 여행을 다녀와서 운동이 좋다고 해서 핫 요가를 일 년간 꾸준히 했다. 핫 요가를 하면서 몸과 마음이 건강해지고 강인해졌고 스트레스가 풀렸다. 화가 나는 상황에서도 핫 요가를 하고 나면 모두 마법처럼 풀렸다. 운동은 분노와 스트레스에 엄청난 효과가 있음을 깨달았다.

운동하는 걸 극도로 싫어했지만 1년이나 다녔다. 도서관에서 행복과 회복 탄력성, 화를 다스리는 법, 마음의 상처를 없애는 법, 긍정의 마음을 유지하는 법과 관련된 책들을 닥치는 대로 읽었다. 그래서 나는 어느 한 가지 방법으로 행복을 찾았다고 말할 수 없다. 그냥 간절했고 절박했다는 생각이 든다. 분노 속에서 억울해하고 원망하며 인생의 패배자로 살고 싶지 않았다. 평생을 그렇게 살아온 부모님을 보면서 다르게 살고 싶었다.

세상에는 나보다 더 어려움을 겪은 사람들이 많았다. 더 절망스러운 경험을 한 사람들도 모두 행복을 찾을 수 있다고 말하고 있었다. 책에서도, 텔레비전에서도 강의에서도 그렇게 말하고 있었다. 그렇다면 나도 한번 믿고 노력해보면 어떨까? 어차피 나에겐 잃을 게 없는 싸움이니까. 밑져야 본전이라는 생각이 들었다.

그리고 이런 생각이 지금의 행복으로 이끌었다. 지금 행복하다. 앞으로도 행복할 것이다. 왜냐고? 지금 행복한 사람은 미래에도 행복하다. 바꿔 말하면 지금 행복하지 않은 사람은 미래에도 행복할 가능성이 없다고 한다. 나는이 말에 깊이 공감한다. 그래서 미래의 행복을 위해 지금의 행복을 미뤄서는 안 된다. 먼 미래를 위해 지금의 행복을 미뤄야 한다고 생각하는 분도 있다. 그러나 나는 진심으로 말리고 싶다. 우리는 매 순간 행복을 선택해야만 한다. 왜냐하면 우리는 즐겁게 살기 위해 태어났다.

만약 행복을 미루고 있는 분이 있다면 자신에게 이런 질문을 해보길 바란다.

"무엇 때문인가?"

"내가 가장 원하는 것이 무엇인가?"

서로를 키워주다

남편보다는 내가 더 아픈 상처가 많은 상태로 결혼했다. 자존감도 더 낮았고 우울증도 있었다. 트라우마도 갖고 있었다. 그런 상태에서 내가 온전하게 사랑을 줄 수 있었다는 게 기적이었다. 내 기능 중에 살아있던 유일한 기능이 사랑을 주는 것뿐이었다.

그런데 다행히 나의 사랑을 받아주고 좋아해 주는 사람을 만났다. 그리고 남편은 내가 울거나, 우울해하거나 화를 내도 묵묵히 곁에 있어 주고 다독여 주었다. 어떤 부탁을 해도 다 들어주었다. 조건 없는 사랑과 수용은 상처를 아물게 했다. 어떤 공부보다 어떤 상담보다도 남편의 사랑과 지지와 배려가 상처를 아무는 데 많은 영향을 주었다.

심리학에서는 어릴 때 받은 상처가 치유되는 일과 내면의 성장은 어른이 되어서도 어느 때고 가능하다고 말한다. 하지만 누군가의 조건 없는 사랑과 지지를 경험해야만 한다. 어른이 되어서 이런 경험을 하기는 쉽지 않다. 성인이 되어 이런 사랑을 줄 수 있는 대상을 만나기는 무척 어렵다. 그러면 방법이 없는 건가? 아니다. 자기 자신이 이런 조건 없는 지지와 사랑을 줄 수 있으면 그때부터 성장할 수 있다. 상담을 공부하면서 무엇보다 좋았던 건 희망을 발견하는 것이었다.

성격 중에 남편과 완전히 다른 면이 있다. 바로 한 가지 일을 꾸준히 반복해서 하는 일이다. 수시로 변덕을 부린다. 뭔가를 하고 싶다가도 금방 하기 싫어지기도 한다. 감정 기복도 심하고 어느 날은 에너자이저처럼 움직이다가도 어느 날은 손 하나 까딱하기 싫어한다. 일관성이라고는 없는 사람이다.

친정엄마는 이런 성격인 나를 엄청나게 비난하셨다. 아빠 닮아서 진중하지 못하고 하나를 끝까지 못 하고 이거 하다 저거 하다 한다고 잔소리를 퍼붓곤 하셨다.

그러나 이런 성격이 바꿀 수 없는 내 일부였다. 나는 뭔가를 해보고 싶으면 금방 시작한다. 남들처럼 이거 재보고 저거 재보고하기 전에 그냥 일단 해본다. 그러다 아닌 것 같으면 금방 접는 사람이다. 또 맞는 것 같으면 끝까지 한다. 무슨 일이 있어도.

자기 일을 찾기가 어디 쉬운가? 맞는 일을 찾기까지 많은 경험을 해봐야 알 수 있다. 이런 사실을 지금은 알고 있다. 하지만 우리 친정엄마의 생각은 시작하기 전에 잘 생각해보고 신중하게 선택해야 한다고 믿으셨다, 일단 시작한 일은 무슨 일이 있어도 끝맺어야 한다고 생각하셨다. 어느 것이 맞고 틀린 생각이 아님을 알고 있다. 그냥 생각이 다른 거다. 틀린 게 아니다. 그런데 엄마는 당신 생각만 옳다고 생각하신 게 문제였다. 부모라고 모두 바른 생각을 하는 건 아니다. 나도 내 생각이 모두 옳은 건 아님을 알고 있다. 생각의 유연성을 키우려고 노력 중이다.

결혼 후에 일이 하고 싶었다. 새로운 직업을 찾고 싶어 방황했다. 주부로 사는 15년 동안 사회는 많이 변해 있었다. 내 나이는 그사이 사장, 부장, 과장급의 나이가 되어 있었다. 경리나 총무로 일하기에는 나이가 너무 많았다. 완전히 새로운 일을 해야만 했다. 예전 고등학교 때와 똑같은 상황이 된 것이다. 그때와 다른 게 있다면 나이와 경험이 좀 더 많아졌고 상의할 사람이 부모님이 아닌 남편이라는 거다.

어떤 일이 나와 맞을지 전혀 감도 안 오고 어떻게 해야 할지 막막했다. 이런 경우 일단 부딪혀 보기로 했다. 상담 공부도 했으니 심리상담사로의 길도 알아봤다. 심리상담사는 석사과정은 필수였고 수련 기간도 6년가량 걸렸다. 그런데 문제는 공부 후에 일자리도 별로 없었다. 이미 외국에서 공부하고 온 박사급 심리상담사도 넘쳐나고 있다. 내 상황은 공부를 그렇게 오랫동안 할 정도로 돈이 많지도 않았다. 그래서 포기하고 청소년지도사, 청소년상담사를 알아봤다. 그런데 청소년이 믿고 따르기엔 엄마 같은 나보다는 형이나 누나 같은 20대나 30대를 선호한다고 한다. 청소년지도사는 주말에 아이들을 데리고 야외활동을 다니려면 체력도 받쳐주고 주말 근무도 가능해야 했다. 나는 주말 근무를 선호하지도 않았고 체력도 그렇게 좋지 않았다. 여러 가지로 나이와 체력과도 맞지 않는 일이었다. 그럼 보험설계사는 어떨까? 해서 보험설계사 시험을 보고 코드를 받았다. 남편은 속으로 진짜 깜짝 놀랐다고 한다. 보험설계사 일이 어려운 일인데 부인이 하겠다고 하니 걱정을 많이 했다고 한다. 사람들에게 상처를 받을까 봐 말리고 싶어 했지만, 전혀 티를 내지 않았다. 그냥 묵묵히 지지해줬다.

보험설계사는 결론적으로 말해서 나와는 맞지 않았다. 아는 사람들에게 보험을 들라고 말하기도 싫었고 새로운 사람들에게 보험을 소개하는 것도 싫었다. 돈을 많이 벌 수 있다고 해도 싫었다. 왠지 가슴 설레고 열정적으로 하고 싶은 마음이 들지 않았다. 그래서 코드 나온 지 얼마 되지 않아 접었다. 접었을 때도 남편은 지지해 줬다. 남편은 이래도 좋고 저래도 좋았던 거다.

이러면서 나는 자연스레 성장하게 되었다. 남편이 내가 이거 하다 저거 하다 해도 비난하지 않고 잘하고 있다고 말해주고 관심을 가져줬다. 내가 현재 하는 일을 즐겁게 하고 있다면 그걸로 된 거였다. 그러다 싫증이 나거나 나와는 맞지 않는다고 말하고 접을 때마다

"어쩜 그렇게 잘 알아서 현명한 선택을 했을까? 승희 씨처럼 하고 싶다고 금방 도전하는 사람도 드물어. 대단한 거야. 그리고 또 아닌 것 같으면 뒤도 안 돌아보고. 아무튼 대단한 능력자야."라고 말해줬다. 나는 남편이라는 안전지대에서 끊임없이 이 일 저 일을 시도해보고 고등학교 때 하지 못한 성장을 뒤늦게 시작했다. 늦었지만 꿈을 가지고 달리기 시작했다.

남편은 결혼 전부터 등산을 좋아했다. 결혼하고도 등산은 꾸준히 다녔다. 등산하러 다니면서 다리를 다치기도 했고 무릎을 다치기도 했지만, 꾸준히 다녔다. 설악산, 지리산 등 높고 험한 산, 지방에 있는 산. 제주도의 한라산까지 산이 있는 곳은 어디든 다녔다.

남편은 산에서 보는 풍경을 좋아했다. 내가 같이 가면 더할 나위 없이 좋아했지만, 친구와 가도 좋아했고 동료와 또는 혼자 가도 좋아했다. 그런 남편을 지지했다. 산에 간다는 날은 군말 없이 보내줬다.

그러다 남편도 어느 날 50살 전에 히말라야 도보여행을 꿈꾸기 시작했다.

나도 그 꿈을 응원해줬다. 남편은 도보여행 갈 준비를 1년 전부터 했다. 트래킹 갈 경비를 모으고 몸을 만들었다. 자전거를 매일 꾸준히 몇 시간씩 타고 다녔다. 추워도 더워도 꿈을 위해 꾸준히 운동했다. 필요한 물건들도 하나둘

씩 알아보고 샀다. 히말라야 도보여행을 다녀온 사람들이 쓴 책도 읽어보고 1년을 준비했다. 결국 남편은 히말라야 도보여행을 9박 10일로 다녀왔다. 그리고 지금은 또 한 단계 높은 에베레스트 도보여행을 꿈꾸고 있다. 나는 물론 지지한다. 꿈을 꾸고 이루기 위해 노력하는 건 행복한 일이다.

남편은 도보여행 후 행복해했고 한동안 그곳을 다녀온 후유증으로 멍해 있었고 그리워하는 것처럼 보였다. 그만큼 좋아했다.

남편이 이렇게 좋아하는 일을 찾기 힘들다. 위험하다고 말릴 수도 있었지만, 남편을 믿었다. 아주 느리게 올라가고 해발 3,000미터까지만 올라가서 전혀 위험하지 않다고 했다.

그 말을 믿었다. 나와 아이들을 사랑하는 걸 알기에 생명을 담보로 위험을 감수하지 않을 것을 믿었다. 서로의 꿈을 응원해주기 위해서는 대화를 많이 나눠야 한다. 대화는 그만큼 부부 사이에 필요하고 중요하다.

우리 부부는 평소에 대화를 많이 하므로 한마디 말, 표정만 봐도 상대의 마음을 이해하고 읽을 수 있다. 그냥 지쳐있는 건지, 위로가 필요한지, 아니면 지지가 필요한 날인지 알 수 있다.

서로에게 늘 관심이 있었기 때문에 가능한 일이다. 똑똑한 머리보다는 지혜로운 사람이 되게 해달라고 기도했다. 지식이 많은 사람보다는 지혜로운 사람이 되고자 했다. 아내로서 엄마로서 현명한 판단을 내릴 줄 알고 지혜롭게 행동하고 싶었다. 그러자 조금씩 성장하여 점차 스스로가 원하는 사람이 되어가는 걸 느낀다.

나이도 먹어가고 또 공부도 병행해 가면서 아이메시지 대화법을 익히고 실천했다. 무엇보다 사람들의 성격유형에 대해 공부를 했던 것이 큰 도움이 되었다. 아는 분이 에니어그램을 배운 뒤 인생이 완전히 바뀌었다고 말했다. 진정한 자신을 찾았고 다른 사람을 이해하게 되었다고 한다. 배우고 싶었다.

개강 날을 기다렸다 등록하고 적지 않은 교육비였지만 흔쾌히 해보라고 해준 남편이 있었기에 가능했다.

결국 교육 후 그분 말을 직접 체험하게 되었다. 가장 큰 변화는 우리 가족을 깊이 이해하고 다름을 인정하게 되었다. 우리가 다투게 되는 원인도 알게 되었다. 교육비가 하나도 아깝지 않았다. 에니어그램을 배워 나의 정체성도 알게 되었다. 가족들을 더 사랑하게 되었으며 직장을 다닐 때는 많은 직장동료, 상사, 고객들과도 잘 지낼 수 있었다. 내 인생도 180도 변화시켰다.

부부가 서로 성장하면 너무 좋다. 그러나 돈이 든다. 내가 쓴 대학교 학비와 이것저것 배운 교육비, 살림살이가 넉넉하지 않은 가정에서는 힘들 수도 있다. 우리 집도 그리 넉넉하진 않았지만 가능은 했다. 돈이 아깝다고 생각하면 아무것도 못 한다. 돈 낭비라고 생각할 수 있다.

그러나 서로 꿈을 이루도록 도와주고 아픈 몸과 마음을 치유해야 한다. 내적 성장 욕구가 있다면 충족하도록 도와야 한다. 그러면 나중에 더 큰 보상은 필연적으로 따라온다.

내적 성장을 한 사람은 몸과 마음이 건강하다. 세상을 아름답게 보고 너그럽고 감사와 긍정의 에너지를 가진다. 주위를 환하게 비춘다. 가족이 모두 화목하고 행복해진다. 이것만으로도 보상은 충분하지 않을까? 서로 사랑하게 된다면 보상으로 차고 넘치지 않을까?

자존감이 높아진 부부는 무슨 일을 해도 성공하지 않을까? 내가 이렇게 작가가 되기로 한 것도 자존감이 높아져서 가능했다. 자존감이 높아진 부부는 자존감이 높은 자녀를 키울 수 있지 않을까? 우리 가정은 부부가 서로를 키워주면서 선순환이 계속되어왔다. 지금도 나는 매일 매일 성장하는 중이다.

궁극적으로 서로를 키워주는 일은 자신을 더 좋게 만들어준다.

주부가 된 남편

40세가 되기 전까지 나 자신의 모습에 불만이 많았다. 구체적으로 말하면 누구나 잘하는 것이 한 가지는 있다는데 나는 잘하는 게 하나도 없어 보였다. 더군다나 하고 싶은 것도 없었다.

머리부터 발끝까지 내 모습을 보면 맘에 들지 않았다. 외모도 별로였고 키도 모델을 하기엔 너무 작았다. 몸매도 아줌마 몸매였고 손재주도 없었으며 길치, 방향감각이 일도 없었다. 운동도 못 했으며 하는 것도 싫어했다. 춤을 배우기엔 몸치였고 겁이 너무 많아서 운전도 못 하고 자전거, 롤러스케이트도 못 탔다.

고소공포증이 있어서 높은데 올라가지도 못했고 모르는 사람들을 만나는 것도 싫어하고 힘들어했다. 요리를 잘하지도 못했고 요리하는 것도 싫어했다. 집안 정리정돈도 못 하고 싫어했다. 청소도 싫었다. 40년간 내가 잘하는 걸 찾아보려 했지만 못 찾았고 결국 '잘하는 게 하나도 없게 태어난 희귀한 사람인가?' 생각하게 되었다.

　40세가 넘어 이렇게 사는 인생이 싫어졌고 바꿔보고 싶었다. 남편의 지지를 받아 다양한 경험과 교육 덕분에 자존감이 높아지게 되었다. 대학교에서 공부도 잘하게 되었다. 어느 날 여름 방학이 왔다. 사람이 습관이 무섭다. 대학교에서 학기 중에 몇 개월간 치열하게 공부를 하다가 어느 날 방학이 되어 아무것도 안 하니 심심해졌다. 이해를 못 하는 분도 있겠지만 진짜 그랬다. 심심해서 상담사 중에서 국가공인 자격증인 "직업상담사 2급" 필기 책을 사서 매일 조금씩 읽기 시작했다. 상담 공부를 했던 터라 직업심리학, 직업상담학은 재미있었다. 나머지 과목은 노동시장론, 직업정보론, 노동관계 법규도 재미는 없었지만, 그냥저냥 읽을 만했다.

　한 달 정도 매일 매일 읽고 나서 필기시험을 봤다. 공부한 게 아까워서 그냥 봤다. 그런데 필기시험에 합격했다. 기대도 안 했는데 덜컥 합격한 것이다. 얼떨떨했지만 기왕 합격한 거 실기시험을 봐야겠다고 생각하고 독학으로 실기시험 준비를 했다. 주위에 시험 준비를 같이하는 사람이 없어 힘든 데 토로할 사람이 없었다.

　실기시험은 모두 주관식이었다. 13~16문제쯤 되고 서술형으로 답을 적어내서 60점을 넘어야 했다. 한 번도 이런 시험을 준비해서 합격한 적이 없었다. 나에게는 사법 고시급 시험이었다. 매일 매일 모의고사를 봤는데 10점 20점대였다. 외워지지 않았다. 아는 내용을 글로 논리적으로 쓰는 건 생각보다 힘들었다.

　나름대로 열심히 했는데 결국 떨어지고 말았다. 너무 실망스러웠다. 이 어려운 시험을 한 번 더 봐야 한다고 생각하니 왜 필기시험에 합격했을까? 후회스러웠다. 그만큼 나에게는 어려운 시험이었다.

세 번은 절대 안 된다는 생각으로 학원에 등록했다. 이미 1차 시험은 붙어서 학원비가 그리 비싸지 않았고 기간도 그리 길지 않았다. 학원에서 같이 공부할 사람을 만날 수 있었다. 서로 어려운 점을 말하기도 하고 정보도 얻을 수 있고 궁금한 걸 강사에게 물어볼 수 있으니 좋았다. 제일 좋은 건 같은 공부를 하는 동료가 있었던 거다.

학원 수료 후에도 시험까지 공부는 혼자 해야 했다. 하지만 학원에서 만난 친한 사람에게 공부하면서 힘든 점을 이야기하면서 서로를 다독여가며 공부하니 힘이 났다.

직업상담사 공부는 손으로 하는 공부라는 말이 있다. 그만큼 실전처럼 많이 써봐야 한다. 머리로만 외워서는 실제 시험에서 쓸 수 없게 된다. 그래서 손가락이 부러질 만큼 많이 써봐야 합격한다는 말이 있다. 독하게 마음을 먹고 하루에 10시간씩 써 내려갔다. 며칠에 한 권씩 두꺼운 연습장을 채웠고 볼펜도 금방 닳았다.

나중에는 손가락이 너무 아파서 가장 폭신한 펜을 사야 했다. 길게 공부하는 건 너무 힘들어 기간을 짧고 굵게 잡았다. 3주를 잡았다. 2주는 기출문제를 다 외워서 쓸 수 있도록 했다. 일주일은 모의고사를 보면서 점수를 매일 10점씩 늘려서 일주일이면 70점으로 합격점수를 만들기로 나름대로 치밀하게 계획을 세웠다. 내 합격점수는 70점으로 목표를 잡았다. 계획대로 매일 10점씩 올라갔다. 시험 이틀 전에는 거의 모든 주관식을 다 채울 수 있었다.

그리고 기적 같은 일이 벌어졌다. 진짜 70점으로 합격을 한 것이다. 공부하는 동안 남편이 아이들을 전적으로 봐주었고 집안일도 모두 해주었다. 나는 공부만 하도록 도와주었다. 그리고 매일 밤늦게 공부하는 부인을 데리러 도서관에 와주었고 힘들다고 지친 나를 다독여 주었다. 가끔 맥주도 한잔 사주었다. 남편이 없었다면 자격증을 취득하지 못했을 것 같다.

자격증 취득 후 직업상담사로 일하고 싶었다. 취업의 문턱이 높았다. 경력이 없으면 취업이 힘들었다. 최소한 3개월의 경력만 있어도 취업이 쉬울 텐데 15년 동안 집에만 있던 나는 취업이 불가능해 보였다. 컴퓨터 자격증도 10년 전에 취득한 워드 2급이 전부였다.

그러나 뜻이 있는 곳에 길이 있다는 말이 맞았다. 집 근처의 여성인력개발센터에 구직신청을 하면 취업이 된다는 정보를 들었다. 그래서 방문을 했다. 거기서 구직신청서를 작성하면서 상담을 받았다. 나이가 40세가 넘어 보이는 분이 상담해주었다. 내가 구직신청서를 모두 작성하고 물었다.

"이렇게 나이가 많고 경력도 없는 주부였던 사람도 취업이 될까요?"

한없이 자신감 없이 물었다. 그랬는데 의외의 답을 들었다.

"선생님, 저도 결혼하고 경력단절이 10년이 넘었다가 여기에 취업하게 되었어요. 저도 했으니 선생님도 충분히 가능하세요. 하실 수 있어요."

이렇게 말해주면서 따뜻하게 웃어주었다. 진심이 느껴졌고 나와는 거리가 멀 것 같은 전문직 여성도 경력단절 기간이 10년이나 있었다니 희망이 생겼다.

"진짜로요?"

내가 눈을 동그랗게 뜨고 물었다.

"네, 진짜로 그랬어요. 그러니 선생님도 할 수 있어요. 충분히."

이 말을 듣고 나도 할 수 있겠다는 자신감이 생겼다. 그리고 상담 며칠 후 다니는 도서관 바로 옆 공원에서 "찾아가는 일자리 상담 부르릉 서비스"라는 걸 보게 되었고 버스에서 구직상담을 해주고 있었다. 생전 처음 보는 버스에 신기해서 다가갔는데 며칠 전 그 상담 선생님이 나와 있었다. 그리고 나를 보고 반가워하셨다. 상담을 한번 받아보라며 나를 버스로 이끌었다.

"선생님, 지금 여성인력개발센터에서 야간안내데스크 직원을 모집하고 있어요. 선생님이 지원해 보시면 좋을 것 같아요. 선생님은 충분히 잘 해낼 수 있을 거예요."

"어머나, 그래요? 제가 할 수 있을까요?"

"그럼요. 그렇게 어렵지 않은 일이니 조금만 배우면 누구나 할 수 있는 일이에요. 거기에다 집도 그리 멀지 않고요. 선생님이 직업상담사 자격증도 있으니 나중에 자리가 나면 기회가 올 수도 있어요. 여러모로 좋은 기회이니 꼭 지원해보세요."

나의 눈을 바라보며 진심을 담은 이야기에 나도 모르게 자신감이 생겼다.

"알겠어요. 선생님. 저 오늘 당장 지원해볼게요."

운명이라는 걸 믿는다. 나는 여성인력개발센터에서 근무할 운명이었다. 그렇게밖에 생각할 수 없다. 그 운명의 부르릉 버스는 그 뒤로는 그 장소에 한 번도 오지 않았다. 공부하느라 도서관에만 있어 구직정보를 알 수 없었고 나를 위해 그분을 거기로 보냈다는 생각이 들었다. 거기에 취업하도록 운명이 정해져 있다면 상황은 어떻게든 만들어지는 것 같다.

집으로 돌아와서 급히 이력서와 자기소개서를 작성했다. 사진도 찍어놓은 게 없어서 예전에 찍었던 걸 붙였다. 일단 마감이 되기 전에 서류를 작성해서 제출하는 게 중요했다. 벌써 마감이 된 거 아닐까? 하는 조급함에 정신없이 서류를 작성해서 메일로 보냈다. 그리고 주사위는 던져졌으니 기다리는 일만 남았다. 그 하루하루가 너무 길게 느껴졌다.

어느 날 갑자기 취업하겠다고 말하고 지원 서류를 내자 남편이 걱정스러워했다.

"잘 안 될 수 있어. 요즘 취업하기가 아주 힘들대. 젊은 사람들도 취업하기 힘들어해. 잘 안되어도 너무 낙담하지 말고. 그냥 경험이라고 생각했으면 좋겠어."

이 말속에 걱정하는 마음이 느껴졌다. 하지만 나는 왠지 자신이 있었다. 합격할 거라는 생각이 들었다.

"아니야. 나는 반드시 합격할 거야. 근데 내가 취업을 하게 되면 부탁이 있어."

"뭔데?"

"내가 몸이 약해서 일하면서 집안일을 하면 힘들 것 같아. 자기가 내 대신 주부 역할을 해줘. 그리고 회사도 다니고."

남편은 어이없어했다. 남편은 취업할 리가 없을 거라 믿었는지 내 부탁에 그냥 웃고 말았다. 그리고 며칠 후 면접 오라는 연락이 왔다. 나는 서류합격 사실을 남편에게 알렸다. 그리고 옷 중에서 가장 좋은 옷을 준비했다. 곱게 화장을 하고 정장을 단정하게 입고 구두도 신었다. 머리도 미용실에 가서 드라이를 곱게 하고 내가 할 수 있는 모든 노력을 했다. 처음엔 긴장되었지만, 면접관이 편안하게 해주어서 면접을 보는 내내 편안했다. 1시간 정도의 긴 면접이었는데 나에게 무척 호의적인 모습을 보여주었다. 면접관이 미래의 일을 이야기하는 건 좋은 거다. 나와 일할 미래의 모습을 자주 면접을 보면서 말했다.

"선생님이 직업상담사 자격증이 있으니 나중에 기회가 오면 정식으로 일할 수 있어요. 근데 저녁에 일하는 건데 괜찮을까요?"

"그럼요. 저는 너무 좋아요. 집안일도 다 할 수 있고 애들 저녁까지 먹이고 출근할 수 있어서 좋아요."

"하하하. 그렇군요. 남편분도 괜찮다 할까요?"

"그럼요. 남편도 아마 제가 직장 다니면 적극적으로 도와줄 거예요."

"어머, 그래요? 좋은 남편을 두었네요. 합격하게 된다면 일은 언제부터 가능하실까요?"

"저는 바로 가능합니다."

"하하. 네. 알겠습니다. 오늘 면접 보기로 예정된 분이 한 분 더 있어서 보고 나중에 연락드릴게요."

다른 면접자가 있다니 조금 실망스러웠다. 생각보다 많은 지원자가 있다는 느낌에 조금 자신감이 떨어졌다. 일단 면접은 잘 봤다는 생각이 들었고 면접이 끝나서 홀가분했다. 이렇게 나의 15년 만의 첫 면접이 끝났다.

결과적으로 면접에 합격했다. 바로 일을 시작했다. 야간 당직 일은 어렵지 않았다. 매일 가장 예쁜 옷을 입고 화장도 곱게 하고 출근 시간만 기다렸다. 그리고 가장 아름다운 목소리로 전화를 받았고 사람들에게 밝고 환하게 인사를 했다. 내가 등장하면 사람들이 모두 인사하고 환하게 웃어주었다. 직원들은 내가 반가웠다. 왜냐하면 나의 출근 시간이 직원들에게는 퇴근 시간이었기 때문이다. 내가 출근하면 퇴근 준비를 하며 반갑게 인사하고 헤어졌다.

야간 수강생의 출석을 점검하고 그걸 전송하는 일이 제일 큰 임무였다. 전화 받는 일과 그날 저녁 있었던 일들을 일지에 적고는 퇴근했다. 별로 어려운 일은 없었다. 신나고 즐겁게 일하다 보니 어느새 4개월이 되었다. 그날도 평소와 같은 날이었다. 내가 취업하도록 도와준 주임이 나에게 다가왔다.

"선생님, 센터에 취업설계사 자리가 생겼어요. 3월 1일부터 출근해야 하는데 선생님이 한번 해보면 어떨까 하고요."

"네? 제가요?"

"네. 선생님이 오면 너무 좋을 것 같아요. 이미 야간에 일도 해봐서 직원들도 모두 알고 있고. 익숙하니 직원들도 좋을 것 같고 선생님도 편하실 거예요."

"어머, 저 너무 깜짝 놀랐어요."

"그럼 아직 시간이 있으니 조금 생각해 보세요. 그런데 한번 해보세요. 선생님은 분명 잘할 수 있을 거예요."

강주희 주임은 내 눈을 지그시 바라보며 확신에 찬 말투로 이야기했다. 이 말을 듣고 심장이 터질 것 같았다. 전혀 상상도 하지 못한 일이었다. 야간에 나와서 4시간 일하다가 주간에 8시간을 일한다니~ 생각만으로도 떨렸다.

집에 돌아와서 남편과 가족에게 당당하게 말했다.

"자기야~ 나 정식으로 직업상담사로 일해보라는 제의받았어. 야간 말고 주간근무야. 나 너무 대단하지~."

"그랬어? 우와~ 대단한데."

"진짜 대단하지~ 그런데 내가 그 일을 할 수 있을까? 걱정이야."

"에이~ 승희 씨는 잘할 수 있지. 근데 하기 싫으면 하지 마."

"하고 싶기도 한데 ~ 걱정이 많이 돼."

"차분히 생각해봐~ "

이렇게 집에 돌아와서 마음껏 자랑하고 기뻐하고 축하를 받았다.

애들도 모두 해보라고 말해줬고 나의 결심만 남았다. 내가 쉽사리 결정을 못 하고 있는데 강주희 주임이 이런 말을 했다.

"선생님, 까짓것 해봐요. 해보다 아닌 것 같으면 그만해도 돼요. 선생님은 손해 볼 게 하나도 없어요. 편하게 생각하고 해보세요. 누가 그만둬서 생긴 자리가 아니라 제가 업무를 바꾸기로 했어요. 선생님은 일하게 되면 제 업무를 인수인계받아서 하게 될 거예요. 제가 잘 알려 드릴 거니 걱정하지 말고 해보세요."

이 말을 듣고 입사를 결심하게 되었다. 살면서 강 주임 같은 분을 만나기 쉽지 않다. 인생에서 참 고마운 분을 만났다.

우리 회사가 집에서 가까워서 종종 남편과 점심도 같이 먹을 수 있었다. 남편은 부인을 자랑스러워하고 놀라워했다. 그렇게 모든 일에 자신 없어 하고 내성적이었던 사람이 모든 걸 극복하는 모습을 보고도 믿을 수 없어 했다. 얼마 전까지도 매일 매일 새로운 사람을 만나서 상담하는 일을 상상도 할 수 없었다.

남편이 예전에 알던 부인이 아니었다. 이런 일을 하는 부인을 상상도 못 했다. 내가 했던 일들은 그전에 한 번도 해본 적이 없던 일이었다.

사람이 이렇게 180도 변하는 게 가능할까? 독자분도 충분히 가능한 일이다. 평범함에도 미치지 못했던 사람이 해냈다면 누구든 해낼 수 있다. 단지 간절하게 원하기만 한다면.

남편, 외조의 왕이 되다

앞에서 말했듯이 내 성격은 참 일관성이 없다. 무언가를 참고 인내하는 일도 잘 못 한다. 반복되는 일은 금방 지겨워한다. 아이러니하게도 내가 좋아하는 사람들은 대부분 성실하고 부지런하고 자기 일을 한곳에서 오랫동안 반복적으로 잘하는 사람들이다.

사귀다 보면 대부분이 그렇다. 남편도 그런 사람 중 한 사람이다. 남편은 공무원으로 오랫동안 근무 중이다. 이미 25년 정도 근무했다. 대학교에서 만난 가장 좋아하는 언니도 공무원인데 현재 같은 일을 27년째 하고 있다고 한다. 나는 언니를 남편만큼이나 좋아한다. 생각해보면 성별만 다르고 비슷한 점이 너무 많다.

이 언니를 만날 때 이상한 경험을 했다. 마흔 살에 대학교 입학식 날 언니를 처음 만났다. 오리엔테이션에서 첫 눈에 반했다. 그냥 언니가 좋았다. 이유가 없었다. 그래서 그날 친해지려고 부단히 노력했다. 저녁 먹으러 식당 갈 때도 언니랑 같이 갔고 그 옆에 착 붙어 있었다. 덕분에 같은 멘토를 만나서 멘티로 활동할 수 있었다. 같은 멘티라 연락도 하고 친분을 쌓을 수 있었다.

엄청나게 좋아했으니 훅하고 먼저 다가갔다. 손편지도 써서 보내고 연락도 자주 했다. 그랬더니 언니가 하루는 회사 근처로 점심을 먹으러 나오라고 전화가 왔다. 그날 전화로 언니가 "승희야."하고 부르기만 했는데 심장이 심하게 두근거리고 떨렸다.

내가 예전에 남편에게 느꼈던 감정 그대로였다. 그리고 밥 먹자고 약속을 잡은 날은 기뻐서 온종일 입이 귀에 걸렸다. 밥 먹기 하루 전날은 두근거리고 설레서 잠을 한숨도 못 잤다. 나중에 알고 보니 언니도 등산을 좋아했다. 우리 남편만큼 좋아했다. 언니가 연애할 때는 형부와 시간이 나면 등산을 갔다고 한다. 집도 산이 보이는 곳으로 하려고 로열층의 가격을 기꺼이 지불했으며 산을 정기적으로 가지 않으면 스트레스를 받는다고 했다. 그리고 같은 공무원이기도 하고 한결같은 성실함, 책임감도 같았다.

나는 남편과 닮은 사람을 여성 중에서 또 귀신같이 찾아내서 사랑에 빠진 거다. 지금 생각해봐도 너무 신기하기만 하다. 남편을 얼마나 좋아하는지 알 수 있었다. 언니는 지금도 꾸준히 만나고 아직도 열렬히 좋아한다. 다시 회사에 다닐 때 이야기를 해보려고 한다.

회사에 다닐 때 집안일을 모두 남편과 엄마가 해주었다. 나는 일에만 집중해서 했다. 일하니 너무 신났다. 하루하루 시간 가는 줄 몰랐다. 회사에 있으면 시간이 두 배로 빨리 갔다. 한 번도 해 본 적 없는 일을 배워나가면서 동시에 일을 적용해 나갔다.

"내가 과연 해낼 수 있을까?" 하는 생각할 겨를도 없이 밀려오는 일을 해야 했다. 생각하는 것도 사치일 만큼 배운 일을 즉시 실행해야 해서 정신이 없었다. 밤낮없이 일했다. 마치 일에 굶주려 있던 사람처럼. 동료들이 걱정했다. 일을 나처럼 그렇게 하면 금세 지친다고 말했다. 그냥 내일로 미루고 퇴근하라고 조언해주었다. 그래도 일을 멈출 수 없었다.

일이 점점 더 바빠지게 되었다. 남편의 역할이 더 많아졌다. 나는 거의 집안일을 할 수 없었다. 남편은 회사에 다니면서 집안일을 모두 맡아서 해줬다. 아들이 치아교정을 하는 중이라서 치과를 일주일에 한 번 예약 시간에 맞춰서 가야 했다. 아들은 자주 장염에 걸려 병원에 가는 일도 많았다. 사시교정으로도 안과도 가야 했다. 그래서 집안일뿐만 아니라 병원 가는 스케줄도 많았다. 하지만 군말하지 않았고 갔다. 3교대였던 남편은 아침에 퇴근하여 낮에 시간이 있었다. 직장에 다닐 때 아이가 병원 갈 일이 생기면 참 난감하다. 내 경우처럼 치과나 안과 정기검진 또는 감기나 장염에 걸리는 일은 빈번한 일이다.

또한 초등학교 저학년 때는 학교의 공개수업에도 가야 한다. 고학년이 되면 안 가는 경우도 있지만, 저학년 부모들은 많이 참여한다. 아이도 부모가 와서 수업하는 걸 봐주길 원했다. 그럴 때도 남편이 가주었다. 학부모 상담도 가야 하는 상황이면 갔다. 아빠가 학부모 상담을 하러 가는 일은 거의 없어서 한부모 가정으로 오해를 받기도 한다. 오해를 받을 만큼 흔하지 않은 일인데 남편은 기꺼이 갔다.

집안일 중에 가장 중요한 일은 아이 식사를 챙기는 일이다. 야근하는 날에는 저녁을 못 챙길 때가 많았다. 남편은 장을 봐와서 식사 준비를 했다. 결혼 기간 내내 전업주부였던 내가 요리를 맡아서 했었기 때문에 남편은 라면을 끓이거나 계란말이, 볶음밥, 계란 후라이 등 비교적 간단한 요리만 할 줄 알았다. 장을 볼 때 남편은 거의 냉동식품을 많이 샀다. 만두나 치즈스틱, 떡갈비, 고기를 주로 샀다. 남편으로서는 최선의 방법이었다. 남편이 애들 식사를 차려주는 것만으로도 감사했다.

이뿐만이 아니었다. 회사에서 외근을 나가야 할 때면 시간이 될 때마다 차로 데려다주었다. 심한 길치인 부인이 길을 헤매고 다녀 힘들까봐 배려해주었다. 저녁에 야근하느라 늦으면 회사까지 데리러 왔다. 밤에 집으로 돌아오는 길에 남편은 아이들과 있었던 에피소드를 이야기해주었다. 그러면 나는 즐겁게 들어주었다.

남편은 맞벌이하는 동안 꼭 필요한 일이 아니면 외부활동을 자제했다. 맞벌이로 일하면서 같이 보낼 수 있는 시간이 턱없이 부족했다. 하지만 일보다 중요한 것은 우리의 관계임을 알기에 틈틈이 시간을 내서 저녁도 같이 먹고, 심야 영화도 같이 봤다. 출퇴근 시간을 이용해서 산책 겸해서 둘만의 시간을 가졌다. 바쁘다고 서로에게 소홀하지 않고 카톡으로 틈틈이 소통도 했다. 바쁠수록 서로에게 더 애틋한 감정을 가졌다. 집안일과 회사 일로 바쁜 남편이 안쓰러웠고 남편은 또 일하느라 정신없고 지친 부인을 염려했다.

오랫동안 "바쁘다. 시간이 없다." 이 말에 대해 생각해보았다. 바빴지만 하고 싶은 일은 모두 하고 있었다. 일을 다니면서도 대학교 공부도 병행해서 결국에는 졸업을 했다. 남편과 아이와의 시간은 어떻게든 시간을 만들었다. 결국은 시간은 마음이라는 것과 같음을 깨달았다.

마음이 가는 곳에는 어떻게든 시간을 내고야 만다. 그러나 중요한 일은 '내 마음이 어디를 향하고 있는가?' 아는 것이 중요하다. 이것을 모른다면 매일 바쁘다고 외치면서 내가 원하는 일을 모를 수 있다. '내가 가장 바쁠 때조차도 하는 일은 무엇인가? 어떤 사람을 만나고 있는가? 무엇을 하고 있는가?' 이런 질문에 독자분이 답을 해보시길 바란다. 그것이 내 마음이 향하는 일임을 알게 될 것이다.

결혼 19년차,
동네의 소문난 잉꼬부부가 되다

우리 부부는 4살 차이가 난다. 남편이 4살이 더 많다. 매일 보지만 나이가 동갑 같다는 생각이 든다. 차이를 모르겠다. 나는 정신연령이 4살이 더 높고 남편은 4살이 적어 우리도 딱 맞지 않나 하는 생각이 든다. 그러다 보니 대화 수준도 비슷하다. 19년의 결혼생활로 남편은 부인의 말 한마디가 무슨 의도인지 금세 알아차린다.

오랫동안 같이 살아 서로를 잘 안다. 말 한마디만 해도 어떤 걸 원하는지 알게 된다. 하루는 밤 9시가 넘었는데 보슬비가 왔고 왠지 마음이 들떴다. 그냥 집에만 있기는 싫었다.

남편에게 "우리 어디론가 떠날까?" 말했다. 남편은 단번에 내 이런 기분을 알아차리고 "그래, 가자. 당장." 하고 잠바를 입고 차 열쇠를 챙겼다. 밖에 나가기까지 1분이 채 안 걸렸다. 보슬비 오는 밤에 우린 시내 드라이브를 했다. 핸드폰으로 듣고 싶은 노래를 틀었다.

내 기분을 알아주고 같이 맞춰주는 남편 덕분에 더 기분이 들떠서 차 안에서 소리를 질렀다.

"오빠! 달려!"

"어디로 갈까?"

"그냥 달리는 거야~"

"하하, 알았어. 알았어."

평소에 오빠라는 말을 잘 하지 않는데 이렇게 부르니 즐거웠는지 남편도 웃음을 터트렸다. 기분이 한껏 업 되었다. 그러다 어딘가에서 차 한 잔을 마시고 싶어졌다.

"우리 어디로 차 한 잔 마시러 가자!"

"지금 거의 문 닫았을걸? 시간이 늦어서."

"그래도 연 곳이 있지 않을까?"

"그래. 알았어. 한번 찾아보지 뭐."

외곽으로 나가서 어두운 길을 한참을 달려 카페 하나가 눈에 들어왔다. 우린 서로 동시에 반가워서 "저기로 가자." 이렇게 갑작스러운 한밤의 드라이브와 카페데이트를 하게 되었다. 카페 앞에서 둘만의 셀카를 찍었다. 오늘따라 둘의 사진이 잘 나왔다.

"자기 인생샷이다! 와! 너무 잘 나왔다. 얼굴도 작고 자연스럽게 나왔어~ "

우린 창가에 자리 잡았고 커피 두 잔을 시켰다. 카페 분위기는 이국적인 느낌이 들었고 무엇보다 좋았던 건 넓었다. 평소에 다니는 이름 있는 서울의 카페들처럼 자리가 다닥다닥 붙어 있지 않고 서로 널찍하게 떨어져 있어서 좋았다. 우린 즐거운 대화를 나누면서 커피 한 잔을 여유 있게 마셨다. 돌아오니 밤 11시가 훌쩍 넘은 시간이었다.

우린 부부이면서 가장 오래된 친구 같다. 언제 무슨 말을 해도 다 들어주는 그런 마음 맞고 오래된 친구 말이다.

부부가 오래된 좋은 친구가 되면 매일 맛있는 밥을 같이 먹고, 여행도 같이 가고, 영화도 보고, 대화도 나눈다. 뭔가를 새로 시작할 때는 든든한 지지자가 되어주고 힘들 때마다 손을 잡아 줄 수도 있다.

하지만 반대로 관계가 안 좋은 부부는 지옥을 맛보게 된다. 좋은 친구 같은 관계가 되기 위해서는 시행착오를 겪어야 한다. 서로를 알아가기 위해 노력해야 한다. 알면 이해하게 된다. 이해하면 수용하고 포용하게 된다. 그 과정이 쉽지만은 않다. 하지만 성공만 한다면 평생 같이 갈 좋은 친구를 얻게 되는 거다. 우리가 다른 일보다 먼저 노력할 만한 충분히 가치 있는 일이라고 말하고 싶다.

우리 부부는 살면서 감정을 읽는 능력도 차이가 생겼다. 남편은 무뚝뚝한 사람이다. 보통 한국의 남자들처럼 표정이 얼굴에 잘 드러나지 않은 사람이다. 아주 좋으면 입꼬리를 살짝 올리는 정도였다. 화나면 눈이 조금 커지고 눈꼬리가 조금 올라갔다. 기분이 좋아서 참을 수 없으면 콧구멍이 살짝 벌어지기도 한다.

남편이 감정표현을 잘 안 하는 탓에 부인인 나는 남편에게 예민해질 수밖에 없었다. 그래야 남편의 기분을 알아차릴 수 있었기 때문이다. 남편과 19년을 살다 보니 이젠 미세한 표정을 보고도 감정을 읽을 수 있는 극도로 예민한 사람이 될 수 있었다. 덕분에 남편뿐만 아니라 다른 사람들의 기분도 잘 느끼고 잘 알게 되는 새로운 능력이 생겼다. 반면에 나는 표정을 못 감추는 사람이다. 좋으면 활짝 웃고 슬프면 어느새 눈물을 흘린다. 극도로 흥분하면 온몸으로 표현을 한다. 마루에서 방까지 펄쩍펄쩍 뛰면서 온몸으로 기쁨을 표현한다. 아들이 구들장이 꺼진다고 걱정을 할 정도이다.

우리는 극과 극이 만났다. 표현을 잘하는 부인을 만난 남편은 19년 동안 감정을 읽으려고 세세하게 노력하지 않아도 되었다. 누구라도 보면 바로 알 수 있었기 때문이다. 그래서 남편은 사람의 감정을 읽는 능력이 처음 결혼했을 때보다 퇴화하였다.

우리 부부의 다른 점은 언어에서도 차이가 났다. 남편은 참 감정표현 하는 데 인색했다. 말로 이야기하는 것보다 행동으로 해야 한다고 생각하는 사람이다. 허풍이라는 것도 전혀 없다. 여자들은 결혼 전 남자들로부터 약간은 허풍 섞인 말을 듣고 결혼한다. 그러나 나는 한마디로 들어보지 못했다. 남편은 이렇게 말했다.

"내가 절대 평생 너 밥은 안 굶길게."

이게 다였다. 그리고 현재까지도 절대 밥은 안 굶기고 있긴 하다. 반면에 나는 가끔 통 크게 말해준다.

"자기야, 내가 돈 많이 벌면 좋은 차도 뽑아주고, 설악산에 땅도 사주고, 자기 용돈도 1억씩 줄게."

이렇게 말하는 데 좋아하지 않을 남편이 있을까? 남편은 진실이든 아니든 좋아했다. 그리고 남편은 부인이 자신을 얼마나 사랑하는지 확인하는 방법이 있다. 나에게 로또 1등에 당첨되면 자신에게 얼마 줄 거냐고 물어본다. 남편이 듣고 싶어 하는 말이 있는 걸 알면서도 나는 반대로 대답해준다.

"로또 1등 되면 다 내 것."

그럼 줄기차게 묻는다.

"나 50%는 줄 거지?"

"아니, 다 내 거라서 하나도 안 줘. 절대로."

"그러지 말고 진짜로 말해줘. 몇 퍼센트 줄 거야? 그래도 30%는 줄 거지?"

하면서 점점 퍼센트를 아래도 내리면서 절박하게 물어본다. 남편도 사실은 자신을 얼마나 사랑하는지 알고 싶어 하는 거다. 내가 평소에 복권이나 로또를 사지 않은 걸 뻔히 알고 있으면서 그런 질문을 한다. 절박한 표정으로.

19년 동안 둘이 제일 많이 하고 남편이 제일 좋아하는 일이 동네 산책이다. 어떤 날은 산책을 두세 번도 간다. 아침 먹고 점심 먹고 저녁 먹고~ 그만큼 좋아한다. 산책하리 가면서 아이들 이야기도 하고 서로의 고민도 이야기하고 미래의 계획도 이야기한다. 주로 이야기하는 쪽은 나다. 손을 꼭 잡고 도란도란 밤에 이야길 한다. 그러다 동네 주민을 많이 만난다. 슈퍼 아줌마, 맞은편 빌라 할머니, 옆집 빌라 할머니, 약사님, 술집 주인아저씨 등등 많은 분을 만난다.

우리 부부가 오랫동안 같이 산책하러 다닌 탓에 우리 부부를 만나면"잉꼬부부"라고 말해준다. 우리는 그런 말을 들으려고 산책하러 다니고 둘이 같이 다니는 건 아니니까 "잉꼬부부"라는 말이 어색하다. 하지만 다시 생각해 보니 이 정도면 우리가 잉꼬부부가 아닐까? 하는 생각이 들었다.

직장을 다닐 때 미혼인 직장동료와 일하기도 한다. 미혼 직장동료가 말하길 부모님도 그렇고 친한 친구도 결혼한 걸 모두 후회한다고 하니 결혼을 해야 할지 말아야 할지 모르겠다고 하소연을 했다.

자주 싸우는 친구 부부도 많아 결혼해서 어떻게 살아야 싸우지 않고 살 수 있는지 알고 싶어 했다. 미혼인 분은 결혼이 두렵기도 할 것이다. 그래서 나는 항상 말해준다. 부부가 결혼하면 시간이 날 때마다 산책하러 다니라고. 산책만큼 좋은 게 없다고 말해준다.

우리 부부도 고비가 많았다. 그 고비를 이겨내도록 만든 일등공신이 산책이다. 운동을 싫어하는 나도 가볍게 걷는 정도는 즐거웠다. 산책하면서 가끔 맥주도 한잔 마시고 예쁜 카페에서 차도 한잔 마시기도 한다. 적은 돈으로 부부의 사랑을 돈독하게 만드는 가장 확실한 방법이라고 강력히 추천한다.

우리 부부는 다행히 아이들이 어릴 때 시어머니와 같이 살아서 가능했는지도 모른다. 갓난아기를 혼자 두고 나올 수는 없는데 어떻게 산책을 하러 가냐고 반문할 수 있다. 우리도 산책을 못 할 때도 있었다. 아이를 낳고 몸조리할 때였다. 그때는 부엌에서 가볍게 차 한 잔을 마시며 도란도란 이야기를 나눴다.

산책은 소통을 위한 도구일 뿐이다. 장소는 중요하지 않다. 단지 소통을 위해 시간을 내는 게 중요하다. 우리 부부가 "잉꼬부부" 될 수 있었던 가장 중요한 이유는 서로 늘 소통을 위한 시간을 냈다는 것이다. 소통이 불통이 되는 순간 부부 사이는 벌어지기 시작한다. 서로 열심히만 사는 건 불통이 될 수 있다. 나는 그 순간이 오지 않도록 늘 조심 했다. 공부해서 알기 전부터 우리 부모님을 보면서 몸으로 터득한 거 같다.

그래서 지금은 우리 부모님이 고맙기도 하다. 가장 중요한 걸 깨닫게 해주셨으니까.

제 3 장

사랑의 반대말은 게으름이다

결혼하신 분은 연애할 때를 떠올려 보기 바란다. 연애할 때는 연인을 만날 생각만 해도 하루가 즐겁다. 아무리 피곤하고 시간이 없어도 어떻게든 무리해서라도 시간을 내서 만나고야 만다. 늦은 시간 잠깐 만나거나 새벽이라도 시간을 내서 만난다. 금방 헤어진 뒤에도 밤늦은 시간까지 통화한다.

하루에 3~4시간만 자고 출근하고 다음 날 또 그런 생활을 반복하게 된다. 통화하다가 보고 싶어 밤늦은 시간 택시를 타고 만나기도 한다. 이렇게 열렬히 사랑했던 때가 있었다. 연애할 때의 가장 큰 특징은 남자는 멋있게 보이고 싶고 여자는 예뻐 보이고 싶다. 나도 연애할 때 새벽부터 일어나서 부지런히 씻고 제일 예쁜 옷을 입고 화장을 했다.

패션에도 자연히 관심을 가지게 된다. 옷도 사서 입고 자꾸 꾸미게 된다. 이렇게 하려면 부지런해야 한다. 불같은 연애를 하는 분 중에 게으름을 피우는 분이 과연 있을까?

관심 또 관심

연애할 때 생각해보면 상대방의 모든 것이 궁금했다. 알고 싶어져서 질문을 많이 했다. 무슨 색을 좋아하는지, 어떤 날씨를 좋아하는지, 잠은 몇 시에 자고 몇 시에 일어나는지, 음식은 무얼 좋아하는지, 싫어하는 음식은 어떤 건지, 영화는 무슨 장르를 좋아하는지 등등 한도 끝도 없이 질문을 퍼붓던 시절이 있었다. 상대방의 대답을 들을 때는 진지하게 잘 들어주고 기억하려고 했고 무언가 선물을 할 때 기억해서 좋아하는 거로 해주려고 했다. 깜짝 선물을 주거나 이벤트를 하려고 더 집중해서 들었다. 연애할 때의 관심 절반만 있어도 부부가 멀어지는 일은 없을 것 같다.

우리 부부는 기념일을 중요시 생각한다. 각자의 생일은 물론이고 밸런타인데이, 화이트데이 때도 서로 선물을 주고 편지도 주고받는다. 결혼 19년 동안 한 번도 빠뜨린 적이 없다.

남편은 초콜릿을 못 먹는다. 초콜릿이 몸에 안 맞아서 먹으면 두통이 오고 심장이 심하게 뛴다. 그래도 항상 초콜릿을 준비하고 편지를 쓴다. 선물한 초콜릿은 내가 먹는다.

나는 사탕을 싫어하니까 사탕 대신 초콜릿을 받고 선물도 받는다. 선물은 평소에 필요한 걸 눈여겨봤다가 사주거나 돈으로 주거나 상품권으로 준다. 나는 남편이 향수를 좋아하니 향수를 많이 선물해줬다.

결혼 전하고 똑같이 하는 거다. 결혼 전에는 선물이 더 크고 요란했다. 그렇게는 못 하더라도 기본으론 한다. 우린 아마 평생 이렇게 할 것 같다. 특별한 날은 둘이 외식도 한다. 와인도 한 잔씩 마시고 연인들처럼 행동한다. 동네에 사는 아이의 친구 엄마들과 가끔 밥을 먹는다. 대화를 나누다 보면 자연스럽게 부부가 사는 모습을 이야기하게 된다. 우리 부부가 사는 모습을 이야기하면 다들 경악한다.

"아니, 왜 한집에 살면서 외식을 해요?"

"왜 돈 아깝게 초콜릿을 사요?"

"애들도 없이 외식하면 마음에 걸리지 않아요?"

"아니, 결혼한 지 10년도 넘었는데 그러고 싶어요? 거참 이상하네."

내가 또 이런 말을 한다.

"나는 아직도 남편이 연애할 때처럼 좋아요."

이러면 더 난리가 난다.

"아니, 그게 가능해요?"

"그냥 애들 아빠니까 사는 거지. 뭐가 그렇게나 좋아요?"

"내가 지금까지 살면서 이런 닭살 부부는 처음이야."

반응이 다들 비슷하다. 우리 부부를 천연기념물로 취급한다. 남편은 아직도 첫눈이 오는 날 전화를 한다. 같이 있는 날이면 눈을 보러 나갔을 거다. 그런데 회사에 출근했는데 눈이 오면 항상 전화한다.

"승희 씨, 첫눈이 오네. 어쩌지? 같이 못 봐서."

하고 말해준다. 통화하면서 아쉬움을 달랜다. 우리에게는 크리스마스도 중요한 기념일이다. 근사한 곳에서 식사하고 선물도 주고받는다. 아이들과 좋은 곳에서 식사를 하고 맛있는 디저트까지 먹고 돌아온다. 어떤 날은 영화도 보고 감동을 나누기도 한다.

부부에게 기념일은 중요하다. 서로에게 감동을 줄 수 있는 날이다. 자칫 무료할 수 있는 결혼생활에 활력을 준다. 매년 서로 주고받은 편지와 카드를 읽어보면 서로의 진심을 느낄 수 있다.

우리에게 또 중요한 날이 있다. 바로 결혼기념일이다. 우리의 결혼기념일은 6월 25일로 절대 잊어버리지 않는다. 우리가 결혼해서 부부가 된 날이니 특별한 날이다. 시간이 되면 멀리 여행을 가기도 한다. 1박 2일로 여행을 가서 조용하게 시간을 보내고 오기도 하고 시간이 안 되면 영화를 보거나 좋은 곳에서 식사한다.

기념일 전에는 항상 카운트다운한다. 결혼기념일까지 며칠이 남았는지 중계방송을 한다. 그래서 남편은 절대 잊어버릴 수 없다. 나의 이런 모습을 남편은 귀엽고 사랑스럽게 봐준다.

부부가 기념일을 챙기지 않기도 한다. 우리 부모님도 그랬다. 사이가 안 좋은 부부일수록 이런 날 그냥 지나친다. 부부 중에 한 분은 챙기고 싶어 하지만 한 분은 싫어할 수도 있다. 챙기지 않는 이유가 분명히 있을 것이다. 챙겨야 하는 이유나 필요성을 몰라서 일수도 있다. 아니면 서로 사랑하는 마음만 있으면 된다고 생각할 수도 있다. 허례허식이라고 생각할 수 있다. 대화로서 서로의 생각을 알아가야만 한다. 알면 이해가 되기도 하고 덜 서운하기도 하다. 내가 원하는 걸 상대방과 진지하게 이야기하는 시간을 가지면 좋을 것 같다. 서로 사랑하지만, 돈을 아끼고 더 모으려고 나중으로 미루기도 한다. 그러나 절대로 그러지 말라고 말리고 싶다. 사랑을 지키기는 어렵지만 날아가는 건 한순간이다. 돈은 통장에 두둑해졌지만, 같이 누릴 배우자가 곁에 없을 수도 있다. 이런 사례는 수없이 많다.

우리 부부는 떨어져 있을 때 하루에 한 번 이상은 꼭 통화한다. 남편은 소방공무원이라 출동할 때가 많다. 출동할 때는 통화를 못 하지만 그 외에는 반갑게 전화를 받아준다.

그래서 아무 때나 거리낌 없이 남편에게 전화할 수 있다. 남편이 항상 반갑게 전화를 받아주고 기다렸다는 듯이 받아준다. 부부간에 서로 하루에 한 번은 통화하길 권한다. 바쁘면 카톡으로 이모티콘 하나만 보내도 좋다. 별일 아닌 것 같지만 상대방은 큰 힘을 얻고 사랑을 느낀다.

남편은 가끔 융통성이 부족하다는 생각이 들 때가 있다. 남편 앞에서는 한동안 금기어가 있었다. 남편은 퇴근길에 빵을 자주 사 왔다. 사 온 빵을 가족들이 맛있게 먹는 모습을 보는 걸 좋아한다.

그런데 문제는 남편 앞에서 빵을 먹다가 무심코 "맛있다"라고 말하면 그 빵을 질리도록 사 왔다. 우리 아들은 팥빵을 맛있다고 했다가 몇 년 동안 같은 빵만 먹어야 했다. 질리도록 먹어 지금은 팥빵은 절대 안 먹는다. 나는 샌드위치를 어느 날 맛있다고 했더니 몇 년째 샌드위치를 사 온다. 사실 샌드위치를 별로 좋아하지는 않는데 어떻게 그날은 맛있었는지 그 말이 나도 모르게 나왔다. 남편이 그렇게 오랫동안 같은 빵을 사 올 줄은 꿈에도 몰랐다. 남편은 지금도 샌드위치를 사 온다.

사실 찬 샌드위치를 먹으면 소화가 잘 안 된다. 그래도 챙겨주는 남편이 고마워 맛있게 먹으려고 한다. 다른 남편은 부인보다는 아이만 챙길 때가 많다. 아이 빵만 사 오는 경우가 많다. 남편은 꼭 내 것도 산다. 남편의 사소한 행동 하나에도 사랑이 담겨 있다.

부부가 서로를 위한다고 해서 항상 맘에 쏙 드는 건 아니다. 그러나 기쁘지 않은 행동에서도 사랑이 느껴진다면 기꺼이 받아준다. 서툴게 하다 보면 그럴 수 있다. 하지만 서툴게라도 상대방을 위한 행동을 했다는 건 중요하다. 그것에 큰 의미를 둔다.

어린아이가 부모님을 위해 핸드폰을 씻어주는 행동을 했는데 그걸 혼내야 하는 걸까? 아이의 깊은 사랑이 느껴져서 감동 할 것이다. 아이는 자라면서 차차 미숙한 행동을 고쳐나갈 것이다.

관심과 사랑을 주는 방법도 미숙함에서 성숙함으로 가는 단계를 거친다고 믿는다. 원하는 결과가 안 나왔다고 지적하고 비난만 한다면 성숙함으로 가는 길은 영영 사라지고 만다.

결혼 초기에 미숙하게나마 애교를 부릴 수도 있다. 돕고자 설거지나 청소를 서툴게 해서 더 힘들 수도 있다. 반찬을 한다고 했지만 차마 먹을 수 없을 만큼 참혹할 수도 있다. 다양한 미숙함에서 나오는 행동을 서로가 어떻게 받아주었는지 생각해봐야 한다.

내가 초반에 했던 행동이 상처가 되어 평생토록 애교가 없는 부인과 살수도 있다. 집안일을 하나도 안 도와주는 배우자가 될 수도 있다. 반찬을 평생 맛없게 할 수도 있는 것이다. 지금이라도 늦지 않았다. 서로 관심을 두고 그 행동 뒤의 마음을 들여다보면 좋겠다.

열정적인 사랑은 노력으로 만들어진다

　결혼 전 남편은 말이 별로 없었다. 수다스럽지 않아서 좋았지만 어떤 사람인지 알 수 없었다. 연애하는 동안 궁금했다. 나를 사랑하는지 안 사랑하는지. 또 하나는 인격적으로 좋은 사람인지 아닌지.

　연애하는 동안 서로를 속일 수 있다. 잠시 자신의 본모습을 감추고 잘 보이려고 큰 노력을 기울인다. 철저하게 속이니 속을 수밖에 없다. 엄청난 노력을 기울이기에 본래의 모습이 보이지 않는다. 그래서 나중에 결혼 후에 속아서 결혼했다는 말을 많이 한다. 연애하는 동안 이런 일이 나에게도 일어날까 걱정되었다. 평소 남자들의 심리에 대한 책도 많이 읽고 알려고 노력했다. 말이 별로 없는 남자의 속마음을 알기는 힘들었다.

　연애할 때 남편의 본모습을 알려고 두 가지 테스트를 했다.

　첫 번째 방법은 술을 엄청나게 먹여보는 거다. 이성이 마비되어 자연스레 본래의 모습이 나올 뿐만 아니라 주사를 알 수 있다. 당시에 남편 직장동료가 결혼을 많이 했다. 종종 집들이에 초대를 받곤 했다. 결혼할 사이라 같이 가기도 했다. 편하지는 않았지만 그래도 검증해볼 좋은 기회였다.

집들이에 초대한 동료 부부는 술을 좋아했다. 나도 술을 못 마시는 편은 아닌지라 열심히 마시면서 남편에게도 술을 잘 따라줬다. 남편은 평소에 술을 조금만 마셔도 온몸이 빨개지는 체질이었다. 그래도 20대의 혈기왕성 할 때라 술을 잘 마셨다. 그날도 동료 부부의 연애 스토리를 들으며 분위기가 좋았다. 그러다 어느덧 12시가 되있고 집에 가려고 하는데 남편이 안 보였다. 화장실에 간 줄 알았는데 찾아보니 신혼부부 안방 침대에서 곤히 자고 있었다. 억지로 깨웠는데도 안 일어났다. 계속 흔들어 억지로 깨우던 기억이 난다. 남편은 술을 먹으면 조용히 자는 사람이었다. 평소의 모습에서 크게 벗어나지 않았고 온몸이 빨개지는 사람. 그리고 자는 사람이라고 결론을 내렸다.

두 번째 검증 방법은 같이 등산을 같이 가보는 거다. 사람은 힘들 때 자신의 본모습이 나온다고 한다. 등산 가서 상대를 생각하지 않고 혼자 가는 사람과는 결혼하지 말라고 한다. 자신만을 생각하는 사람일 확률이 높다. 남편의 경우는 더 그럴 수 있다. 워낙 등산을 자주 다니고 체력도 좋다. 한 번도 등산하러 다녀보지 않는 나와 갔을 때 어떻게 행동을 할지 궁금해졌다.

등산하러 가자고 말을 하자 평소와는 다르게 말이 많아지고 목소리가 격양되었다. 평소에 등산가는 걸 워낙 싫어한다고 말해서 조금은 의아해했지만, 다행히 이상하게 생각하지는 않았다.

"어느 산으로 갈까?"

"글쎄~"

남편은 눈을 이리저리 굴렸다. 허공을 계속 응시하기도 했다.

"우리 관악산에 갈까?"

"관악산? 그러지 뭐~ 내가 김밥을 좀 싸 올까?"

"좋지~ 승희가 직접 싼 김밥을 먹어보겠네."

"맛있어야 할 텐데~ 뭐 준비물은 없어?"

"그냥 운동화만 신고 김밥만 싸 와, 나머지는 내가 다 준비할게."

남편은 나와 등산갈 생각에 들뜨고 나도 원하는 바가 있어 기다려졌다. 드디어 등산하러 가는 날이 되었다. 6월 여름이었지만 우린 긴 소매와 긴바지를 입었다. 남편은 엄청나게 큰 배낭을 메고 나타났고 나는 김밥 네 줄을 담은 작은 도시락만 들었다.

"승희야, 네 가방 내가 들어줄게. 짐 하나도 들지 마. 이리 줘."

"알았어."

"그리고 올라가다 힘들면 언제든지 말해. 쉬었다 가면 되니까. 쉬엄쉬엄 올라가자. 알았지?"

"응. 알았어."

그리고 출발해서 올라가는데 평소 등산을 안 하던 나는 조금만 가도 숨이 찼다. 내가 숨차고 힘들어하는 모습을 보고

"승희야. 힘들어? 물 좀 마시고 쉬었다 가자. 여기 앉아."

하면서 평평한 바위를 찾아서 나를 앉혀주었다. 좀 가파르고 험한 곳이 나오면 손을 잡고 더 천천히 올라갔다.

"자, 승희야, 오빠가 걷는 곳을 똑같이 밟고 올라가면 돼. 여기! 여기! 조심조심 천천히 가야 해. 미끄러질 수 있어."

평소에 알던 남편의 모습보다 훨씬 부드럽고 다정했다. 혹여 다리를 다치지는 않을까 노심초사하는 모습이었다. 체력이 좋아 혼자서만 앞서가는 사람이 아니었다. 그날 등산하면서 최고의 배려심을 느꼈다. 좋은 성품을 가진 사람임이 틀림이 없었다. 단지 말수가 적은 사람이었다. 등산하러 갔을 때 느

껐던 것처럼 남편은 결혼생활 내내 깊은 배려심을 보여주었다. 만약 결혼을 앞둔 분은 내가 했던 이 두 가지 테스트를 꼭 해보길 권한다. 물론 서로 믿어야 하지만 결혼은 현실이다. 너무 자기만 아는 사람, 자기 고집만 부리는 사람, 술을 먹고 주사가 심한 사람과는 결혼하지 말아야 한다.

사랑에 빠지면 상대방의 모든 것이 다 좋아 보일 수 있다. 내가 사랑하는 사람이 좋은 사람이라고 믿고 싶어진다. 주위에서 아무리 말려도 듣지 않게 된다. 오래 사귀다 보면 정도 들고 헤어지기 쉽지 않다. 그래서 처음 연애할 때 어떤 사람인지 알아보려는 노력이 필요하다. 꼭 무방비 상태에서나 극한의 경험을 통해 본래의 모습을 알고 결혼하길 바란다.

가장 좋아하는 고기가 삼겹살이다. 삼겹살이라 하면 자다가도 벌떡 일어날 만큼 좋아한다. 어려서 부모님이 식당에서 삼겹살을 팔았는데 먹고 싶을 때 구워 먹곤 했다. 사람은 어릴 때 많이 먹던 음식을 좋아하는 경우가 많다.

결혼하고 시부모님과 같이 살 때의 일이다. 시어머님이 살림을 도맡아 하셨다. 같이 살 때 임신 중이었고 출산과 육아 등으로 바빠 자연스럽게 어머님이 살림을 맡아서 하셨다. 어머님은 늘 막내아들이 일 다니는 걸 안쓰러워하셨다. 고기반찬을 자주 해주셨다. 삼겹살도 자주 구워주셨다. 조그만 접시로 한 접시만 구웠다. 마치 일 인분 같았다. 어머니는 저녁을 차리고 남편에게

"삼겹살을 왜 안 먹니? 응? 먹으라고 구웠는데."

삼겹살 쪽으로는 손이 가지 않는 남편을 자꾸만 재촉하셨다. 그래도 남편은 김치나 국에다 밥을 말아 순식간에 먹고 일어났다. 그러면 어머니는 "아니 아비가 왜 고기를 못 먹는다니~ 먹으라고 구운 고기를~"

"그러게요."

말은 이렇게 했지만 사실 남편이 왜 그러는지 나도 어머니도 알고 있었다. 출산한 지 얼마 안 되어 젖 먹이고 있어 돌아서면 배고프다고 말하는 나를 배

려해서였다. 그 후로도 남편의 행동은 삼겹살을 구울 때마다 반복이 되었다.

사람은 진짜 위험에 빠졌을 때 본심이 드러난다고 한다. 시어머니가 돌아가시고 고향인 강원도에 유골을 뿌리기로 했다. 그래서 강원도 형님 집으로 가는 길이었다. 강원도라 추웠고 길 곳곳에 얼음이 얼어 있었다. 나는 앞자리에 타고 있었다. 조심조심 운전했다. 그러다 다리 위를 지나갈 때 얼음 때문에 우리 차가 미끄러져서 다리 밑으로 굴러떨어지려고 했다. 아찔한 순간이었다. 남편은 순간적으로 얼굴이 굳어지고 놀라 나에게 손짓을 급히 하면서 "내려"하고 말했다. '뭐지? 갑자기?' 영문을 몰라 가만히 있었다.

천만다행으로 차가 다리 밑으로 떨어지기 직전에 갑자기 멈추었다. 기적 같은 일이었다. 아무래도 시어머님이 막아주신 게 아닐까 하는 생각이 들었다. 그래서 빠져나오게 된 일이 있었는데 그때도 남편은 절박하게 나를 다치게 하고 싶지 않아 "내려."하고 말했다는 생각이 들었다.

치유 여행을 다녀와서 지인을 만났는데 요가를 하니 몸과 마음이 편안해졌다고 했다. 요가를 하면서 자신을 더 사랑하게 되었다고 나보고도 해보라는 권유를 받았다. 집에 돌아와서 남편에게

"자기야~ 나 요가 한번 해볼까?"

"그래~ 해봐."

"알았어. 낼 등록해야겠어."

마침 집 앞에 요가학원도 있었다. "핫 요가"라고 했다. 요가에 대해 전혀 몰라서 그냥 시설만 둘러보고 등록을 했다. 요가를 시작할 때가 8월 한여름이었다. 아스팔트가 이글이글 타오르고 밤늦은 시간까지 열대야 때문에 잠을 못 갔다. 첫날 요가 학원을 갔는데 경악스러웠다. 바닥이 뜨거웠고 더 놀라운 건 벽에 난로까지 틀어 있었다. 안 그래도 따라하기 힘들어서 땀범벅이 되는

데 한증막에서 운동하니 몇 배로 힘들었다. 땀 때문에 눈을 뜨기도 힘들었다. 첫날 집에 돌아와서 울먹이며 남편에게 말했다.

"자기야, 나 핫 요가가 뭔지 이제 알았어."

"뭔데?"

"나는 요즘 최신 유행을 말하는 건 줄 알았어. 근데 뜨거워서 핫이었나 봐. 이 한여름에 난방하고 난로까지 틀어놓고 요가를 하는 거 있지. 나 덥고 힘들어서 죽는 줄 알았어."

"하하하. 그래?"

남편은 놀라면서도 재밌어했다. 그런데 등록을 했기에 계속할 수밖에 없었다. 이렇게 힘든 상황에서 요가를 하니 체력은 쑥쑥 올라갔다. 요가 한 지 한 달 만에 근육도 생기고 몸에 힘도 생겼다. 6살 아들을 가볍게 안기도 하고 업고 놀아주었다. 요가를 한 지 한 달이 지나 재수강 신청을 했다. 왜냐하면 남편이 워낙 요가하길 원했기 때문이다. 회사에 가서도 전화를 했다.

"오늘 요가 다녀왔어?"

"응. 좀 전에 다녀왔어."

"그랬어? 잘했어. 잘했어"

하면서 기뻐했다. 집에서 집안일을 하고 있으면

"승희 씨, 시간 됐어. 준비하고 다녀와."

내가 요가 갈 시간을 꼬박꼬박 챙겼다. 남편은 평소에 운동을 전혀 안 하는 나를 걱정했다. 몸이 건강하길 바랐다. 남편의 맘을 알기에 힘들었지만 더웠고 극기체험 같은 핫 요가를 1년이나 다녔다. 실제로 몸도 건강해졌고 목과 등이 아파 잠을 잘 수 없었던 고질병도 사라졌다. 요가를 해서 후에 체력도 길러 남편과 수락산도 정상까지 다녀왔다. 해로운 것만 아니면 서로가 좋아하는 걸 같이 해주는 노력도 사랑이 식지 않는 방법이다.

결혼의 대전제는 사랑이어야 한다

예전에 친정엄마에게 물어봤다.

"엄마는 아빠랑 왜 결혼했어?"

"뭐? 그건 갑자기 왜 물어봐~"

"맨날 싸우기만 하는데 왜 결혼했을까 궁금하잖아."

"그때는 서로 좋아했으니까 결혼했지. 이럴 줄 알았으면 결혼했겠냐? 연애할 때는 엄청나게 잘했었지. 너희 아빠가. 목포에서 서울까지 올라와서 집안일도 도와주고 어른에게도 깍듯했어. 다정하고 순해서 결혼하면 잘해줄 줄 알았지."

"그러니까 길게 연애를 했어야지. 왜 그렇게 빨리 결혼했어?"

"그때는 장녀라고 하도 집안일을 많이 시키고 할아버지가 너무 엄하고 무서웠어. 그래서 결혼을 빨리해버렸지. 집안일은 해도 해도 끝도 없고 힘들어서. 기회는 이때라고 말이야."

그런데 두 분은 서로 원하는 스타일이 너무 달랐다. 아빠는 애교가 많은 여자를 만나야 하는데 엄마는 애교가 하나도 없으셨다. 부러지면 부러지지 휘어지지 않은 성격이셨다. 반면에 엄마는 책임감 있고 성실한 사람을 좋아하셨다. 그런데 아빠는 그 반대였다. 결국 부모님은 서로를 잘 살피지 못하고 도피성으로 결혼을 선택했다.

결혼하고 싶은 상대를 찾고 보면 나와 반대 성격인 경우가 많다. 자신은 소심하고 두려움이 많은데 결혼할 사람이 거침없이 행동하고 카리스마 있는 사람을 만나면 멋있어 보인다. 아니면 자신은 너무 덜렁대고 꼼꼼하지 못한데 상대는 뭐든지 잘하고 꼼꼼한 성격의 사람을 만나면 또 좋아 보인다. 결혼 전에는 좋아 보였던 성격이 막상 결혼하면 이혼하고 싶어질 만큼 큰 단점으로 다가온다. 결혼 전에는 분명 카리스마 있고 시원시원했던 성격의 이면에는 뭐든 자기 맘대로 결정해버리는 면도 있다. 그건 감수해야 한다. 꼼꼼하고 완벽해 보이는 성격은 완벽을 좋아하니 뭐든지 비판하고 지적하는 단점도 숨어 있다.

누구나 장단점이 있기 마련이다. 신이 아닌 이상 완벽한 성격은 세상에 없다. 배우자의 좋은 면만 취할 수는 없다. 상대의 단점도 같이 수용해만 한다. 반쪽만 사랑할 수는 없다. 가족 상담을 배우면서 알게 된 사실이 있다. 도피성이든 조건을 보고 결혼하면 그 결혼은 반드시 대가가 따른다. 상대방을 온전히 사랑하지 않은 대가는 행복하지 않은 결혼생활로 이어진다.

내 주위에도 이러한 사례가 많다. 배우자의 재력을 보고 결혼했는데 결국 배우자의 사업이 망해서 서로 싸우다가 이혼을 한 사람도 있었다. 배우자의 예쁜 얼굴만 보고 결혼했는데 결국 바람이 나서 이혼 위기에 빠지기도 한다. 이렇게 결혼하기 전 존재 자체가 아니라 이유가 있어서 하는 결혼은 불행으로 이어진다.

그러나 결혼하기 전에는 전혀 위험을 감지할 수 없다. 온통 핑크빛으로 보인다. 안타깝게도 결혼해서 실제로 살아봐야만 알 수 있다. 그래서 가족 상담에서는 불행한 결혼생활을 하게 된다면 자신을 돌아봐야 한다고 말한다. 자신이 진정한 사랑을 해서 결혼을 한 건지 아닌지.

결혼 전 남편을 제대로 알기도 전에 사랑에 빠졌다. 남편의 직업도 몰랐다. 집에 재산이 있는지 없는지도 몰랐다. 성격도 전혀 알 수 없었다. 소개팅해서 영화 보는 시간 빼고 두, 세 시간같이 있었던 것뿐이었다. 아무것도 몰랐지만, 그냥 사랑에 빠지게 되었다. 원래는 "독신주의자"였다. 그런데 이것마저도 헌신짝처럼 버리게 되었다. 아무것도 중요하지 않았다. 남편도 마찬가지였다. 나와 만난 시간이 불과 몇 시간 안 됐지만 좋아했다. 그냥 좋았다고 한다. 그래서 내가 먼저 만나자고 했을 때 흔쾌히 만났던 거다.

첫눈에 반한다는 말이 어떤 의미인지 알 수 있었다. 그날 그렇게 좋아한 이후로 오늘까지 변함이 없다. 매일 봐도 좋다. 남편만 보면 웃음이 나오고 좋다. 가족 상담에서 배운 조건 없는 사랑 때문이지도 모른다. 아니면 스님이 궁합을 봐주셨던 것처럼 천생연분이라 그런지도 모른다.

그런데 중요한 건 우리 부부도 성격의 장단점이 있다. 서로 싫어하는 면과 좋아하는 면이 존재한다. 하지만 우리는 기꺼이 서로를 수용하는 노력을 했다. 필요하다면 싸우고, 화해하고, 대화하면서 부딪혀 알아가는 수밖에 없었다. 긴 시간이 흐른 어느 날 남편이 말했다.

"나는 이제 승희 씨를 모두 수용했어."

분명 많이 힘들었을 것이다. 아마 나의 변덕 부리는 성격을 제일 힘들어했을 것이다. 한결같은 남편으로선 참 이해하기 힘들었을 것 같다.

남편은 꼼꼼하고 바르고 가정적이고 매너도 좋다. 반면에 고지식하다. 나는 남편의 융통성 없는 성격을 싫어했다. 남편은 내 융통성을 매너 없는 행동이라고 생각했다. 이를테면 남편은 식당에 3명이 가서 돈이 아깝다고 해도 2인분을 절대 못 시키게 했다. 처음엔 몰랐다. 내가 이런 행동을 하면 항상 하는 말이 같았다.

"이게 무슨 경우 없는 짓이야"하고 화내면서 3인분으로 다시 시켰다. 남편으로선 이런 일은 절대 용납이 안 되는 일이었다. 나는 식당에서 밥 먹다가 맛없으면 그냥 맛없다고 말해버린다. 사장이 듣든 말든 상관하지 않고 말한다. 그러면 남편은 나의 이런 행동을 질색한다. 그러지 말라고 눈치도 주고 화도 심하게 낸다. "암튼 경우가 없다니까!" 하면서 매너 좋고 바른 남편을 만났으니 감수해야 하는 부분이다.

지금은 남편이 어떨 때 경우가 없다고 생각하는지 알고 있기 때문에 그런 행동을 하지 않으려고 노력한다. 그러니 서로 다툴 일은 없다. 남편은 뭐든지 계획대로 되는 걸 좋아했다. 뭐든지 미리미리 계획을 세워서 해야 했다. 반면에 나는 마음이 동하면 언제든지 해야 했다. 한동안 어머니가 돌아가시고 여행을 다니고 싶어 했다. 어머니랑 살면서 여행하기가 쉽지 않았다. 같이 가더라도 몸이 불편해서 여행 동선이 제한적이었다. 우리끼리 가더라도 당일 여행만 다녀왔다. 여행에 대한 갈증이 너무 심했다. 그래서 어머니 돌아가시고 나서 거의 1년간은 여행을 많이 다녔다. 일본도 가고 제주도도 가고 부산도 갔다. 가까운 가평도 갔었다. 그런데 문제는 갑자기 준비해서 갔다는 거다. 남편이 가든 못 가든 아이들을 데리고 급히 비행기 표를 구하고 숙소를 구해 그냥 떠났다. 남편은 이런 상황을 제일 싫어했다.

하지만 이런 나를 어느 날부터 수용하기로 했다는 거다. 서로 싫은 점을 바꾸려 하지 않고 이해하고 수용해 주기로 한 거다. 우린 점차 현명한 부부가 되어갔다. 서로를 깊이 사랑했기 때문이다. 살아보니 원래부터 천생연분 같은 건 없다는 생각이 든다. 부부로 살면서 상대를 이해하고 배려하려 노력하면 누구나 천생연분이 된다고 생각한다.

이유 없는 사랑

심리학을 공부하고 나에 대한 새로운 사실을 알게 되었다. 어려서 내가 "착한 아이 콤플렉스"였다는 거다. 착한 아이 콤플렉스란 타인으로부터 착한 아이라는 반응을 듣기 위해 내면의 욕구나 소망을 억압하는 말과 행동을 반복하는 심리적 콤플렉스를 뜻한다.

40세가 되도록 몰랐다. 이런 콤플렉스가 있다는 사실도 몰랐고 내가 이런 콤플렉스에 걸려 살았다는 건 더욱 몰랐다. 부모님은 어려서 심부름을 하거나 시키는 집안일을 잘하면 이렇게 말씀하셨다.

"착하네."

사람들에게 나에 대해 말할 때도 늘 "우리 딸은 아주 착해, 얼마나 착한지 몰라."

하고 다른 장점은 이야기하지 않고 늘 착한 것만 이야기하셨다.

나는 항상 착해야만 했던 아이였다. 부모님을 잘 도와드리고 손님에게 인사도 잘하고 친절한 아이여야 했고 내 할 일은 모두 알아서 잘해야만 했다.

학교에서도 모범생처럼 살아야 했다. 그래야만 착한 아이였으니까.

착한 아이 콤플렉스에 걸리면 내 욕구는 무시하게 되고 늘 다른 사람들의 눈치를 보게 되고 갈등상황을 피하기 위한 행동을 하게 된다. 또 자신의 내면 욕구를 억압하기 때문에 타인에게 투사하게 된다. 투사란 내가 가진 나쁜 행동이나 나 자신이 용납하지 못할 행동을 다른 사람이 하게 되면 그 사람을 미워하게 되는 거다. 엄밀히 말하면 나 자신을 미워하는 거다. 온전히 나 자신을 사랑하지 못하고 내 일부만을 인정하고 사랑하는 거다. 우리는 모두 투사를 하면서 산다고 해도 과언이 아니다. 괜히 처음 보는 사람이 싫어지는 경우도 있다. 그것도 일종의 투사다.

세상에서 제일 어려운 일이 "사람을 있는 그대로 보는 것"이라고 말한다. 투사하지 않고 있는 그대로를 볼 수 있는 사람이 많지 않기 때문이다. 그런 착한 아이 콤플렉스를 만든 건 우리 부모님만의 잘못은 아닌 것 같다. 그 당시 사회 분위기가 그랬다. 사람은 착해야 한다고 믿는 분위기였다.

착한 사람이 되어야 한다고 모든 어른이 아이들에게 말하던 시절이었다. 착하지 않은 아이들은 혼나고 못된 아이라고 매를 맞기도 했다. 우리 부모님도 그렇게 교육을 받고 컸으니까 자녀인 나에게 그렇게 말했을 것이다.

이렇게 "착한 아이 콤플렉스" 때문에 나의 착하지 않은 면을 용납하지 못했다. 딸에게 이걸 모두 투사했다. 어린아이가 자기만 생각하는 건 지극히 당연한 건데 "이기적인 아이"라고 혼냈다. 나는 내 안의 이기적인 면을 용납할 수 없었기 때문이다. 동생에게 양보하지 않은 딸을 심하게 혼냈고 혼날수록 동생을 더 미워하고 양보를 하지 않았다. 하루하루가 전쟁이었다. 둘이 서로 장난감을 가지고 빼앗으려고 싸우고 서로를 미워했다. 나의 투사 때문에 딸을 온전히 어린아이로 볼 수 없었기에 생긴 일이었다.

이유 없이 사랑하는 게 과연 가능할까? 사람은 모두 마음 어딘가는 아프기도 하고 콤플렉스에 걸려 있기도 하다. 부모도 자신의 마음의 상처나 대리만족 욕구, 콤플렉스 등으로 자녀를 무조건 사랑하기가 어렵다. 존재 자체를 사랑하기 위해서는 자신의 상처를 먼저 들여다보고 치유하고 건강해야 한다. 특히 자녀를 온전히 사랑하려면. 세상에서 자녀를 온전히 사랑하기가 얼마나 어려운 일인지 아이를 낳고 알게 되었다.

소원이 있었다. 투사하고 싶지 않았다. 투사가 없어진 세상을 바라보고 싶었다. 그러기 위해서는 내 진짜 모습을 들여다봐야만 한다. 쉽지 않았다. 너무 고통스럽고 회피하고 싶은 일이었다. 그런데도 절박하게 투사가 없어지길 원했다.

결국 내 안에 "착한 아이"를 버렸다. 이기적인 나, 못난 나, 다른 사람을 죽도록 미워하는 나, 악마 같은 나, 폭력적인 나, 질투에 사로잡힌 나, 치졸한 나 등 모든 모습이 있음을 인정해야만 했다. 다른 사람에게 스스로 나쁜 사람이라고 말할 수 있어야 했고 그렇게 보일 수도 있음을 인정해야 했다.

다른 사람이 원하는 나로 살지 않고 내가 원하는 나로 살기로 했다. 이를테면 화장을 해도 내 맘에 들게 하고 다른 사람 눈에 이상하게 보여도 상관하지 않았다. 옷도 신발도 내가 편하고 예쁘면 그걸로 족했다. 비로소 자유로워지고 편해지고 온전한 나를 만나게 되었다.

어느 날 거짓말같이 투사가 없어졌다. 그러면서 딸이 사랑스러워 보였다. 신기한 건 딸의 행동을 보니 나와 닮은 구석이 너무 많았다. 딸은 마치 거울을 보는 듯 나와 닮아있었다.

딸이 편식하는 것, 주사 맞는 걸 무서워하는 것도 지금은 웃으며 남편에게 말할 수 있다.

"나 닮아서 그래."

어느 날 남편에게 물었다.

"자기는 나를 왜 사랑해? 어떤 점이 좋아서 사랑해?"

남편은 조금 생각하더니

"글쎄, 이유가 없는데~ 그냥 사랑하는데. 승희 씨는?"

남편이 나에게 다시 물었다. 나도 곰곰이 생각해 봤다. 남편을 굉장히 사랑하는데 이유가 뭘까? 근데 나도 딱히 이유가 없었다. 그냥 남편이라서 사랑했다.

"나도 이유가 없어."

그랬더니 남편은 "그래~ 원래 사랑하는 데는 이유가 없는 거야."

우리 부부는 존재만으로도 사랑한다. 존재 자체를 사랑하면 하면 어떤 느낌일까? 서로 평가하지 않고 누구와 비교도 안 한다. 매 순간이 사랑스럽다. 배가 나와도 사랑스럽고 배가 들어가도 사랑스럽다. 웃어도 사랑스럽고 울어도 사랑스럽다. 심지어 싸우는 상태에서도 알 수 있다. 서로 사랑하고 있음을.

의견 차이로 또는 상대방이 극도로 불안할수록 더 크게 화를 내는 것도 알고 있다. 화를 내도 내가 미워서 그러는 게 아니라 두려움을 달래주길 바라는 행동임을 깨닫게 된다. 서로 심하게 다툴 때도 의견이 다른 것뿐임을 안다. 우리가 사랑이 식어서도 아니고 이기려고 싸우는 것이 아니라는 걸 이미 알고 있다. 더 좋은 쪽으로 해결하고 싶어 다투고 있음을 알고 있다. 이 사실을 아는 이상 상처받을 일이 없어진다.

아이가 이유가 있어 사랑하는 게 아님을 알도록 노력한다. 말 한마디, 한마디를 생각하면서 말한다. 아이가 혹시나 착한 아이 콤플렉스를 가지게 되지 않을까? 염려된다.

엄마인 내가 조건부 사랑을 말하고 있는 건 아닐까? 스스로 반성하기도 한다. 많은 부모가 본인도 모르게 그렇게 하고 있다. 공부를 열심히 할 때만 예뻐하기도 하고 부모 말을 잘 들을 때만 예뻐하진 않는가? 하라는 걸 안 하고 있으면? 못하게 하는 것만 열심히 하는 아이는? 이럴 때 어떻게 대하고 있는지 생각해보면 알 수 있다. 물론 훈육이라고 생각할 수 있다. 하지만 아이는 조건부 사랑을 받는다는 생각이 들 수 있다.

딸과 아들이 지금은 늘 예쁘다. 딸이 공부를 안 해도, 성적이 오르든 안 오르든 예쁘다. 방을 어지르고 안 치워도 예쁘다. 딸이 학교 다녀오면 매일 매일 똑같이 대해준다. 그랬더니 딸이 늘 까칠하고 뭐든지 "싫어" "짜증 나"를 하루에도 수십 번씩 말하는 일이 없어졌다. 거짓말처럼 없어졌다. 지금은 하루에 한 번도 하지 않는다. 늘 순하게 말하고 언제 그렇게 까칠하게 말했었는지 기억도 나지 않는다.

아들도 마찬가지다. 아들은 자신이 충분히 사랑을 많이 받고 있다고 생각한다. 아이는 부모가 사랑을 많이 줘도 가끔은 못 받고 있다고 생각하기도 한다. 그럴까봐 걱정했는데 아들은 넘치게 받고 있다고 생각한다니 감사할 따름이다. 엄마가 가끔 따끔하게 혼내면 펑펑 운다. 엄마에게 혼나는 일이 가장 슬픈 일이라고 한다.

매일 매일 다정하던 엄마가 혼내니 더 슬픈가 보다. 그래서 어떨 땐 가끔 화를 내야 하나? 하는 생각도 해본다. 그래도 아들은 엄마가 혼내지만, 사랑하고 있음을 알고 있다.

이유 없는 사랑을 하지 않으면 주위가 평화롭지 못하고 조화롭지 못하다. 싸움도 자주 일어난다. 상처받는 사람도 생긴다. 원망도 쌓이고 분노도 쌓이게 된다. 내 주변에 어떤 일이 일어나고 있는지 한번 돌아봐야 하는 이유다. 세상에 공짜도 없고 이유 없이 생기는 일은 없다.

사랑하면 저절로 하게 되는 행동들

대화

우리 이야기의 대부분이 아이들에 관해서다. 딸이 18살이라 내년에 고3인데 대학진학 문제와 학비 이야기도 대화 주제다.

"자기야, 애들이 대학교에 입학하면 학비는 대주지 말자."

"에이~ 그게 말이 돼? 학비는 내줘야지."

"학비가 한두 푼도 아니고 그럼 우리 노후자금이 부족하잖아. 애들은 젊으니까 일해서 갚으면 되는데 우린 다 늙어서 어쩌려고 그래. 고등학교까지 키워 준 거면 된 거 아냐?"

"요즘 애들은 우리 때보다 먹고 살기 어려워. 사회에 나가기 전부터 빚지고 살면 되겠어? 부모가 없는 것도 아닌데. 학비는 대줘야지."

"우리가 학비 안 대주고 늙어서 애들한테 손 안 벌리고 사는 게 더 나은 거 아냐?"

"자기들 먹고 살기 바쁠 텐데 손을 어떻게 벌려? 그냥 학비 대줘도 돼. 우린 연금 있으니까 그걸로 먹고 살면 되지."

우리는 이렇게 서로의 생각을 대화로 잘 이야기 한다. 이제 곧 닥칠 일이기도 하니 미리 결정해놓는 거다. 서로 의견이 다르면 상대방의 이야기를 잘 들어본다. 진심으로 상대방이 원하면 따라준다. 결국 나는 이날 남편의 의견을 따르기로 했다. 남편이 그래야 맘이 편할 것 같다고 했기 때문이다.

잘 웃기

남편과 나는 별일 아닌 일에도 잘 웃는다. 특히 내가 하는 말투와 말이 재미있는지 남편은 박장대소를 한다.

우리는 밤에 산책하다가 기념할 일이 생기면 맥주를 한잔하러 간다. 간단하게 한잔하고 축하하는 거다. 그런데 그 술집에 큼지막하게 적혀있는 문구가 있었다.

"하루라도 못 생겨보고 싶다" 이 문구를 보면서 남편에게 말했다.

"저게 내 소원이야." 남편은 그 문구를 보면서 웃음을 꾹 참으면서 나에게 답한다.

"왜 그렇게 어려운 걸 하려고 하니?"

남편과 나는 동시에 웃음을 터트린다. 우리에겐 별거 아닌 문구 하나도 웃음으로 연결이 된다.

선물하기

우리 부부는 서로에게 선물을 자주 한다. 심지어 빼빼로 데이도 챙긴다. 이날 남편은 엄청나게 큰 빼빼로를 사 들고 왔다. 선물을 받으면 좋지만 좋은데 안 좋은 척하는 분도 있다. 옛날 어른은 좋은 데도 안 좋은 척하신다. 생신날 용돈을 드리면 됐다고 하면서 안 받으려 하시고 선물을 드려도 왜 사 왔냐고 역정을 내신다.

처음엔 진짜 싫어하시는 줄 알았는데 자주 겪다 보니 좋아하시는 걸 알았다. 그런데 나는 절대로 이렇게 행동하지 않는다. 아니, 이런 행동을 못 한다. 워낙 속을 못 감추는 성격이고 표정과 행동이 좋으면 드러나고 싫어도 티가난다.

또 남편은 내가 좋아하는 표정을 보는 게 즐거운 사람이다. 이렇게 반대로 행동한다면 남편은 서운해서 풀이 죽을 거다. 우린 어떻게 보면 참 잘 만난 것 같다. 성격상 서로가 원하는 걸 가졌다.

남편의 선물을 받으면 좋다. 좋아하고 고마워하는 걸 말로도 하고 표정과 행동으로도 드러낸다. 내가 좋아하니 남편은 다른 기념일 날도 자꾸자꾸 선물을 사 온다.

스킨십 자주하기

연애할 때 생각해보면 서로 좋으니까 스킨십을 자주 한다. 그런데 요즘 방송에서 부인이 남편에게 스킨십을 하려고 하니 남편이 버럭 화를 내면서 "가족끼리 왜 이래? 이러면 안 되는 거야." 하면서 심하게 스킨십을 거부하는 드라마를 봤다. 물론 드라마의 재미를 위해 그랬겠지만 이런 말은 절대로 하면 안 되는 말이다. 부부가 평소에 외출할 때 손을 잡거나 팔짱을 끼거나 하는 걸 습관화하지 않으면 어느 날 갑자기 하지 못한다. 우린 장 보러 갈 때나 산책을 하러 갈 때마다 자연스럽게 손을 잡거나 팔짱을 낀다. 집에서도 텔레비전을 볼 때도 둘이 딱 붙어있고 잠을 잘 때도 손을 꼭 잡고 잔다.

출근할 때, 퇴근해서도 늘 가벼운 입맞춤도 자주 한다. 습관화해야 하는 이유가 있다

예전에 큰아이를 낳고 얼마 되지 않아 시아버님이 아프셔서 병원에 두 달간 입원하신 적이 있었다. 그래서 남편은 하루는 병원에서 자고 하루는 출근하느라 집에 거의 들어오지 못했다. 나도 몸이 회복이 안 되고 갓난아기를 데리고 병원을 가기도 힘든 상황이라 병문안을 가지 못했다.

두 달 후 우린 만났다. 사랑이 식은 것도 아닌데 왠지 어색했다. 입맞춤도 어색하고 사소한 스킨십을 하려고 해도 쉽게 하지 못했다. 왜일까? 사랑하는 마음도 중요하지만, 몸이 매일 같이 있는 것도 중요하다는 걸 알았다. 매일 같이 있으면서도 스킨십을 자주 안 하면 거리감이 느껴진다.

그 이후 다행히 우린 그렇게 오랫동안 떨어질 일이 없었다.

배려하기

어떤 남편은 부인이 외출하는 걸 좋아하지 않는다. 지인의 남편도 자신은 집에 있는데 부인이 외출하면 극도로 싫어했다. 부인이 회사 다닐 때는 회식도 못 가게하고 일찍 집에 오라고 했다. 부인이 어디를 가면 같이 가는 걸 좋아해 무조건 같이 다닌다고 했다. 지인은 남편의 이런 행동을 힘들어했다. 혼자 여유 있게 장도 보고 서점도 가서 편하게 있고 싶어 했다. 평일에는 아이와 같이 있어야 하니 남편이 잠깐 아이와 있을 때 혼자만의 시간을 갖고 싶어 했다. 그런데 남편은 지인이 가까운 마트를 가도 아이까지 데리고 같이 간다고 따라나선다고 한다. 지인은 가정의 평화를 위해 남편이 원하는 대로 따른다고 한다.

생각만 해도 숨이 막힌다. 의처증이 있거나 절대 그렇지 않지만, 가족은 무

조건 같이 있어야 한다는 생각 때문일 수도 있다. 하지만 생각만으로도 숨이 막히고 힘들다.

나는 사람과 만나서 대화하는 걸 좋아한다. 그래서 약속이 많다. 남편은 내가 약속이 있으면 기꺼이 아이를 봐주었다. 전업주부일 때도 그랬고 맞벌이 할 때도 집에 일찍 들어와서 집안일을 대신해주었다.

약속 있는 날은 방해될까 봐 전화도 하지 않고 기꺼이 기다려주었다. 나도 남편이 무박으로 산행을 하러 간다고 하면 잘 다녀오라고 하고 잔소리를 하지 않는다. 남편은 가능하면 내 말을 다 들어준다. 원래 더 사랑하는 쪽이 지게 되어 있다고 한다. 그래서인지 남편은 매사에 내가 하자는 대로 하는 편이다.

그런데 나는 또 아들에게 꼼짝을 못한다. 아들은 남편과 성격이 많이 닮았다. 남편은 계획대로 행동하는 걸 좋아한다. 아들은 그게 더 심하다.

나는 둘 성격과 완전 반대라서 항상 즉흥적으로 행동하는 게 일상이다. 남편은 사실 내 이런 행동이 마냥 좋지는 않았나 보다.

어느 날 아들과 필요한 물건을 사러 마트에 갔다가 아들이 좋아하는 새우 김밥가게가 보였다. 아들이 평소에 좋아하는 거라 무조건 들어가서 사줬다. 아들이 엄청나게 기뻐할 줄 알았는데 뜻밖에도 눈물을 펑펑 흘렸다. 우는 이유를 물어봐도 대답을 안 했다. 한동안 김밥을 입에 물고 서럽게 울다가 한참만에 대답을 들을 수 있었다.

"왜 계획도 없이 갑자기 김밥을 사줘"

나로서는 어이없고 이해가 잘 안 되었다. 김밥 사주고 원망을 들어야 했으니까. 그것도 아들이 엄청나게 좋아하는 새우 김밥을 사줬는데.

남편에게 이 일을 말했다. 남편은 아들의 마음을 완전히 이해했다. 자신이 못 하는 말을 아들이 대신해줬다고 엄청나게 좋아했다. 통쾌하다고도 하고 아들에게 고마워했다.

진심으로 좋아서 웃고 또 웃었다. 아들은 아무리 좋아하는 것도 먼저 자신에게 먹고 싶은지 물어보길 원했다. 내가 그 단계를 무시하고 아들이 좋아할 거로 생각하고 그냥 데리고 간 게 문제였다.

이번 일로 아무리 좋은 것도 상대방에게 물어봐야 함을 깨달았다. 내 자식이라고 내 맘대로 결정했음을 알게 되었고 미안했다. 아들은 무시당하는 느낌이 들어 그렇게 서럽게 울었다. 나도 이번 사건으로 남편이 갑작스럽게 동의도 구하지 않고 내 맘대로 행동하는 걸 힘들어했음을 알게 되었다.

그 뒤로는 꼭 의견을 물어보려고 노력하게 되었다. 남편과 똑 닮은 성격을 가진 아들을 통해 알게 되었다. 자녀를 통해 내 단점을 알게 되었다. 자녀는 가끔 생각지도 못하는 걸 깨닫도록 만들어주는 위대한 스승이다.

사랑하면 저절로 안하게 되는 행동들

비교

가난하다고 느끼는 데는 두 가지 종류가 있다. 상대적 빈곤과 절대적 빈곤이다. 상대적 빈곤은 진짜로 가난하지 않지만, 주변 사람들과 비교해서 가난하다고 느끼는 상태다. 절대적 빈곤은 진짜 돈이 없는 가난한 상태를 말한다. 실제로 풍족하게 사는 분들이 가난하다고 여기게 되는 기이한 현상이 생긴다. 자신이 가진 재산이 10억 밖에 없다고 슬퍼하면서 갖고 싶은 건물이 있는데 30억이라 못산다고 말하는 거다.

이처럼 우리는 살면서 남과 비교하는 일을 많이 한다. 대표적으로 아이들이 초등학교에 입학하면 받아쓰기 100점 맞는 일이 세상에서 가장 중요한 일로 여긴다. 내 아이 점수를 알고 나면 자동으로 묻는 말이 있다.

"너희 반에 백 점 맞은 애는 몇 명이야?" "그 애 이름이 뭐야?"

참 안 좋은 일인데 이런 일이 비일비재하게 많다. 남편에게는

"내 친구 남편은 그렇게 사업을 잘해서 돈을 많이 가져다준대."

"결혼하더니 친구 하나가 아주 귀부인처럼 살아. 집에 일하는 사람도 있대. 해외여행도 가고 싶으면 바로바로 간대." 등등

우리 부부 일상을 생각해보면 이런 일이 거의 없다. 나는 남편에게 늘 감사하고 내 생활에 만족한다. 내가 가진 것이 많다고 생각한다. 이런 생각을 하니 다른 남편과 비교할 일이 전혀 없다. 부족하다고 생각을 하지 않는데 비교할 일이 뭐가 있겠는가? 오히려 내가 가진 것이 얼마가 됐든 풍족하다고 느끼면 감사가 절로 나온다. 비교는 불만족에서 나온다.

비난

예전에 우리 부부도 서로에게 비난을 참 많이 했다. 대부분 서로의 부모님이 관련되면 그랬다. 우린 서로 자신이 옳다고 생각했었고 서로 지지 않으려 했다.

우린 제사 지내는 방법 때문에 가장 크게 싸웠다. 시아버님, 시어머님 제사를 계속 지내왔다. 그런데 남편은 제사 지내는 동안 집안의 전기를 모두 껐다. 그래서 온통 깜깜했고 술을 따를 때는 촛불 두 개에 의지해서 겨우겨우 따랐다. 나는 아무 말 없이 10년 넘도록 그 방식을 잘 따라서 제사를 지냈다.

그런데 문제는 우리 외할머니, 외할아버지가 돌아가시고 제사를 지내게 되면서 발생했다. 조부모님 제사에 우리 부부도 참석하게 되었고 남편은 처가 제사에 처음으로 참석하게 되었다. 우리 쪽 제사에서는 제사 지낼 때 불을 끄지 않는다. 그랬더니 남편이 "무슨 이런 경우가 다 있어." 하면서 전깃불을 다 끈 거다. 나는 화가 많이 났지만 일단 제사를 지내야 하니 전깃불을 다시 켰다. 아무 말 없이 제사를 지냈고 집으로 돌아와 둘이 치열하게 싸웠다.

"왜 우리 집 제사에 불을 껐어? 우리 집 제사가 그렇게 우스워? 우리 집 제

사는 원래 불 안 꺼. 근데 왜 맘대로 불을 끄고 난리야? 그렇게 경우 좋아하는 양반이 왜 이런 행동을 했어?"

하면서 남편을 무지막지하게 비난했다. 남편이 우리 집을 무시했다는 생각에 참을 수 없어 남편의 말을 들어보지도 않고 몇 시간 동안 비난을 퍼부으면서 막말을 했던 거로 기억이 난다. 상대가 나를 무시했다는 생각에 참을 수 없이 화가 났다.

나는 남편의 제사에서 한마디 말도 안 하고 집안 방식을 다 따랐다. 남편은 우리 집 제사 방식을 따르지 않았다. 자기 집 방식을 고집하려는 남편이 미웠다. 이처럼 집안 대 집안의 일이 개입되면 비난하게 되는 일이 생기기도 한다. 우린 지금은 서로 비난하지 않는다. 하루를 돌아보면 비난할 일이 없기도 하다. 시부모님이 안 계시니 집안의 일이 개입될 일도 없다. 일상생활에서 하려고 들면 왜 비난할 일이 없겠는가? 하지만 우린 많은 일을 겪으면서 서로 성장을 하고 현명해졌다. 세상일이 옳고 그른 일이 딱히 없는 것 같다. 생각하기 나름이라는 걸 알기 때문이다.

상처주기

사랑하는 사람에게 상처 준 적이 있는가? 진짜 사랑하는 사람에게 상처를 주면 내 가슴이 더 아프다. 마음이 아프고 눈물이 난다. 상대방보다 내가 더 고통스럽다.

그래서 공감되는 말이 세상에 자식 이기는 부모가 없다는 말이다. 내가 겪어봐도 그렇다. 남편과 말다툼하다가 울면 남편은 어쩔 줄을 모른다. 부인이 우는 걸 싫어하고 못 견딘다. 울지 말고 차라리 화를 내라고 말한다. 우는 부인을 보는 일이 가슴 아프고 고통이 따르는 게 아닐까? 그래서 남편은 앞으로도 내 눈에 눈물 나게 하고 상처 주는 일은 못 하지 싶다.

욕하기

말하는 건 정말 중요하다. 상대편 말하는 걸 들어보면 그 사람의 의식 수준과 지식수준, 생각하는 것을 알 수 있다. 어려서부터 온갖 막말과 욕하는 걸 들으면서 자랐다.

어려서 식당을 할 때 단골손님이 있었다. 매일 아침, 점심, 저녁을 우리 집에서 먹었다. 그분들이 매일 매일 오면 매상이 많이 올랐기 때문에 반찬에 각별히 신경을 썼던 기억이 난다. 30년 전에 봤던 그분들은 식사하면서 서로 욕을 많이 했다. 일상적인 대화에서도 욕이 들어갔고 화가 나 있는 상태가 아닌데도 욕을 했다. 참 이상했다. 욕은 화난 상태에서만 하는 건 줄 알았기 때문이었다. 그 모습이 정겨워 보일 수도 있었다. 워낙 친한 사이에서는 스스럼없이 할 수도 있었다. 하지만 어린 마음에 별로 좋아 보이지 않았다. 서로 존중하지 않아 보였다.

어려서부터 매일 욕하는 모습을 쉽게 접할 수 있었다. 하지만 욕하지 않고 살기로 했다. 만약 이런 생각을 하지 않았다면 나도 욕쟁이가 될 환경이었다. 온갖 욕을 다 듣고 자랐다. 환경은 우리에게 아주 큰 영향을 미치지만, 때론 생각에 따라 영향을 미치지 않기도 한다. 이런 결심을 하자 욕하는 소리는 나에게 마치 소리를 못 듣는 사람처럼 내 귀에 들리지 않게 되었다. 지금 생각해도 신기한 경험이다. 그리고 지금까지 욕을 하지 않는다.

남편에게도 욕은 하지 말아 달라고 부탁을 했다. 고맙게도 남편은 내 말을 따라 주었다. 무심코 나오면 어쩔 수 없지만, 남편도 집에서 절대 욕을 하지 않는다.

바람 피우기

결혼하면 절대로 하면 안 되는 일이 있다. 그건 바로 바람피우는 거다. 호기심으로 어쩌다 한번 바람을 피우면 절대로 헤어 나올 수가 없다고 한다. 혹시라도 호기심이 생기더라도 절대로 하지 말아야 한다. 자신만은 빠져나올 수 있다고도 자만해서도 안 된다. 그만큼 바람피우는 일은 위험하다. 한 번 바람피운 사람은 쾌락 때문에 반복하게 된다.

그러니 아예 그쪽으로는 평생 발을 담그지 말아야 한다. 바람을 안 피우는 사람은 특징이 있다고 한다. 사람들과 어울리는 것에 별로 관심이 없고 바람피울 수 있는 상황과 환경을 원천봉쇄한다고 한다. 이 말에 전적으로 공감한다.

나는 사람들과 어울리는 걸 좋아하지만 매번 만나던 사람만 만났다. 게다가 모두 여자였다. 새로운 사람과 만나는 건 별로 안 좋아한다. 그리고 바람피울 수 있는 환경을 아예 피한다. 전업주부로 살면서 남자 만날 상황이 없었다. 일하면서 어쩔 수 없이 만나야 했지만 참 불편하고 힘들었다.

불편하고 힘드니 바람피울 확률은 없는 거다.

남편은 직장 동료가 대부분이 남자였다. 그리고 사람과 어울리는 일보다 집에서 가족과 같이 있는 걸 더 좋아했다. 사람보다는 자연을 더 좋아했다. 산에 관심을 가지고 에너지를 쏟다 보니 여자를 만날 생각을 아예 안 한다.

결혼 19년 동안 나와 남편은 외도를 전혀 하지 않았다. 그러나 혹시 사별하는 일이 생기면 남은 사람은 결혼해서 다시 행복을 찾았으면 한다. 원래 결혼해서 배우자와 행복했던 사람일수록 사별하고 재혼을 더 빨리한다는 통계가 있다. 배우자와 힘든 결혼생활을 했던 분은 혼자 살고 싶어 하는 경향이 있다. 시간도 오래 있다 재혼을 한다. 상식적으로 생각해 보면 맞는 이야기다.

무시하기

　사람들이 가장 화나고 못 참는 경우가 무시당했을 때다. 어린아이부터 어른까지 무시를 당하면 가만히 있지 않는다. 그만큼 원초적인 부분이기도 하다. 아들이 어린이집을 다녀와서 화를 내며

　"엄마, 애들이 이상해~ 나보다 어린 데 막 반말해. 내가 형인데 형이라고 부르지도 않아~ 오늘 짜증나서 혼났어."

　아들은 어이없다는 표정으로 얼굴까지 빨개져서 화를 내며 말했다. 6살의 아들이 세상에 태어난 이후로 제일 어이없는 일을 당한 것이다. 아직 미성숙한 아이도 이런 감정을 느끼는데 어른은 무시를 당했다고 생각하면 절대 참지 않는다. 심지어 살인까지도 불사한다. 사람이 사람을 무시하는 건 깊은 상처가 된다.

　부부 사이에도 지켜야 할 예절이 있다. 서로를 존중해줘야 한다. 무시하는 사람을 들여다보면 자기 자신을 존중하지 않는 사람이 많다. 그래서인지 남도 존중하지 않는다. 무시하는 말을 하는 사람은 대부분 사랑받고 있다는 생각을 못 한다. 지금 현재 자신이 무시를 당하면서 살고 있거나 불행을 겪고 있는 사람이다. 그만큼 마음의 여유가 없는 분이 많다.

　부부간에도 싸울 때 절대 하지 말아야 할 이야기들이 있다.

　"네 까짓 게 뭔데 해라. 말라 잔소리야!"

　"됐어. 그만해." "그러고도 네가 인간이냐?"

　"나니까 너를 받아주고 있지. 고마운 줄도 모르고 어디서 까불고 있어."

　문제하고 벗어난 무시하는 말은 싸움을 점점 더 크게 키울 뿐이고 파국으로 가는 지름길임을 잊지 말아야겠다. 우리 부부는 싸워도 절대 이런 말을 하지 않는다. 부부싸움을 해도 정도를 지키면서 한다.

제 4 장

있는 그대로 사랑하기

우리는 다른 사람에게 충고라는 이름으로 단점을 말한다. 충고는 상대방이 원하고 들어줄 수 있을 때 해야 하는데 막무가내로 한다. 상대방이 상처를 받을 수도 있고 힘들어할 수도 있다. 충고는 함부로 하지 말아야 한다. 상대방에게 하지 말아야 하는 일이 한 가지 더 있다. 바로 상대방을 바꾸려는 노력이다. 부모가 자식을 키울 때 원하는 대로 만들려고 한다. 내가 낳았으니 내 소유라고 생각하는 분들이 많다. 하지만 사춘기가 오면 아이는 부모 말과는 반대로 행동하면서 엇나가기 시작한다. 내 속으로 난 자식도 내 맘대로 안 된다는 것을 알게 되는 시기이다.

결혼 후에는 배우자를 내 맘대로 바꾸고 싶어 한다. 하지만 배우자와 싸움만 하게 될 뿐이다. 자꾸만 바꾸려는 배우자를 점점 싫어하게 되다가 결국에는 멀어지게 된다. 우리는 오직 자기 자신만 바꿀 수 있다.

하지만 이마저도 맘대로 하지 못하는 게 현실이다. 그러나 이런 사실을 인정하기만 해도 된다. 인정하게 되면 배우자나 자식을 바꾸려는 노력을 비로소 멈추게 된다. 그때 평화가 찾아온다.

싸움을 멈추게 되면 상대의 모습이 사랑스럽게 보이기 시작한다. 이 단계가 오면 행복은 자연히 따라온다.

미숙한 사랑은 "당신이 필요해서 당신을 사랑한다."고 하지만 성숙한 사랑은 "사랑하니까 당신이 필요하다"고 한다.
_윈스턴 처칠

화장을 해도, 눈곱이 붙어도

드라마에서 결혼을 먼저 한 선배가 이제 막 결혼한 직장 후배에게 부인의 기를 꺾는 비법을 전수해주는 장면이 있었다. 비법은 부인에게 안하무인으로 세게 말하고 행동하는 것이었다.

하지만 선배도 알고 보면 제대로 부인을 제압하지 못했다. 오히려 더 부인의 눈치를 보고 사는 모습을 보여주는 드라마 내용이 많았다. 드라마 내용대로 세게 나가면 어떻게 될까? 더 거세게 저항을 하게 된다.

나그네의 외투를 벗기는 내기를 했던 해님과 바람의 동화와 같다. 사람의 마음을 움직이려면 감동을 주고 따뜻해야 한다. 그럼 결혼해서 가장 높은 단계의 감동은 뭘까?

결혼식 날 했던 혼인 서약을 생각해보면 알 수 있다. 기쁠 때나 슬플 때나 건강하거나 병들거나 부유하거나 가난하게 되는 모든 경우에도 서로 부부의 대의를 지키며 살겠노라고 서약을 한다.

사랑하는 부부는 이렇게 살아간다. 평생 같이 살면서 어떤 상황이든 변치 않는 모습은 감동을 주기에 충분하다.

결혼 후 연애할 때와 많은 것이 달라졌다. 마음은 똑같은데 몸은 매일 매일 달라지고 있다. 특히 여자는 아무리 결혼 전의 몸매가 예뻐도 임신과 출산을 하면서 살도 찌고 피부도 늘어지고 트기도 한다. 얼굴에 기미가 생기고 목에는 쥐젖이라는 검은 점들이 생기기도 한다. 배에는 살이 터진 자국도 생긴다. 몸매가 많이 변해서 같은 옷을 입어도 옛날만큼 예쁘지 않다.

아이 둘을 낳으면서 체중이 10kg 이상이 늘어났다. 막내 가졌을 때 20kg 늘었는데 어찌 된 일인지 10kg만 빠지고 아직 10kg이 남아있다. 10년이 넘었는데도. 변명 같지만, 살을 못 뺀 강력한 이유가 있다. 출산 후 모유를 먹이느라 밥도 많이 먹고 국도 많이 먹었다. 내 체질은 쌍둥이를 키울 수 있을 정도로 모유양이 많았다. 그래서 밥 먹고 돌아서면 배가 고팠다. 밥 먹고 간식 먹고를 반복해야만 했다. 그런데 문제는 모유를 떼고도 이렇게 먹는 게 습관이 되었다. 모유 먹이면서 빠졌던 살이 다시 찌기 시작했다.

그런데 남편은 살이 찌고 있는데도 절대로 다이어트를 못 하게 말렸다. 지금 있는 그대로 예쁘다고 말해주었다. 그리고 잘 먹는 모습을 좋아하고 맛있는 걸 항상 사다 주었다. 그래서 어느 날은 우스갯소리로 남편에게 "나 살찌워서 잡아먹으려는 거 아니야?" "지금 나 사육하고 있는 거 아니니?"하고 묻기도 했다. 이런 생각이 들 만큼 맛있는 걸 수시로 사주고 잘 먹어야 한다고 말했다. 혹시라도 부인이 몸 상하게 다이어트를 할까 봐 걱정이 많았다.

내가 매일 "나 살 많이 졌지?"하고 물어보면 "아니, 하나도 안 졌어. 너무 예뻐." 이런 말이 자동으로 나왔다. 그래서 나도 굳이 다이어트 할 생각을 안 하고 지금까지 오게 됐다.

전업주부였던 어느 날 건강보험공단에서 무료 암 검진 서류가 날아왔다.

자궁경부암 검사를 받았다. 간 김에 무료 아닌 검사까지 모두 하고 집으로 돌아왔는데 일주일 후에 검사 결과가 암이 의심되니 조직검사를 한 번 더 하자고 의사 선생님이 말씀하셨다.

순간 당황했다. 이게 드라마에서 보던 그런 상황인가? 하는 생각이 들었다. 그래서 검사를 하고 남편에게 사실을 말해줬다. 그날 남편에게 말한 사실을 두고두고 후회했다. 남편은 극심하게 걱정했다. 오히려 당사자인 나보다 더 걱정하기 시작했다. 집에서 아무 일도 못 하게 하고 남편이 다하려고 했고 애들한테도 엄마 아프니까 쉬어야 한다고 힘들게 할까 봐 원천봉쇄를 했다.

남편이 아이들을 데리고 나가고 나는 쉬도록 해줬다. 잠자려고 누워도 밤새 자면서 등을 토닥여주기도 하고 남편의 걱정스러운 마음을 자면서도 느낄 수 있었다.

남편은 검사 결과 기다리는 동안 하루하루 말라갔다. 일주일 동안 살이 5kg이나 빠졌다. 남편 때문에라도 나는 아프면 큰일 나겠다 싶었다. 남편은 내가 없는 세상을 상상할 수도 없는 것 같았다. 그 기간이 몇 년처럼 느껴졌다. 그리고 검사 결과가 나왔는데 다행히 암이 아니었다. 간단하게 약만 며칠 먹으면 괜찮을 정도였다. 천만다행이었다.

아이 둘을 키우는 일은 남편이 도와주는 데도 힘들었다. 아이 둘 데리고 놀러 다니고 장 봐서 밥을 급히 하고 빨래, 청소, 아이들 목욕을 시키는 생활은 늘 바빴다. 나 자신을 꾸밀 시간이 전혀 없었다.

머리 감고 목욕하는 시간도 빨리해야 했다. 아장아장 걸음마 걷는 아기를 키울 때는 화장실도 마음대로 가지 못했다. 아이가 울고 넘어지고 다치고 뭔가를 주워 먹어 항상 곁에 있어야 했다.

한눈을 잠깐이라도 팔면 다칠까 봐 신경도 예민해진다. 그런데 얼굴에 화장하고 치장할 시간이 있었겠는가? 옷도 안 사 입고 매일 입던 옷만 입고 선 크림도 못 바르고 외출해서 얼굴도 새카맣게 타고 팔다리도 탔다. 결혼 전에 백혈병에 걸렸냐고 오해받을 정도로 하얗던 피부가 까맣게 타고 있었다.

내가 얼굴을 봐도 답이 안 나왔다. 그래도 남편은 이때도 변함없었다. 매일 예쁘다고 말해주었다. 하도 옷을 안 사 입어서 억지로 끌고 가서 옷을 사주기도 했다.

시간이 많이 흘러 직장인이 되었다. 일반 사무직이 아니라서 회사 대표님들도 많이 만나고 구직상담을 원하는 분과 늘 만나야 하니 전문적인 느낌이 나도록 옷도 정장을 주로 입었다. 흰머리가 많아 미용실도 자주 다니고 조금이라도 젊게 보이려고 헤어스타일도 여러 번 바꾸었다. 출근할 때 화장도 매일 매일 하고 다녔다. 우리 동네에서 10년 넘게 살아서 이웃집 할머님들과 친하게 지내고 인사도 하는데 어느 날 바뀐 내 모습에 기절할 것처럼 놀라셨다. 너무 놀라셔서 내가 예전에 얼마나 심하게 하고 다녔나를 알 수 있을 정도였다. 길에서 만날 때마다 입을 모아 말씀하셨다.

"어휴, 너무 예뻐졌어. 더 젊어지고~ 나이를 거꾸로 먹나 봐."

이 말씀이 그냥 빈말이 아니고 진심처럼 느껴졌다. 그렇게 느낀 건 내가 내 모습을 봐도 알 수 있었으니까. 이웃들은 한마디를 꼭 덧붙이셨다.

"아유~ 남편이 좋아하겠어."

그래서 생각해 봤다. 남편이 내가 화장을 했다고 예쁜 옷을 입었다고 더 좋아한 적이 있었던가? 한 번도 없었다. 남편은 오히려 화장 안 할 때의 내 모습을 더 좋아한다. 익숙하기도 하고 화장하면 장모님을 닮았다고 싫어한다. 옷을 차려입었다고 놀라워한 적도 없다. 내가 무슨 옷을 입든 사랑의 크기는 늘 똑같다. "마누라는 그냥 마누라다."라고 입버릇처럼 말한다. 나는 이 말이 좋다. 전업주부일 때나 직장에 다닐 때나 나를 대하는 태도는 한결같다. 오히려 아플 때나 힘들 때면 더 많은 사랑을 주었다. 우리는 가끔 우리의 미래를 이야기하기도 한다.

"자기야, 내가 할머니가 되어도 사랑할 거야?"

"그럼! 당연하지!"

"나도 자기가 할아버지가 되어도 지금처럼 사랑할 거야."

이렇게 가끔 말의 힘을 이용한다. 서로 말을 하고 나면 믿음을 넘어 확신까지 생기곤 한다. 우리도 처음부터 이러지는 않았다. 하지만 부부에 대한 강의를 듣고 즉시 생각을 바꿨다. 부부가 서로를 핸드폰에 뭐라고 저장했는지 한번 점검해보자. "백 년 원수" "똥 덩어리" "왕재수" "악녀" 등등 남편이나 부인을 나쁜 말로 저장해 놓은 분이 많았다. 강사는 그때 이렇게 말해주었다.

"자~ 지금 남편이 선생님에게 전화를 걸면 그 전화를 받는 사람은 누구죠? 바로 선생님이 죠. 그 나쁜 말을 선생님이 제일 먼저 보게 됩니다. 매일 매일. 좋으신가요? 욕도 마찬가지입니다. 상대방에게 욕하면 내 귀가 그걸 제일 먼저 듣게 됩니다. 이제 아셨죠? 우리를 위해서라도 배우자를 좋은 이름으로 저장해야 합니다. 지금 당장 바꾸세요."

나는 그때 10년 전쯤 남편을 "내 사랑 꽃 서방"이라고 변경했다. 친구나 지인은 이걸 볼 때마다 질색하고 놀라지만 우리는 아랑곳하지 않는다. 다른 사람이 우리의 인생을 대신 살아주지 않음을 알기 때문이다. 그러니 여러분도 지금 당장 배우자의 핸드폰 번호를 사랑이 담긴 말로 바꿔보고 체험해보길 진심으로 바란다.

내 곁을 지켜주는 사람

19년을 살면서 많은 일을 겪었다. 그 사이 시부모님이 두 분 다 돌아가셨다. 이 일이 인생에서 가장 큰 일이었다. 겪어보신 분도 있으시겠지만, 나이 많으신 부모님과 같이 살 다 돌아가시는 과정을 모두 지켜보는 것은 힘든 일이다.

부모님을 모시는 문제로 자식 간에 싸우기도 하고 형제끼리 의가 상하기도 한다. 그만큼 힘들기 때문이다. 하는 자식만 하고 안 하는 자식은 나 몰라라 한다. 형제는 그렇다 쳐도 배우자가 힘을 보태준다면 기꺼이 힘든 고비를 넘길 수 있다.

남편은 늦둥이로 태어났다. 남편이 10살 때 벌써 아버님은 60세셨고 20살이 되었을 때 70세셨다. 그래서 아버님은 살아서 남편이 결혼하고 아이 낳는 모습을 못 볼까 봐 걱정하셨다. 우리는 아버님이 연세가 79세 때 결혼했다. 아버님은 소원대로 아들이 결혼하는 모습을 보셨다. 그리고 며느리를 눈에 넣어도 아프지 않을 만큼 사랑해 주셨다. 당신이 시간이 많지 않다는 걸 아신 것처럼. 그리고 기적처럼 아버님은 82세에 우는 손녀를 품에 안아보셨다. 울고 있는 손녀를 안으시고 "공주야, 울지 마라, 공주야." 아주 큰 소리로 말씀하셨는데 지금에야 아버님이 그 순간을 얼마나 기쁨에 찬 순간으로 환희에 차서 말씀하셨는지 이해가 되었다. 18년이 지난 지금에야 아버님의 마음을 온전하게 이해하게 되었다.

남편에게 아버님은 애틋한 분이다. 아버님과 내가 평소에 잘 지내고 다정하게 지내는 모습을 남편은 참 좋아했다. 평생을 무뚝뚝하고 정이라고 없던 분이라 여겼는데 다정한 모습을 경이로워하면서 봤던 기억이 난다. 평소에 다정하게 아버님과 팔짱을 끼고 걸으면서 도란도란 이야기도 나눴다. 며느리가 무슨 말을 하든 예뻐서 웃으시던 모습을 보고 남편도 따라 웃었다.

이렇게 좋은 시절만 있었으면 얼마나 좋았을까? 사랑스러운 며느리와 손녀 곁에서 조금 더 사셨으면 얼마나 좋으셨을까? 가끔 이런 생각이 든다.

아버님은 손녀가 백일이 채 되기 전에 돌아가셨다. 아프시기 직전에 손녀를 한번 안아보신 게 다셨다. 그 뒤로 쓰러지셔서 많이 아프셨다. 치매와 암으로 힘들어하셨다. 온 가족이 집에서 병간호했는데 남편 혼자 감당했다면 힘들었을 것이다. 다행히 부인도 있고 딸도 태어났을 때 같이 아픔을 겪고 다시 일어날 수 있었다. 그 후 같이 제사도 지내고 성묘도 가면서 차차 극복되었다. 어머님을 모시는 것도 남편이 혼자 살았다면 힘들었을 거다. 어머님은 요양원에서 몸을 회복하신 후 집에 오셨다. 하지만 온종일 심심해하셨다. 원래 활동적인 분인데 많이 걸을 수도 없어 외출은 거의 불가능하셨다.

그렇다고 아기 낳은 지 얼마 되지 않은 내가 모시고 돌아다닐 수도 없었다. 그래서 집주변에 데이케어센터라고 하는 곳에 보내드렸다. 그곳은 노인 분들이 가시는 어린이집이라고 생각하면 된다. 차가 집 앞까지 오고 센터에 가면 또래의 어르신과 다양한 활동을 한다. 점심과 간식도 먹고 안마의자도 있다. 요양보호사 선생님이 있으니 말벗도 하시고 온종일 집에만 있기보다는 정신건강에도 좋으셨다. 어머님은 데이케어센터를 참 좋아하셨다. 토, 일요일, 휴일을 더 싫어하셨다. 좀처럼 빠지지 않고 가셨다.

남편이 출근해서 없는 날에는 내가 어머님을 차까지 휠체어로 보내드리고 도착 시간이면 다시 휠체어로 모셔왔다. 나중에 아들이 어린이집에 다닐 때는 시간이 겹쳐서 바빴다. 남편이 있는 날에는 남편이 어머님을 케어해 주었다. 우린 늘 서로의 곁에서 든든하게 힘이 되어주었다.

어려서 외할머니, 외할아버지와 같이 살기도 했었고 첫 손녀로서 사랑을 많이 받았다. 20살에 취업을 하고 돈을 벌기 시작하면서 두 분께 용돈도 드렸다. 맛있는 음식도 사드리고 적적하실 두 분 집에 종종 가서 하룻밤을 자고 오기도 했다. 특별한 날이 아니라도 그냥 생각나고 뵙고 싶으면 늘 그랬었다. 다른 손자, 손녀보다 그래서 더 정이 많이 들었다.

자식들이 결혼할 때 할아버지께서 결혼을 반대하셨다. 바로 우리 아빠와 엄마가 결혼한다고 했을 때 그렇게 반대가 심했다고 한다. 아마도 딸이 행복하게 살지 못할 걸 예상하신 것 같았다. 할아버지께서는 사람 보는 눈이 정확하셨다. 반대하는 결혼을 한 자식은 결국 불행하게 살 게 되었고 반대하지 않았던 자식은 지금도 잘살고 있다.

나도 결혼 전에 남편을 데리고 가서 보여드렸다. 그런데 할아버지는 전혀 반대하지 않으셨다. 할머니, 할아버지를 각별하게 생각하는 걸 아는 남편은 결혼해서 두 분을 찾아뵙는 걸 당연하게 받아들여 줬다. 명절에도 찾아뵙고 용돈도 드리고 날씨 좋은 날엔 두 분을 드라이브도 시켜드리고 좋아하시는 회도 사드렸다. 10년 넘도록 남편은 늘 두 분께 최선을 다해 주었다.

외할머님은 돌아가시기 전에 치매가 심하셨다. 그래도 우리 집에 한 번씩 모셔와 하룻밤을 보냈다. 증손녀인 딸은 치매가 심한 증조할머니의 머리도 빗겨드리고 말동무도 해드렸다. 애교도 부리고 맛있는 음식도 먹여드렸다. 우리 가족은 외할머니에게 최선을 다해서 잘해 드리려고 노력을 했다.

나중에는 치매가 너무 심하셔서 요양원으로 모셨지만 우린 요양원으로 가서 자주 찾아뵙고 산책도 시켜드렸다. 남편도 내가 갈 때마다 같이 가서 휠체어도 밀어드렸다.

할아버지도 편찮으셔서 병원에 오래 계셨는데 틈나는 대로 찾아뵙곤 했다. 그래서 나는 할아버지, 할머니가 돌아가셔서 슬프기는 하지만 못해 드렸다고 후회하지 않는다. 해드리고 싶은 만큼 최선을 다했다. 남편이 반대하고 눈치를 줬다면 그렇게 못했을 것이다.

둘 다 웃어른에게 최선을 다해야 한다고 생각했다. 고부갈등을 겪었고 힘들었지만 어머님을 돌아가실 때까지 우리가 책임을 지고 모셨다. 모시면서 하루하루 싸우기도 했고 화해하기도 하는 등 많은 일을 겪었다. 하지만 자식으로 해야 할 도리를 저버리고 책임을 회피하는 것보다 낫다는 생각이 든다.

같이 살지 않은 자식 중에 돌아가시면 제사는 자신이 모시겠다고 말하기도 한다. 하지만 제사에 신경 쓸 생각을 하기보다는 살아계실 때 한 번이라도 더 찾아뵈라고 말하고 싶다. 살아계실 때 좋아하는 음식을 한 번이라도 더 사드리고 용돈을 드리는 것이 제사를 잘 모시는 것보다 뜻 깊다는 생각이 든다.

이런 생각으로 서로가 좋아하는 분에게 우리의 시간과 돈과 마음을 나눠드렸다. 요즘 서로 자기 부모님만 챙기는 부부도 있을 것이다. 그것도 좋은 생각이고 살아가는 방법의 하나이다. 싸울 일이 별로 없을지도 모른다. 편하기도 할 것이다.

하지만 서로의 부모님을 공유하고 같이 보낼 시간이 없게 된다. 우린 좋은 일, 힘든 일, 슬픈 일을 모두 같이 겪었기에 서로 나눌 이야기도 많고 상대방을 이해하는 삶을 살고 있다. 모든 일에는 동전의 앞뒤처럼 좋은 면도 있고 나쁜 면도 있기 마련이다.

남편도 나도 부부로 살면서 잘 안 맞는 부분도 많았다. 이해되지 않는 부분도 있었다. 하지만 오래 살다 보니 다름을 인정하게 되었다. 효자인 남편을 존경하게 되었다. 시부모님을 모시게 해서 힘들게 했지만, 효도를 다 하려고 하는 모습은 늘 대단하다는 생각이 들었다.

주위에 노부모에게 함부로 하는 자식도 있고 전혀 돌보지 않는 자식도 많다. 서로 모시지 않으려고 한다는데 남편은 무조건 자기가 모시고 살겠다고 했다. 요즘 세상에 보기 드문 사람이다.

하루는 너무 힘들어서 외할아버지에게 찾아가서 힘들다고 하소연을 한 적이 있었다. 할아버지는 말없이 내가 하는 하소연을 묵묵히 다 들어주셨다. 한참을 투덜투덜하면서 모든 이야기를 털어놓고 나자 이렇게 말씀하셨다.

"그래도 내 부모에게 잘하는 건 잘못된 일이 아니야. 할아버지가 잘못하고 있다면 불러서 따끔하게 혼내겠지만 부모에게 효도하는 사람에게 뭐라고 하겠니? 그리고 자기 부모에게 효도하는 사람은 모든 면에서 괜찮은 사람이야. 성품이 된 사람인 거지. 그러니 네가 이해해라."

하고 다독여 주셨다. 참 현명하신 말씀이시다. 그때 그 말씀을 듣고 위안이 되었다. 어떤 말보다 더 나에게 도움이 되었다. 할아버지는 그때 이미 남편의 성품을 알아보셨다. 할아버님이 남편의 성품을 공식적으로 인정해 주신 거나 마찬가지다. 평생 남편은 내 곁을 지켜줄 거라는 믿음이 확고하게 생겼다.

평생의 동반자

결혼할 때 일부러 몇 년 동안만 살려고 계획한 부부는 없을 것이다. 살다 보니 여러 사건이 생기고 어쩌다 이혼까지 가게 된다. 이혼의 가장 큰 원인은 성격 차이로 인한 갈등이다. 결혼해서 평생 잘살 거라는 확신은 없었다. 남편을 엄청나게 사랑했기 때문에 달리 방법이 없어서 결혼을 선택했다. 살다가 힘들면 이혼하면 된다 생각했다. 남편도 그랬을 것이다.

어느 날 결혼에 대한 명언을 들었다. "결혼은 해도 후회, 안 해도 후회" 이 말이 마음에 걸렸다.

'결혼을 안 해도 후회하게 된다고? 그럼 안 해보면 결혼이 어떤 건지 평생 알 수 없는 거 아냐? 궁금하면 어떡하지? 그럼 해보고 후회하는 게 좋지 않을까?'

하는 생각이 들어 결혼하기로 마음먹었다. 결혼한 걸 후회하게 되더라도 이혼이 있으니 걱정이 덜 되었다. 결혼했다고 반드시 평생을 같이 살 필요는 없다고 생각한다. 서로 불행하고 미래가 없고 나아질 기미가 없다면 차라리 이혼하는 게 나았다. 어떤 경우에는 서로를 더 힘들게 하려는 복수심에 결혼 생활을 유지하기도 한다. 이혼녀라는 무게가 너무 커 못하는 분도 있다. 그러면 둘 다 불행하다. 한 번뿐인 인생이다. 이렇게 인생을 고통 속에 사는 건 자신에게 못 할 짓이다.

이혼을 결심한 적도 많았지만, 고통을 겪었던 이유가 남편 때문은 아니었다. 내 감정을 스스로 통제하지 못해 힘들었다. 내가 성숙해지고 나서야 평화가 찾아왔다.

남편을 평생의 동반자라고 생각한 계기가 여러 번 있었다. 첫 번째는 나의 "욱" 성질을 받아준다. 평소에는 더할 나위 없이 애교도 많고 다정하다. 하지만 한번 욱하는 성격이 나오면 누구도 말릴 수가 없다. 뒤끝도 길어서 오랫동안 말도 안 하고 꽁한다. 남편이 전화해도 안 받는다. 참 나쁜 버릇인데 예전에 화나면 나 자신을 통제할 수 없었다.

그러면 남편은 화가 풀릴 때까지 가만히 기다려준다. 며칠을 기다렸다가 아침에 출근할 때 편지를 써놓고 나가기도 하고 문자로 구구절절 보내기도 한다. 마음을 풀어주려고 노력을 했다. 객관적으로 생각해보면 남편이 이렇게 해주지 않았다면 우리가 지금까지 살 수 있었을까? 거기다 남편이 잘못하지 않았는데 괜히 혼자 자격지심에 오해해서 화를 내기도 했다. 남편이 집에서 살림만 하니 이렇게 행동하나? 하고 괜히 오해했다.

상대방의 이런 치명적인 단점을 커버해 줄 수 있다면 평생의 동반자가 될수 있다. 두 번째는 내가 하고 싶은 일을 지지해준다. 남편은 지금까지 시부모님 모시는 문제와 셋째 가지는 것 빼고는 반대를 안 했다. 남편은 원래 딩크족이었다.

"나는 결혼해서 아이를 낳지 말고 그냥 우리 둘이서만 즐겁게 살았으면 좋겠어."

"나는 반대야. 결혼했으면 애도 낳아서 키워봐야지. 우리 둘이서만 사는 건 싫어."

결혼 전에는 무조건 아이를 낳지 말자더니 결혼 후에는 내 말을 따라주었다. 둘째를 낳고 셋째를 원한다고 했더니

"뭐? 셋째? 그건 진짜 무리야. 둘만 잘 키우자. 셋째 낳자고 하면 나는 이제 집 나갈 거야. 그건 절대 안 돼!"

이렇게 말하고는 바로 정관수술을 해버렸다. 그래도 둘까지 양보해준 남편이 참 고맙다.

한번은 이런 일도 있었다. 아이 키우면서 사회생활을 하고 싶었다. 딸이 돌 때쯤 일을 하고 싶었다. 우연히 간 찜질방에서 사업자를 모집하고 있었다. 이 사업이라면 애들 키우면서도 할 수 있을 것 같았다. 코인 운동기구를 찜질방에 설치하고 손님들이 사용하면 돈을 버는 사업이었다. 별로 어려워 보이지 않아서 남편에게 하고 싶다고 말했다. 남편은 하고 싶다는 말에 더 묻지도 따지지도 않고 해보라고 했다. 남편은 관심을 두면서 같이 본사를 가서 설명을 들어주었다. 설명을 다 들은 남편은 하고 싶으면 해보라고 말했다. 내가 한다고만 하면 남편은 당장 그 운동기구들을 10대나 살 기세였다. 하지만 내 주위 사람들은 모두 말렸다.

"왜 목돈을 써서 푼돈을 벌려고 해? 푼돈을 벌어서 어느 세월에 그 기계 비용을 뽑겠어? 지금은 잘 될 것 같지만 하루에 얼마 못 벌어. 다 기계 팔려고 하는 상술이야."

생각해보니 일리가 있는 말이었다.

"자기야, 나 그 사업 안 하려고. 돈 못 번대. 괜히 기계만 사게 된다고 하네."

"그럼 어때~ 잘되면 좋은 거고 안 되면 기계 산 거는 주위 사람에게 나눠 주지 뭐~"

남편은 평소 물건 하나를 사도 꼼꼼하게 따져보고 산다. 의심이 많아 무슨 말이든 잘 믿지 않는다. 그런 사람이 내가 하고 싶다니 아무것도 따지지 않고 하라고 한다. 평소의 남편 성격으로는 있을 수 없는 일이다. 남편은 이미 사업성이 없다는 걸 알았을 거다. 그런데도 지지해주었다. 모처럼 해보고 싶어 하는 나를 위해 기꺼이 지원해 주려 했다. 남에게는 깐깐하게 따져보고 가족에게는 너그럽게 눈감아 줄 수 있는 사람이 살아보니 좋다. 반대인 사람도 있다. 남에게는 한없이 너그러운데 가족에게 가혹하고 인색한 사람도 있다. 우리가 할 일은 먼저 제일 가까운 사람, 가족을 행복하게 해주어야 한다. 행복한 가족 구성원이 사회에 나가서 좋은 사회를 만들 수 있다.

세 번째는 감정 기복이 별로 없다. 나와 반대 성격을 가진 남편은 1년 365일 늘 잔잔하다. 연애할 때와 결혼 초기에는 그게 불만이었다.

퇴근하고 집에 오는 남편을 위해 정성껏 요리를 만들었다. 나는 엄청나게 기쁜 표정과 맛있다는 표현을 기대했다. 남편은 그냥 먹기만 한다. 그러면 결국 내가 못 참고 궁금해져서 묻는다.

"자기야~ 어때? 먹을 만해?" "어~ 열심히 먹고 있잖아"

이러고 만다. 실망스럽고 서운해서 툴툴거렸다.

남편 생일날 이벤트를 한다고 집에서 아이들과 엄청난 파티 준비를 한 적이 있었다. 풍선을 달아놓고 그림을 그려서 붙여놓고 장식도 해놓고 케이크도 준비했었다. 우린 감격스러워하는 남편의 표정을 기대했는데 그때도 너무 평온하게 말해줬다. "고마워." 우리가 당황해서 묻는다. "놀라지 않았어?"

"어, 놀랐어."

표정은 살짝 미소 짓는 게 전부다. 남편의 이런 성격이 좋은 건 반대상황에서도 그렇게 크게 호들갑을 떨지 않는다. 나만 난리가 난다. 애들이 학교에서 맞고 들어오거나 싸우고 들어오면 나만 흥분하고 남편은 조용히 말한다. "애들은 이러면서 크는 거야."

하루는 아들이 놀이터에서 놀다가 얼굴을 다쳐서 피가 났다. 나는 너무 놀라서 진정이 안 되는데 남편은 이날도 평온하게 말했다.

"남자애들은 원래 머리도 몇 번 깨지고 그러면서 커."

살면서 이런 일들이 얼마나 많았겠는가? 수도 없이 많았지만, 남편은 늘 감정 기복이 별로 없었다. 뭔가 인생을 다 통달한 도사 같기도 하고 신기하기만 했다. 반대 성격인 나는 조금만 놀라도 방방 뛰고, 기쁘면 좋다고 환호성을 지르고 온몸으로 기쁨을 표현한다. 반면에 슬프면 온통 세상이 무너진 듯이 슬프게 운다.

살다 보니 둘 다 나 같은 성격이면 어땠을까? 끔찍하기도 하다. 남편이라도 차분하니 다행이라는 생각이 들었다. 서로 반대의 성격도 좋은 것 같다.

네 번째는 책임감이 강하고 자신이 한 말은 반드시 책임을 진다. 나는 책임감 없는 아빠의 모습을 보고 자라서 남편이 책임감이 없었으면 잔소리를 많이 했을 것 같다. 아빠가 미웠던 것까지 남편에게 다 퍼부었을 거다. 아빠는 항상 허풍이 심했다. 엄마는 아빠 말만 들으면 금방 돈을 벌고 사업이 잘될 것 같아서 매번 속아서 사업자금을 여러 번 대 줬다고 한다.

남편은 아빠와는 완전 반대로 허풍은 절대 없고 자신이 책임질 수 있는 말만 한다. 처음부터 남편의 이런 면을 좋아했던 건 아니다. 뭐든지 양면성이 있는 것처럼 나쁜 면도 있다.

나는 할 수 없는 일이라도 남편이 나에게 자신이 해주고 싶은 걸 말해주길 원했다. 이를테면 "돈을 많이 벌어서 큰집도 사주고 좋은 차도 타게 해 줄게"

남편의 최고의 말은 "밥은 평생 굶기지 않을 거야" "네가 먹고 싶은 건 달러 빚을 내서라도 사줄게."

이건 남편의 진심이고 절대 허풍이 아니다. 지금은 남편의 이런 점이 너무 좋다. 대신에 내가 이런 허풍을 남편에게 해준다. 남편은 부모님에게 실망한 적이 없어서 그런지 다행히 나의 이런 모습을 귀엽다고 생각해준다. 평생을 살려면 서로 믿어야한다. 책임감이 있어야 믿음이 생긴다.

언제부터인가 노년의 모습을 머릿속으로 상상하기 시작했다. 우린 서울에 있는 작은 집에서 산다. 그러나 어느 날 경치 좋은 바닷가나 산속의 조용한 집을 한 달 정도 빌린다. 거기서 나는 책을 읽고 글을 쓰고 남편은 산에 가서 등산도 하고 약초도 캐는 거다.

낮에는 서로 각자 하고 싶은 걸 하면서 시간을 보낸다. 저녁이 되면 만나서 맛있는 식당에서 저녁 식사를 같이한다. 저녁을 먹은 후에는 분위기 좋은 카페에서 커피를 한잔 마시며 서로 하루 있었던 일을 이야기하는 거다. 그리고 집에 돌아와서 편안하게 텔레비전을 보다가 잠자리에 드는 모습이다. 우리의 노년은 평화롭고 자유롭고 분명 즐거울 거다.

인생에서 평생을 같이할 동반자를 얻는다는 건 정말 멋진 일이다. 하지만 쉽지 않다. 험난한 고비가 있지만 그렇다고 불가능한 일은 절대로 아니다. 서로 기본만 잘 지키기만 해도 된다.

일단 평생 인생을 같이할 동반자가 될 수만 있다면 그때부터 매일 웃음이 터지는 하루하루를 보내게 된다. 이보다 더 멋진 일이 어디 있겠는가? 도전 할만한 가치가 충분하다.

제 5 장

사랑은 진행형일 때만 사랑이다

사랑하면 감출 수 없다. 노력하지 않아도 된다. 그냥 저절로 행동하게 된다. 그러니 우리가 해야 할 일은 사랑이 식지 않도록 노력하는 일이다. 연애할 때 생각을 해보면 알 수 있다. 누군가가 시키지 않아도 연인을 줄 천 마리의 종이학을 접기도 하고 공책 한 권 분량의 편지를 쓰기도 한다.

십자수로 멋진 작품을 만들어 선물하기도 하고 목도리를 직접 짜 주기도 한다. 선물의 공통점은 한눈에 봐도 시간이 오래 걸려서 만든 정성 어린 선물이라는 거다. 연애 기간이 조금씩 길어지면 돈으로 살 수 있는 선물로 바뀌기도 한다. 향수나 목걸이, 지갑으로 변한다.

나에겐 중요한 원칙이 있다. 첫 번째는 더 사랑하고 중요한 사람에겐 나의 시간을 아낌없이 주고 돈이나 정성도 들인다. 시간과 돈은 나에게 제한이 되어있다. 이런 원칙을 정해 조금 덜 신경을 써도 된다고 생각되면 시간보다는 돈이 들어가는 일을 한다. 예식장에 결혼 축하금만 보내거나 장례식장에 조의금만 보내기도 한다.

두 번째는 좋아하고 닮고 싶은 사람에게 더 많은 시간을 할애한다. 나에겐 시간과 돈, 정성이 전혀 아깝지 않은 영순위 존재가 바로 남편이다. 아무리 시간이 없는 상황이라도 남편과 보낼 시간을 어떻게든 만들어 낸다. 남편이 좋아하는 음식을 정성스레 만들어 같이 먹는 일이 중요한 일이다.

사랑은 추억이 아니다

남편과 아이가 인생에서 가장 중요하다고 생각한다. 그러나 살다 보면 잘못된 생각에 빠져 정작 중요한 걸 잊기도 한다. 나에게도 그런 시간이 있었다. 선하게 살려고 노력했다. 어려운 사람은 기꺼이 도왔다. 힘들어하는 사람의 이야기를 들어주고 공감해 주려고 했다.

힘들게 살았던 과거 덕분에 상처받은 힘든 사람을 보면 나처럼 생각된다. 그래서 아무런 대가를 바라지 않고 도움을 준다. 만약 도와드렸던 분이 좋은 판단을 해서 힘든 고비를 잘 넘기면 내 일처럼 기뻤다. 기쁨 자체가 충분한 보상이다.

이런 선한 내 모습에는 문제가 하나 있었다. 바로 가족보다 남을 더 챙겼다는 거다. 남을 챙기다 보면 정작 가족에게 쓸 에너지가 남지 않았다. 시간과 에너지를 모두 밖에서 소진하고 돌아왔다. 밖에서 생긴 스트레스를 가족에게 풀기도 했다. 더 큰 문제는 나중에는 가족뿐만이 아니고 나 자신조차 챙길 시간이 없었다. 왜 그렇게 살았는지 그런 삶을 살고 있었다. 다만 나 스스로 자각 하지 못하고 있었을 뿐이다. 그러다 어느 날 나의 정체성을 알게 되었다. 이런 현상은 나 같은 성격의 사람이 종종 빠지는 흔한 일임을 알게 되었다. 먼저 나 자신을 제일 사랑하고 챙겨야 함을 배움을 통해 알게 되었다.

내가 있어야 남도 있는 거라는 말도 있다. 그 쉬운 걸 왜 몰랐을까?

배우다 보니 뭐가 문제인지 깨닫게 되었다. 상대가 원하지도 않는 데 내가 먼저 돕겠다고 말했었다. 당사자보다 내가 더 걱정을 많이 하는 상황도 벌어졌다. 급기야 다른 사람 인생에 내가 너무 깊게 개입을 했다. 당신에는 뭐가 잘못된 일인지 깨닫지 못했다. 남편은 이런 나를 말렸다.

"거기까지 마누라가 가는 건 오버 같은데~"

"그 사람 인생이야. 왜 마누라가 이래야 저래라 간섭이야? 자기 인생인데 어련히 알아서 하겠어."

"그냥 놔둬. 본인이 알아서 잘하겠지."

이런 말을 들었지만 멈추지 못하고 계속 그 사람 삶에 더 깊숙이 들어가곤 했다. 그러면서 그 사람들이 겪는 스트레스를 내가 고스란히 받고 있었다.

상담학을 공부하면서 알게 된 여러 가지 사실이 있다. 문제가 있는 사람은 자신의 문제에 대한 해답을 이미 가지고 있다는 거다. 누구나 자신의 인생은 자신이 제일 잘 안다. 자신의 문제니, 자신이 가장 잘 알고 있고 자신보다 자신의 문제를 더 걱정하는 사람은 없다는 것이다. 맞는 말이다.

하지만 자칫 문제에 짓눌려 문제에만 빠져있는 경우가 많다. 그 사람의 내면에 그런 힘이 있음을 깨닫도록 알려주는 일이 주변인의 역할이다. 주제넘게도 내가 해결해 주려 했다. 내가 없으면 그 일이 해결되지 못할 거로 생각했다. 그 사람의 삶 속에 깊숙이 개입했다. 스트레스도 고스란히 받았다.

나중에야 깨달았다. 내가 얼마나 교만했고, 자만했는지 인정하기가 힘들었다. 생각했던 것보다 더 힘들었다. 착한 아이 콤플렉스 때문에 더 받아들이기 힘들었다. 착한 사람이 되려고 잘 못 행동했다. 내가 할 수 있을 만큼만 도우면 되었다. 내가 남의 인생을 좌지우지하는 건 옳지 않다. 이런 깨달음을 얻고서야 스스로와 가족에게 내 시간과 돈을 가장 많이 쓰기로 하고 원칙을 세우게 되었다. 이처럼 에니어그램을 배우면서 나 자신이 어떤 사람인지 뭐가 문제인지를 알게 되었다. 문제점을 고치고 성장으로 가기 위해선 어떻게 행동해야 하는지 깨달았다. 과거의 나와 같은 삶을 사는 분도 분명 있을 것이다.

명확하게 알아야 할 사실은 누구 보다 챙겨야 할 사람은 자신이라는 거다. 내 삶에서 기준을 세운다는 건 참 중요함을 알았다. 우리는 매 순간 결정을 내려야 하기 때문이다. 이런 기준이 없다면 우린 혼란을 겪게 된다.

회사 일이 많은데 아이가 집에 빨리 오길 바라면? 우린 어떤 결정을 내려야 할까? 아이에게 회사 일이 많음을 알리고 야근을 해야 할까? 남편과 만나기로 약속을 했는데 힘들어하는 직장동료가 같이 술 한잔하자고 하면? 남편에게 사정을 설명하고 동료와 술 한잔해야 할까? 동료에게 약속이 있다고 다음 날 먹자고 해야 할까?

나는 이런 일이 있다면 회사 일을 모두 밀어두고 정시퇴근을 하고 아이가 원하는 집으로 돌아간다. 그리고 일은 다음 날 새벽에 일찍 나가서 마저 한다. 물론 몸은 피곤하겠지만 어쩌다 한번 일어나는 일이니 마음편한 쪽으로 선택한다.

힘든 직장동료에겐 직장에서 조용한 곳에서 둘이 차를 한잔 마시며 위로를 해준다. 그러면서 자연스레 오늘 약속이 있다고 하고 다른 날 약속을 잡는다. 나에겐 망설일 일이 하나도 없다. 기준이 명확하기 때문이다. 어린 자녀를 키우고 있는 나는 자녀가 다 커서 엄마를 안 찾을 때까지는 어린 자녀가 최우선이다.

아들이 찾거나 아들이 어딘가를 간다고 하면 다른 건 다 미뤄둔다. 그다음이 남편이다. 모든 일에서 가정일이 최우선이고 회사 일이든 동료 일이든 친구 일이든 모두 그다음이다.

이렇게 생각하는 이유는 바로 사랑을 오래도록 유지하기 위해서이다. 우리가 사랑하는 마음을 오래오래 유지하게 만들 수만 있다면 행동은 저절로 따라서 온다. 그럼 답은 나와 있으니 그걸 행동으로 옮기면 된다. 그 행동 중의 하나가 바로 남편과의 시간과 약속을 소중히 여기는 마음이다.

남편도 나와 같은 마음이다. 서로 약속하지 않았지만 실천하고 있다.

우리는 둘만의 시간을 매일 가지려고 노력한다. 대화시간을 매일 가진다. 둘이 하루를 어떻게 보냈고 어떤 생각을 하고 있는지를 공유하고 앞으로 어떻게 살고 싶은지도 나눈다.

원래 사랑하는 사람은 같은 곳을 본다고 하지 않았는가? 이야기하면서 자연스레 우린 서로 같은 곳을 보게 된다. 부부는 서로 같은 가치관을 가져야 한다. 성격이 아무리 달라도 가치관이 맞으면 된다. 우리 부부는 반대의 성격을 가졌지만, 가치관은 한 치의 어긋남이 없다.

인생의 최종 목적은 둘이 평생토록 변치 않는 사랑을 하며 지금처럼 사는 거다. 이런 가치관을 따르고 있으니 벗어난 행동은 하지 않는다. 어떤 분은 인생의 최종목표가 성공하여 돈을 수백, 수천억을 버는 거라고 정할 수 있다. 돈은 많이 벌겠지만 바빠서 집에 들어올 시간이 없을지도 모른다. 회사 일에 에너지를 모두 써서 가족들에게 신경 쓸 마음의 여유가 없을 수도 있다.

명예가 목표인 분도 있다. 정치인이 되려면 많은 에너지를 써야 한다. 때로는 가족들이 희생되는 일도 생긴다. 이처럼 가치관에 따라 인생은 바뀐다. 가치관이 중요한 이유이다. 가치관이 같으면 살아가는 방향이 같아진다.

부부는 살면서 서로의 가치관을 공유해야 한다. 인생의 최종목적을 자주 이야기해야 한다. 그래야 길을 잃지 않을 수 있다. 우리 부부에겐 어제의 사랑보다 오늘의 사랑이 더 중요하다. 아무리 어제 많이 사랑했다고 오늘의 사랑을 줄이지 않는다. 이제의 사랑은 이미 지나갔다. 계속 어제, 며칠 전, 몇 년 전 사랑했던 걸 기억하면 안 된다. 오늘의 사랑을 미래로 미루는 행동은 특히 위험하다.

우리 부부에겐 매일 매일의 사랑은 하루 세끼 밥 먹는 것, 숨 쉬는 것처럼 일상이다. 이런 하루하루가 쌓이니 오늘에 이르렀고 내일 그리고 10년 후, 20년 후, 30년 후의 모습도 자연스레 그려진다. 그럼 월말 부부, 주말부부는 만날 수 없으니 이렇게 살 수 없는 거 아니냐고 반문할지 모른다. 사랑하는데 꼭 매일 만날 필요는 없다. 카톡이나 문자, 전화로 이야기를 충분히 나눌 수 있다.

남편이 출근해서 집에 없는 날엔 서로 전화를 한다. 어쩌다 남편이 온종일 전화를 못 할 때가 있다. 그러면 전화를 해서

"자기야, 오늘 너무 슬펐어."

"왜?"

"나는 내가 과부인 줄 알았어. 오늘 남편 전화를 못 받아서 내가 남편이 없는 여잔 줄 알았어."

이렇게 말하면 남편은 웃으며 "그랬어? 미안해. 오늘 너무 바빠서 깜빡하고 전화를 못 했네" 전화 안 했다고 책망하는 대신 이렇게 웃으면서 뼈있는

말을 하면 남편은 단번에 알아차린다.

남편이 가끔 나에게 관심이 좀 없다고 생각되는 날이 있다. 그러면 남편에게 말한다.

"자기야, 나는 밥만 먹고 살 수 없어."

"그래? 그럼 뭐가 더 필요해?"

"나는 사랑도 매일 먹고 살아야 해. 나에게 관심을 가져줘"하고 직접적으로 말한다.

남편에게 이렇게 직접적으로 말해주면 내가 무얼 필요로 하는지 단번에 알아차린다. 남편도 나의 이런 행동을 그대로 따라 한다. 내가 아들을 더 챙긴다고 생각되면

"누구랑 평생 살 게 될지 잘 생각하고 행동해라~"

하고 웃으며 한마디 한다. 그러면 남편의 서운한 감정을 알게 된다. 서운한 감정이 오랫동안 쌓이지 않게 하는 것이 중요하다. 참고 이해하는 것이 상대방을 위한 행동이 아니다. 감정은 에너지이다. 에너지는 한군데에 정체되어 있으면 어느 순간에 폭발하게 되어 있다. 그러니 절대로 쌓아놓지 말아야 한다.

그러려면 내 감정을 주의 깊게 관찰해야 한다. 하루하루 자신의 감정을 기분 나쁘지 않게 표현도 하고 상대방을 일깨워주기도 하면서 살아가다 보니 오늘까지 오게 되었다.

오직 주는 사랑

과거의 내 모습을 생각해봤다. 자존감도 낮았고 남이 칭찬하면 쉽게 받아들이지 못했다. 너무 어색하고 칭찬받아 마땅한 사람이라고 생각되지 않았다. 그래서 칭찬받으면 "아니에요."하고 말하면서 손사래를 쳤다.

또 남에게 무언가를 편하게 받지 못했다. 밥을 사준다고 하면 괜찮다고 하고 내가 샀다. 뭔가를 선물해 주고 싶다고 해도 사양했다. 지금은 칭찬을 받으면 "감사합니다."하고 웃으며 감사하게 받아들인다. 선물을 받아도 "감사합니다."하고 말한다. 주고 싶어 하는 그분의 마음을 받는다. 이미 주고 싶어 하는 그 마음을 느낀다. 나도 고맙고 좋아하는 분에게 선물을 준비하기도 하고 밥을 사기도 한다. 그런데 그럴 때는 돈이 하나도 안 아깝고 돈을 써도 기분이 좋다. 이런 경험으로 주는 분의 기분을 짐작한다. 기꺼이 즐겁게 받고 다음에 나도 밥을 산다. 이런 감정을 알게 된 게 불과 몇 년 전이다.

과거에 자존감이 낮았음에도 남편을 만나서 사랑을 마구 퍼부어주었다. 내가 받지 못해도 돌아오지 않아도 괜찮았다. 그냥 남편을 사랑했다.

이렇게 사랑해주고 싶은 사람을 만나기는 쉽지 않다. 신기하기만 하다.

칭찬도 못 받아들이고 자존감도 아주 낮았지만, 어느 날 문득 깨달았다. 사랑을 주는 일은 상처를 많이 받은 사람도 자존감이 낮은 사람도 모두 가능하다는 걸. 연애할 때는 추억을 남기려고 사진을 많이 찍는다. 연애 초반의 일이다. 어느 날 깜짝 놀랐다. 만난 지 얼마 되지 않았음에도 나를 예쁘게 찍어주려고 고가의 카메라를 사 왔다. 삼각대까지 있는 전문가용 카메라였다. 크고 무거운 그 카메라를 놀러 갈 때마다 가지고 다녔다. 삼각대까지 꼭꼭 챙겨 와서 사진을 찍어줬다. 결코 내가 요청한 것도 아니고 사진을 찍고 싶다고 말하지도 않았다.

남편은 만나면 제일 예쁘게 나올 수 있는 장소에 나를 세워놓고 계속 사진을 찍었다. 나는 모델, 남편은 사진사 같았다. 그만큼 남편은 진지하게 사진을 찍었다. 우리가 연애할 때 찍은 사진은 셀 수가 없다. 너무 많다. 고가의 장비까지 동원해서 사진을 찍어주니 고맙기도 했지만, 그 당시 사진 찍히는 걸 싫어했다. 내 모습이 그 당시에 그렇게 예쁘게 보이지 않았고 자신도 없었다. 사진을 찍힐 때마다 수줍고 부끄럽고 별로 내키지 않았던 거로 기억한다. 남편에게는 이런 내색을 할 수 없었다. 사진 찍힌 걸 보면 싫어하는 내 표정이 고스란히 담긴 사진도 많았다. 우린 서로를 잘 알지 못했고 상대방이 좋으니 자연스레 행동으로 이어졌다.

소중한 사람에게 해주고 싶은 일을 하고 있었다. 상대방의 그런 마음이 느껴졌기 때문에 사진 찍기 싫어했지만, 기꺼이 5년 동안을 모델이 되어주었다. 결혼 전 부모님에게 사랑을 충분히 받지 못해서인지 참 아이 같았다. 마치 성장이 7살에서 멈춘 사람 같았다. 몸만 성인이지 정신연령은 딱 7살 정도였다.

어떨 때는 나 자신도 스스로의 행동을 이해하지 못했다. 왜 나는 이런 행동을 할까? 이런 걸 원할까?

나조차도 몰랐다. 남편과 나는 10년 동안이나 마치 부모와 자식처럼 살았다. 나는 남편의 무릎에 앉아 있는 걸 참 좋아했다. 식탁에 앉아 있을 때도 항상 남편의 무릎에 앉았었고 방에 앉아서 텔레비전을 볼 때도 무릎에 앉아서 봤다. 애가 있을 때는 내가 남편 무릎에 앉고 아이가 또 내 무릎에 앉는 이상한 광경이 벌어졌다. 불편한데도 참고 앉아 있었다. 다리기 아주 아팠을 텐데도 남편은 싫은 기색 없이 다 받아주었다. 밥 먹을 때도 먹여달라고 했다. 그러면 또 아무 말 없이 떠먹여 주었다.

애들과 식사할 때 나는 애들을 먹여주고 남편은 나를 먹여줬다. 내가 가장 좋아했던 건 남편이 나의 이빨을 닦아 줄 때였다. 남편은 별로 좋아하지 않았지만, 꼬박꼬박 닦아주곤 했다. 목욕하고 나면 머리도 말려 달라고 했다. 어디 외출할 때도 항상 데려다 달라고 했다. 남편은 요청하는 건 뭐든지 해줬다. 지금 생각해보면 참 손이 많이 가는 부인이었다. 일하고 와서 피곤하고 힘들고 귀찮았을 텐데도 해줬다. 내가 왜 이런 행동을 했었는지는 심리학 공부를 하고 알게 되었다.

어린 시절 부모로부터 제대로 된 양육을 못 받았을 경우 몸만 성장하고 내면은 성장을 못 하게 된다. 내면이 자라지 않은 사람은 몸은 어른이지만 하는 행동은 어른답지 못하다. 아이처럼 참을성이 없기도 하고 본능에만 충실해서 뭔가를 하고 싶으면 대책 없이 행동하기도 한다. 나보다 어린 자녀나 어린아이의 행동을 어른의 넉넉한 마음으로 봐줄 수 없다.

아이와 똑같은 수준으로 말도 하고 생각도 하게 된다. 마음이 성장하지 않은 부모는 자녀와 똑같은 수준으로 싸우게 된다. 나도 매번 그랬다. 머리로는 그러면 안 된다고 알고 있었지만 내 마음의 그릇이 워낙 작아서 내 행동을 바꿀 수가 없었다.

남편은 부인인 내가 다시 성장하도록 무조건적인 수용과 사랑, 지지를 10년 넘도록 보내줬다. 그 뒤로 공부를 하면서 성장을 하니 남편이 해준 모든 행동이 고마웠다. 덕분에 지금은 정상적인 부부 사이가 되었다.

내면이 성장하는 건 신기한 경험이었다. 아이를 키워본 엄마로서 아이가 매일 매일 몸이 성장하는 건 아는데 내면이 달라지는 건 볼 수 없다. 그러다 어느 날 갑자기 엄마랑 같이 자던 아이가 이불을 가지고 자기 방에서 잔다고 가버린다. 매일 매일 씻지 않으려 하던 아이가 시키지 않아도 어느 날부터 하루도 거르지 않고 목욕을 한다. 그리고 헤어스타일에 신경을 쓴다. 심지어 머리도 잘 안 빗던 아이가 드라이까지 하고 다닌다. 갑작스러운 이런 행동을 보면 비로소 알게 된다. 내면이 성장했다는 걸.

나도 그랬다. 신기하게 어느 날부터 남편의 무릎에 앉지 않게 되고, 칫솔질도 내가 다 하고, 머리도 내가 말리고, 밥 먹을 때도 먹여달란 소리를 하지 않게 되었다.

중간단계가 없다. 어느 날 갑자기 그런 행동을 안 하고 싶어졌다. 뭔가 내면이 가득 채워진 느낌이 들고 어딘가를 가도 혼자 갔다. 남편이 간다고 해도 혼자 가겠다고 했다.

남편으로서는 갑작스러운 나의 변화된 행동에 서운함을 느꼈다. 어제까지 무릎에 앉던 부인이 옆에 앉아서 텔레비전을 보고 어디 갈 때도 혼자서 간다고 하니 적응이 안 되고 힘들어했다.

10년 넘도록 남편의 한결같은 사랑은 나의 내면까지 성장시켰다. 처음엔 성장한 나를 다른 사람과 사는 것처럼 낯설어했다.

아이와도 싸우지 않고 잘 지냈고 남편이 대충 말해도 어떤 뜻인지 이해했다. 예전에는 남편이 자세히 말해주지 않으면 무슨 뜻인지 이해하지 못했다. 지금은 언질만 줘도 그 너머의 말을 이해하게 되었다. 남편은 가끔 말보다 행동으로 하기도 한다. 그럴 때 몹시 화를 내기도 했다. 이를테면 차도로 걷다가 남편이 갑자기 나를 구석으로 확 밀어버린다. 한마디 말도 없이.

차가 와서 그랬다지만 갑작스러운 남편의 행동에 깜짝 놀라, 말도 없이 사람을 미느냐고 화를 냈었다. 이런 일이 다반사였다. 남편은 행동이 거칠기도 하다. 그래서 무거운 가방을 들고 있으면 말도 없이 확 빼앗기도 한다. 이럴 때마다 10년 동안 매번 불같이 화를 냈다.

남편은 지금도 여전하다. 하지만 지금은 남편이 그럴 때마다 사랑을 느낀다. 사랑은 참 묘한 힘이 있는 것 같다. 무한한 사랑으로 불가능해 보이는 내면까지 성장하도록 만들었다. 사랑은 참 위대하다.

기대하지 않는 사랑

누구나 성격의 장단점이 있기 마련이다. 물론 내 성격도 마찬가지다. 이타적인 성격은 나쁜 점이 없을 것 같은데 치명적인 단점이 있다. 상대방에게 내가 뭔가를 해주고 나면 그에 대한 보상을 바라는 거다. 보상심리는 대부분의 사람이 가지고 있을 것이다.

그런데 그걸 많이 원하는지 적게 원하는지 정도의 차이가 있을 뿐이다. 내 경우에는 많이 원했다. 표현은 안 했지만 내가 도와줬는데 "고마워." "수고했어." "고생했어." 이런 말을 못 들으면 한없이 서운했다. 반대로 과도하게 표현해주는 걸 좋아했다. 작은 친절에도 감사하게 생각하고 몹시 고마워하고 즐거워하는 사람이 좋았다.

가족이 아닌 사람끼리는 이런 인사를 많이 주고받는다. 가족끼리는 이런 말을 생략하게 된다. 엄마니까 당연히 해야 하고 아빠니까 당연히 해야 한다고 생각한다. 또 자녀니까 당연히 심부름도 잘해야 하고 집안일도 도와야 한다고 생각한다.

모순되게도 엄마인 나는 이런 말을 안 하면서 애들에겐 받고 싶은 거다. 그런데 애들도 엄마가 안 하니 똑같이 안 하는 거다. 이것 때문에 애에게 화를 많이 냈다.

"엄마가 너를 얼마나 힘들게 키웠는데~ 고마운 것도 모르냐."는 말을 참 많이 했다. 지금 생각하면 참 부끄러운 말이다.

1950년~60년대 부모님은 전쟁 통에 애를 키우기도 하고 가난 때문에 고생을 많이 하셨다. 홀어머니가 4남매, 6남매를 온갖 고생을 하면서 키운 일이 많았다. 이렇게 고생하며 키웠는데 자녀들이 결혼하고 나 몰라라 하면 "내가 너희를 어떻게 키웠는데." 가슴을 치며 눈물을 흘린다. 드라마에 나오는 단골 대사다.

보상심리를 원하는 사람은 마음속에 화가 많다. 이런 심리는 자신을 더 힘들게 만든다. 매번 머릿속에 저울을 가지고 있다. 내가 해준 것마다 받아야 할 보상을 정해놓는다. 저울을 가지고 넘치는지 부족하게 받은 건 아닌지 확인하고 따져본다. 자동반사적으로 이런 행동을 한다. 나의 사고방식이었다. 이렇게 사는 삶이 편하지 않고 힘들었다. 매번 저울질하는 것도 힘들고 보상을 받으면 좋은데 못 받는 경우가 더 많았다. 그에 해당하는 보상을 못 받으면 화가 쌓여갔다. 울분과 화병이 생겼다.

이렇게 40년을 살다 보니 삶이 온통 분노로 가득 차게 되었다. 보상심리를 없애고 싶었다. 방법을 찾아봤다. 보상심리를 버리는 간단한 방법이 있었다. 자신이 나중에 보상받지 않아도 될 만큼만 행동하면 된다. 내가 할 수 있는 만큼만 하고 희생을 하고 있다는 생각이 들지 않을 만큼만 하면 된다.

주부는 매일 가족을 위해 식사 준비를 한다. 나도 전업주부로 15년 동안 식사 준비를 했다. 시어머님까지 모시고 살았다. 또 남편도 집에서 식사를 많이 했기 때문에 끼니마다 요리해서 바로바로 먹었다. 그런데 누가 나에게 음식을 많이 하라고 한 적도 없는데 끼니마다 음식을 많이 준비하고 있었다. 힘들었다. 여름이면 땀범벅이 되었다. 이렇게 힘들게 식사 준비를 했는데 아이들과 남편이 별로 먹지 않으면 화가 났다. 사람이 입맛이 없는 날도 있고 소화가 안 될 때도 있는데 잘 먹지 않는 걸 용납하지 못했다. 지금 생각해 보면 참 못난 행동이다. 이런 행동이 모두 보상을 기대하는 마음에서 나온다.

어느 날부터 배운 대로 행동했다. 보상을 바라지 않을 만큼만 행동하는 걸 실천하기 시작했다. 더운 날은 그냥 시켜 먹기도 하고 나가서 먹자고도 했다. 날씨가 추우면 장 보러 가지 못해서 요리를 최소한만 해서 먹었다. 바쁘고 힘들면 요리하기 편한 것만 사다 놓기도 했다. 조리된 음식을 데워 먹기도 했다. 내 컨디션에 따라 스케줄에 따라 요리 메뉴를 정했다. 이렇게 살면 될 걸 왜 그렇게 미련하게 살았는지 모르겠다. 아마 가족에게 인정을 받고 싶었나 보다. 겪어보니 인정받으려는 삶은 힘들다. 노력을 많이 해야 하니 몸이 고단하다.

남편은 보상심리가 별로 없는 사람이다. 특히 가족에겐 아낌없이 주는 나무 같은 생각이 들 만큼 주기만 하고 기대나 보상을 받으려 하지 않는다. 그래서인지 아들은 아빠가 불쌍하고 신데렐라 같다고 말한다. 아들도 아빠가 무언가를 전혀 기대하지 않고 주기만 하는 사랑을 느끼는 것 같다.

남편은 주면 고맙고 안주면 그걸로 됐다고 생각한다. 이게 남편의 사고방식이다. 이렇게 살아야 편하다. 이런 사고방식을 가졌기에 누구에게 바라는 것도 없다. 다른 사람들에게 무얼 줄 때는 받을 생각을 하지 말고 주라고 매번 말한다. 기대를 많이 하는 나를 안타깝게 생각한다. 남편은 특히 다른 사람과 돈거래를 하지 않는다. 돈을 빌려주지도 않고 빌려 쓰지도 않는다. 그런데 나는 친구를 좋아한다. 각별하게 생각하는 사람에게는 간도 쓸개도 빼줄 것처럼 행동하니 걱정했다. 결혼하고 얼마 되지 않아 나에게 물었다.

"만약에 친구가 돈을 빌려 달라고 하면 얼마까지 안 받을 생각 하고 빌려줘야 한다고 생각해?"

하고 물어봤다. 나는 곰곰이 생각해 보고

"500만 원쯤?"

"그래? 그럼 우리 집에서 남들에게 돈을 빌려줄 수 있는 금액은 500만 원으로 정하자. 그 대신 빌려줄 때는 500만 원 안에서 빌려주고 받을 생각을 하지 말자. 돈거래 하면 원래 친구 잃고 돈 잃는다잖아."

남편의 이런 현명한 지침 덕분에 우리 부부는 직어도 돈 문제에서는 이 방법을 따르기로 하고 지금까지 잘살고 있다. 부부간에 서로 기대하는 게 없는 사랑은 어떤 걸까? 우리 부부는 어떨까? 우리 부부는 서로를 많이 사랑하고 있는 만큼 서로의 개인 시간도 존중해준다. 서로를 속박하지도 않고 서로의 일정을 오픈해서 집안일을 할 수 있는 사람이 누구인지 알아본다. 내가 여자이고 부인이니까 더 많은 집안일을 해야 하는 법도 없다. 또 남편이 경제력이 있으니 남편의 일정에 맞춰 약속을 잡지 않는다. 나와 만날 사람과 내가 원하는 시간에 잡는다.

이건 맞벌이로 살 때나 전업주부일 때나 같다. 남편과 나는 서로 동등하다. 모든 일을 시간이 나는 사람이 하는 걸 당연하게 생각한다. 이러니 한쪽이 참을 일이 없다. 부인은 친구와 늦게까지 술 마시고 들어오면 안 된다는 것도 없다. 남편도 마찬가지다. 놀다 보면 12시를 넘기기도 하는데 나도 그렇다. 새벽 두 시까지 놀다가 들어올 때도 있다.

서로를 배려하고 서로를 속박하지 않는다. 일방적인 것도 없다. 공평하다. 하지만 그 속에 사랑이 숨어 있다. 나도 남편을 배려해서 내가 더 많은 일을 하려고 하고 남편도 그렇다. 서로 기대하지 않고 먼저 주는 사랑을 해보길 권한다. 감동적인 변화가 기다리고 있을 것이다.

사람은 사소한 일에 감동하고 그때부터 변화가 시작된다.

감사하는 사랑

감사하는 마음이 좋은 건 누구나 알고 있다. 그런데 감사하는 마음이 전혀 안 든다면? 어떻게 하면 될까? "감사할 일이 전혀 없는데 무얼 감사하냐?"고 할지 모른다. "인생이 가혹한데 무슨 놈의 감사냐?" 이렇게 생각하던 시절이 있었다.

하루하루가 지옥이라고 생각되어 아침이 끔찍하게 싫었다. 그러던 어느 날 딸이 초등학교 다닐 때 학교에서 부모교육 강좌를 해줬다. 짚으라기 잡는 심정으로 교육에 참여했다. 지금 사는 인생이 마음에 들지 않는다면 바꿀 방법을 알려줬다. 그 방법은 바로 매일 감사 일기 쓰기였다. 집에 돌아와서 내 인생을 바꿔보려고 감사 일기를 쓰기로 마음먹었다.

그런데 하루도 안 되어 문제가 생겼다. 저녁마다 하루 생활을 되돌아보고 또 돌아봐도 감사할 일을 못 찾았다. 억지로 감사할 일을 만들어서 3가지를 적다가 그마저도 며칠 만에 그만두었다. 그래 봐야 전혀 감사하는 마음이 들지 않았기 때문이다.

진심으로 감사하는 마음은 기쁘고 뭔가로 가득 찬 충만한 느낌이다. 하기 싫은데 숙제하는 기분으로 억지로 하니 기쁘지도 않았고 충만한 느낌도 없었다.

결국 감사하는 마음이 생기려면 마음에서 진정으로 우러나와야 했다. 남들이 내 환경을 볼 때 불쌍하고 힘들겠다고 해도 내 마음은 기쁘고, 감사해야 한다. 감사함을 못 느낀 지 오래되있다. 그런데 기적이 일어났다. 이느 날부터 하루하루가 눈물이 날 만큼 감사해졌다. 2박 3일의 치유 여행을 다녀온 후부터였다. 내 환경은 치유 여행을 다녀오기 전이나 다녀온 후나 똑같았다. 단지 내가 바뀌고 내 마음이 바뀌니 세상이 달라 보였다. 진정한 감사가 쏟아져 나왔다. 별일 아닌 일도 감사했다.

"눈으로 아름다운 꽃을 보게 해주셔서 감사합니다."

"귀가 있어 노래를 들을 수 있게 해주셔서 감사합니다."

"입이 있어 말을 할 수 있게 해주셔서 감사합니다."

"햇빛을 주셔서 감사합니다."

"오늘 맛있는 밥을 먹을 수 있게 해주셔서 감사합니다."

"책을 볼 수 있는 눈을 주셔서 감사합니다." 등 끝도 없이 감사했고 벅찬 느낌에 몇 번이나 울컥울컥했다.

사람 마음이 이상하다. 원래부터 갖고 있었던 건 감사할 줄 모르게 된다.

그러다 눈이 실명 위기를 겪게 된다든지 청력을 잃거나 목소리를 잃을 위기에 있다가 회복되면 비로소 감사하게 된다. 이렇게 된 사례가 우리 주위에는 넘쳐난다.

나도 내가 가진 것들이 당연하다고 느낄 때는 감사와 행복을 느끼지 못했다. 치유 여행에서 2박 3일 동안 나보다 더 아픈 상처를 가진 사람을 많이 만났다. 5살 때부터 부모님에게 버림을 받던 분도 있었고 자식을 잃은 분도 있었다. 암으로 건강을 잃은 분도 있었고 빚더미에 올라 하루하루가 힘든 분도 있었다.

누구나 힘들고 아픈 일은 다 갖고 있었다. 그분들을 보니 나의 힘든 일은 가볍게 느껴졌다. 진짜 절망스러운 분이 많았다. 돈이 없어서 가족이 뿔뿔이 흩어져서 사는 분도 있었다. 나는 빚이 있지도 암에 걸리지도 않았고 가족이 뿔뿔이 흩어지지 않아도 되었다. 내 문제에만 갇혀서 살 때는 온통 암흑이었지만 옆 사람을 들여다보고 그 사람을 위로하고 힘을 주다 보니 내 문제에서 벗어나게 되었다.

감사로 가득 찬 세상을 만나면 하루하루가 경이롭다. 순간순간을 즐기게 된다. 매일 저녁 식사 준비를 할 수 있음도 행복하고 가족이 둘러앉아 식사하는 것도 행복하고 감사하다. 남편에게 편지를 쓸 때도 옆에 있어 줘서 감사하다는 말이 절로 나온다.

남편이 뭔가를 해줘서 감사한 게 아니고 내 옆에 있다는 사실 하나만으로도 감사하다. 밥을 해줄 수 있는 남편이 곁에 있고 매일 대화를 나눌 수 있다. 같이 장을 보고 맛있는 걸 사 먹기도 하는 일상이 감사하다.

애들에게도 내가 뭔가를 해줄 수 있다는 것 자체가 감사하다. 애들이 옆에 있어 주는 것 자체가 감사하다. 건강하게 매일 학교를 다녀오는 것도 감사하고 배고프다고 하는 것도 감사하다. 무언가를 먹을 수 있다는 거니까. 애들에게 뭔가를 요구하는 일도 없다. "공부를 잘해라." 라든가 학원을 빠져서 잔소리하는 일도 없어진다. 학원은 빠졌지만 건강하게 내 옆에 있다는 사실만으로 기쁨이 넘친다.

내가 이렇게 감사를 온몸으로 느끼게 되면서 아들에게도 자주자주 감사함을 표현했다. 사소한 일에도 고맙다고 말해주고 행복하다고 표현했다.

그러자 아들이 지금은 나에게 이렇게 말한다.

"엄마, 우리를 위해 저녁밥을 해줘서 고마워."

"엄마, 나를 위해 우산을 가져다줘서 고마워."

"엄마, 나를 위해 아이스크림을 사줘서 고마워, 잘 먹을게."

평소에 남편에게 감사한 맘을 잘 전달한다. 밤늦게 회사로 데리러 오는 남편에게 "오늘 늦은 시간에 데리러 와줘서 고마워." 같이 장 보러 가서 무거운 짐을 들어주는 남편에게 "자기야 장 보러 같이 와줘서 고마워" 대신 아이들을 데리고 병원 진료를 다녀오면 "자기야 오늘 고생이 많았어. 애를 병원에 데려가 줘서 고마워." 이럴 때마다 남편의 대답은 한결같다.

"그런 걸 뭘 고마워." "별말씀을"

하지만 마음속으론 기분이 좋지 않을까? 아들이 나에게 사소하지만 고맙다는 표현을 하면 기분이 좋다. 남편도 분명 그렇게 느낄 것이다. 애들 덕분에 우린 서로의 기분을 느껴볼 수가 있다. 감사하는 마음은 순환이 되는 것 같다. 좋은 순환.

지금, 이 순간에도 힘들고 고통스러운 분이 있을지도 모른다. 힘들수록 다른 사람을 돕고 가진 것을 나누길 바란다.

사람이 가진 에너지 중에 가장 큰 에너지가 사랑의 에너지이다. 그 사랑의 에너지가 나오는 순간은 바로 남을 돕는 순간이다. 그 에너지가 많이 나오게 될수록 문제에서 벗어나는 삶을 살 수 있게 된다. 힘들수록 옆 사람을 들여다보고 손을 잡아주자. 서로서로 손을 잡아주는 세상이 되길 진심으로 바란다.

표현하는 사랑

사람은 자기 생각대로 산다. 또 생각대로 행동하게 된다. 대화하다 보면 그 사람의 행동이 예측된다. 이 말은 행동을 보면 그 사람의 생각을 엿볼 수 있다는 말이다.

자신의 감정을 감추어야 미덕인 시절이 있었다. 1930년 이후의 사회 분위기는 지금과는 아주 달랐다. 가부장적인 분위기에서 뭐든지 남편 말을 따라야만 하는 순종적인 부인, 자식을 망치지 않으려면 사랑하는 걸 가슴에 숨겨야 하며 매를 아끼면 안 되는 문화였다.

지금은 상상할 수도 없지만, 부모님과 선생님의 "사랑의 매"가 있었던 시절이었다. 좋아도 좋은 척할 수 없었고 슬퍼도 남자는 울면 안 된다고 감정절제를 요구했다. 그런 사고방식을 가진 부모님이 키운 자녀도 사랑표현을 직접적으로 받아보지 못했다. 다만 미루어 짐작만 할 뿐이다.

그러다 부모님의 사랑을 느끼는 순간이 오기도 한다. 그러면 가슴이 벅차

오르고 먹먹하다. "그것이 사랑표현이었구나." 어떤 분은 너무 늦게 깨달았다 절망하기도 한다. 그래서인지 "불효자는 웁니다." "자식이 효도하려고 하나 부모님은 기다려주지 않는다."라는 말이 생긴 것도 같다.

외할머니, 외할아버지도 부부로 60년을 같이 사셨지만, 생전에 사랑한다는 말을 서로 안 하셨다. 엄마와 이모들, 삼촌도 부모님에게 사랑한다는 말을 들어보지 못했다고 한다. 물론 엄마나 이모들도 부모님에게 사랑표현을 안 했고 심지어 스킨십도 못했다. 어릴 때 너무나 엄하셨던 할아버지를 80세가 넘어도 자녀들은 쉽게 안아드리지 못했다. 습관과 기억 그리고 사회문화가 참 무섭다는 생각이 든다.

엄마는 표현을 말로 하지 못한다. 표현을 왜 굳이 말로 해야 하는지 이유를 몰랐고 말보다 행동이 더 중요하다 생각하셨다. 항상 하는 말이 "말이 뭐가 필요해, 그까짓 말이 뭐가 중요해. 나중에 행동으로 하는 게 더 중요하지. 입으로만 나불나불하는 건 다 쓸데없는 짓이야."

어릴 때부터 항상 이렇게 말씀하셨다. 엄마가 하는 말도 일리가 있다고 생각한다. 엄마는 말은 금이나 마찬가지라고 생각하셨다. 한 번 입으로 뱉은 말은 지켜야 한다는 신념이 있었다. 이런 생각을 하니 아빠에게 애교를 부리거나 쓸데없는 가벼운 말을 하지 않았다.

반면에 아빠는 행동보다 말이 앞섰다. 말로는 천하를 다 살 수 있었다. 엄마는 말한 건 반드시 지키는 사람이라 아빠도 그런 사람인 줄 알았다. 상대방이 자신처럼 행동할 거라 믿었다. 그래서 아빠가 말하는 건 뭐든지 믿었다. 그러다 한 번, 두 번, 세 번 계속되는 거짓말에 믿음은 산산조각이 났다.

그 뒤로 엄마는 말만 앞세우는 걸 끔찍하게 생각하셨고 혐오하셨다.

나는 아빠를 많이 닮았다. 뭔가를 표현하는 걸 좋아했다. 애교도 많았다.

아빠에게 다정하게 말하는 딸이었고 친구들에게도 친절하고 다정다감했다. 자주 작은 선물이나 편지로 또는 말로 내 마음을 전했다. 엄마는 내가 그렇게 행동하는 걸 질색 했다. 하지만 나는 엄마와는 완전히 반대의 생각을 가졌다.

'좋으면 좋다고 표현해야지. 말하지 않고 표현을 하지 않는데 어떻게 내 마음을 다른 사람이 알아? 엄마의 말은 옳지 않아. 또 오해가 생길 수 있으니 말로 정확하게 표현해야 해.'

이런 생각은 오래전부터 변함이 없다. 엄마도 얼마 전부터는 내 이런 생각이 옳다고 느끼게 되었다. 연세가 60세가 넘으시고 나서야 변하셨다.

어느 날 말로 표현하는 것에 대해 이렇게 극찬을 하셨다.

"내가 왜 돈도 안 들고 남들에게 피해가 가는 것도 아닌데 이런 걸 여태 안 하고 살았는지 몰라~ 누구든지 칭찬해주고 고맙다고 말해주면 다 좋아하는데 ~ 왜 바보같이 그걸 안 하고 살았을까?"

이렇게 땅을 치며 후회를 했다. 엄마는 어느 날부터 내가 하는 말투를 따라 하고 다른 사람이 좋아할 만한 표현을 쏟아내셨다. 그랬더니 상대방의 반응이 기대 이상으로 좋았고 더 친밀해지는 경험을 하게 되셨다. 친구도 많아지고 엄마를 좋아하는 사람이 점점 많아지는 경험을 하셨다.

나는 너무 아쉽다. 엄마가 생각을 더 일찍 바꾸셨다면 어땠을까? 결혼생활이 조금 더 나아지지 않았을까? 연애할 때 남편도 생각이 엄마와 비슷했었다. 연애할 때 물었다.

"나 사랑해?"

남편은 한마디만 해주면 될 걸 이렇게 대답했다.

"싫으면 뭐 하러 만나냐?"

이런 걸 묻는 나를 진심으로 답답해했다. 이해하지 못했다.

나는 표현을 잘하는 사람이고 늘 사랑표현을 들어야 하는 사람인데 남편은 그럴 생각이 하나도 없는 사람이었다. 서로 비슷한 사람이 만나기도 하지만 우리처럼 반대 성격이 만나는 경우도 많다. 행복하려면 한쪽이 포기하거나 바뀌거나 둘 중의 하나를 선택해야 한다.

내가 포기하면 우리 부모님처럼 살 것 같았다. 그래서 포기할 수 없었다. 나는 철저하게 우리 부모님의 모습과는 반대로 살아야만 한다는 걸 본능적으로 깨달았다.

그래서 남편에게 내가 원하는 표현을 해달라고 꾸준히 요청했다. 강요보다는 내가 표현해서 남편이 기분 좋은 걸 직접 느끼도록 만들었다. 강요는 절대 변하게 할 수 없다. 스스로 원해야만 사람은 변한다. 남편도 경험으로 표현의 좋은 점을 알게 되었다. 그러자 점차 표현하는 남편, 아빠로 변했다.

어려서부터 편지쓰기를 좋아했다. 고등학교 때도 방학 때면 친구 집 주소를 물어봐서 편지를 주고받았다. 학교에서 매일 만나는 사이인데도 전날에 편지를 써서 줬다. 편지를 받으면 누구라도 기분이 좋아진다. 친구 기분이 좋은 걸 보면 나도 덩달아 좋아진다. 이런 기분 좋은 경험 덕분에 남편에게 편지를 자주 썼다. 연애할 때도 자주 썼고 결혼해서도 자주 쓴다.

편지를 주고 남편에게 꼭 답장을 요구했다. 처음엔 편지 쓰는 걸 힘들어했다. 웬만하면 안 쓰려고 했지만 결국 나의 등쌀에 못 이겨 한 번, 두 번 답장을 쓰기 시작했다. 답장을 받고 기쁨을 과하게 표현했다. 내가 이렇게 좋아하는 모습을 보더니, 다음에 또 쓰게 되었다. 지금은 기념일이나 크리스마스, 생일 때마다 당연하게 선물과 편지를 주고받는다.

지금은 남편이 편지 받는 즐거움을 알게 되어 편지를 기다리는 사람이 되었다. 사람은 안 변할 것 같지만 살다 보면 여러 가지 경험에 의해 변하게 마련이다.

나는 표현예찬론자이다. 감정을 표현해서 나쁜 일은 없다. 물론 기분 나쁜 일을 표현하는 건 더 조심스럽게 상대방을 배려해서 한다. 하지만 좋은 표현은 자주 해야 한다.

부부 사이에는 표현은 선택이 아니라 필수라고 생각한다. 남편은 처음엔 무뚝뚝했지만, 오랫동안 나와 살다 보니 지금은 나보다 표현을 더 잘하게 되었다. 기본적으로 우린 통화를 매일 한다.

"자기야, 왜 전화했어? 보고 싶어서 했어?"

"그럼, 당근이지. 입 아파 이 사람아 두말하면 잔소리지."

"입 아팠어? 입 아파도 말해라~ 매일 매일."

"알았어. 알았어. 뭐 하고 지냈어?"

"지금? 밥 먹고 설거지했어."

"그랬구나. 마누라 뭐하나 궁금해서 전화해봤지."

요즘은 이런 대화를 한다. 처음엔 남편도 이렇게 말하는 사람이 절대 아니었다. 하지만 내가 표현을 하면 과도하게 좋아하니 변하기 시작했다. 그리고 지금은 자연스럽게 서로 표현을 주고받는다. 이런 모습이 가끔은 믿어지지 않을 때가 있다. 하지만 남편은 내가 좋아하는 모습을 보기 위해 기꺼이 조금씩 변화하는 걸 선택해줬다. 그 결과 우린 매일 매일 연애하듯이 살고 있다.

다른 사람들이 닭살이라고 하겠지만 우린 이런 일상이 행복하다. 내가 행복을 느끼니 다른 부부도 이렇게 살아보길 진심으로 권한다. 내가 하는 생각만이 옳다는 것을 조금 버리고 마음을 열고 살면 신세계가 펼쳐진다.

독자분들 모두 이 경이로운 경험을 꼭 해보길 바란다.

꿈꿔라, 내가 받고 싶은 사랑을

어려서 상상하기를 좋아했다. 상상에 빠져 시간 가는 줄 몰랐다. 상상이 나쁜 것만이 아니다. 아인슈타인은 많은 과학실험을 실제로 하지 않고 머릿속으로 상상을 통해서 했었다. 실제로 검증을 해본 결과 오차가 없이 일치했으며 "상상력은 지식보다 더 중요하다."라는 명언을 남겼다.

호텔 왕으로 알려진 힐튼 호텔의 창시자 콘래드 힐튼에게 어느 날 손자가 물었다고 한다.

"할아버지보다 훨씬 호텔사업에 대해 잘 알고, 학력이나 경험이 더 뛰어난 사람들이 많았을 텐데 왜 그 사람들은 할아버지처럼 성공하지 못했나요?"

콘래드 힐튼은 "그들은 나처럼 전 세계에서 가장 많은 호텔을 가진 호텔 왕을 꿈꾸지 않았기 때문이지. 그 사람들과 나의 차이는 그것 하나뿐이란다."

"에이, 이런 게 어딨어?" 하고 말하는 분도 분명히 있을 것이다. 원래 사람은 믿고 싶은 대로 믿는다. 이런 사실을 알기 전부터 꿈꾸던 일을 간절하게 상상하여 이뤄진 사례가 몇 번이나 있었다.

나의 능력 중에 가장 부족한 능력은 길을 찾는 것이다. 길들은 아무리 봐도 다 똑같아 보였다. 매일 가던 길도 반대 방향으로 가면 처음 가는 길처럼 느껴졌다. 버스를 타도 내가 가려는 방향과는 반대 방향의 버스를 타기도 부지기수였다. 지하철도 마찬가지였다. 눈을 부릅뜨고 다녀야만 겨우 내가 가는 방향으로 갈 수 있었다.

몇 번 방문한 친구 집도 못 찾아갔다. 친구가 항상 근처에 도착하면 데리러 나와야만 했다. 집으로 돌아갈 때도 집으로 가는 버스를 태워줘야만 했다. 나와 친한 사람은 워낙 길치임을 알기에 이런 일이 익숙하다.

연애할 때 남편은 한번 간 길은 절대 잃지 않는 내비게이션 같은 사람이었고 나는 그 반대였다. 심지어 지도도 방향을 몰라서 읽지 못해 가지고 있어도 무용지물이었다. 어딘가를 갈 때면 항상 몇 걸음 가다가 물어 물어서 겨우 찾아가는 일이 많았다. 새로운 곳을 갈 때마다 남편이 데려다주곤 했다. 어떨 때는 내가 지능이 떨어지는 사람인가? 하는 생각이 들기도 했다.

물론 길치인 건 지금도 마찬가지다. 그런데 어느 날 간절하게 운전을 하고 싶어졌다. 운전하려면 필기를 보고 실기시험을 봐야 하는데 기능시험과 도로 주행시험을 봐야 했다. 경찰관을 태우고 실제로 도로 주행을 한 후 70점을 넘겨야만 합격이었다. 온 집안 식구들이 운전면허를 따겠다고 하니 깜짝 놀랐다. 말도 안 된다 생각했고 저러다 말겠지 생각했다.

그렇지만 나는 너무나 간절하게 운전을 하고 싶어 꿈까지 꾸었다. 운전대를 잡고 능숙하게 운전을 하는 모습이 생생했다. 운전대를 잡은 손의 감각과 운전하는 내 모습이 너무 좋았다. 창문으로 들어오는 바람도 느껴지고 온몸의 세포 하나하나의 감촉까지 느껴졌다.

당장 운전면허학원에 가서 접수했다. 겁이 워낙 많아 자전거도 못 타는 사람이 달라진 것이다. 접수 후 필기시험은 가볍게 붙었다. 기능시험도 하라는 대로 해서 한 번에 붙었다. 한번 운전 연습을 하면 머리부터 허리까지 긴장으로 심하게 아프고 뻣뻣해졌지만 참고 이겨냈다.

마지막 주행을 연습하는데 길이 안 외워졌다. 세 곳의 코스 중의 하나이니 무조건 세 코스를 외워야 하는데 계속 헷갈리기 시작했다. 학원에서만 운전 연습을 하다가 진짜 도로로 나오니 하늘이 노랗게 보였다. 긴장으로 더 안 외워졌다. 내가 운전면허를 따려고 한다니까 남동생은 "누나가 운전면허를 따면 내 손에 장을 지진다."고 호언장담을 했다.

"그래? 너의 손에 장을 지지게 해주겠어!" 오기가 생겨 어떻게든 길을 외울 방법을 생각해보았다. 결국 사정을 설명하고 도로 주행 연수받는 다른 사람의 차 뒷자리에 앉아 길을 반복적으로 익히고 종이에 그렸다. 종이에 그린 길을 보면서 외우고 또 외웠다. 나의 핸디캡을 극복하려고 눈물겹도록 노력했다. 그 결과 나는 운전면허를 딸 수 있었다. 도로 주행 74점으로 아슬아슬하게 땄다. 한 번도 떨어지지 않고 단번에 취득하게 되었다. 이날은 기적이 일어난 날이다. 남편은 아직도 의문이 든다고 말한다.

"누가 불쌍해서 그냥 준 건 아니니?" 하고 말하기도 했다. 심지어 세계 7대 불가사의 중에 하나라고까지 말했다.

내가 합격했다고 아무리 말해도 믿지 못했다. 운전면허증이 나와서 직접 보여주기 전까지는.

살면서 이런 경험을 몇 번 했기 때문에 상상하고 글로 쓰면 이뤄진다고 진심으로 믿는다. 그래서 결혼생활 내내 앞이 안 보일 정도로 깜깜하고 우울했을 때 눈물을 흘리면서도 원하는 걸 썼다.

"남편과 나는 영화 보러 간다."

"남편과 맛있는 점심을 먹으러 간다."

"남편과 둘이서 여행을 간다."

"남편과 분위기 좋은 카페에서 차를 마시며 이야기 나눈다."

"나는 결국 좋은 직장을 다닌다."

"매일 매일 행복해한다."

"애들이 서로 사이가 좋아진다."

"우리 가족이 서로 사랑한다."

"집이 평화롭고 쉴 수 있는 공간이 된다."

내가 이걸 쓸 당시에는 육아로 인해 심신이 지치고 잠시도 남편과 시간 내기도 힘들었다.

둘째가 크면서 딸과 아들이 하루도 쉬지 않고 싸워서 울고불고 전쟁터였다. 시어머님과 사이도 안 좋았고 남편에게 매일매일 불평불만만 쏟아냈었다. 집에 웃음이 사라지고 행복이 영원히 안 올 것 같았다. 이럴수록 내가 원하는 결과에 집중하고 글로 쓰고 남편과 산책길에 말로 표현하고 상상을 했다. 좋은 엄마가 되어 아이들에게 사랑받고 싶었다. 아이들도 서로 존중하고 우애 있고 사랑을 주고받는 사이가 되면 좋겠다는 상상을 했다.

어찌 보면 나의 유일한 탈출구이기도 했다. 만약 이런 희망마저 없었다면 어땠을까 싶다. 이런 상상을 하고 6년이 흘렀다. 현재 상황은 과거에 내가 했던 행동의 결과라는 말이 있다. 이 말에 깊이 공감한다.

미래에 일어나길 바라는 결과를 분명하게 꿈꾸고 도움이 되는 쪽으로 행동했다. 나는 다른 건 몰라도 최고의 실천력을 가졌다. 하려고 맘을 먹는 순간 묻지도 따지지도 않고 바로 행동했다. 그 결과 현재 간절히 바라던 상황과 정확히 일치하는 삶을 살고 있다.

남편과 시간이 되는대로 같이 식사도 하고 차도 마신다. 같이 영화도 보러 다니고 바람 쐬러 드라이브도 간다. 미래의 우리의 삶에 관한 이야기도 나눈다.

아들은 누나를 존중하고 사랑하게 되었다. 딸도 동생을 한없이 귀여워한다. 얼마 전 고등학교 2학년이 되는 딸은 핸드폰이 망가졌다며 최신핸드폰을 사달라고 했다. 요즘 친구들이 쓰는 핸드폰을 자기도 갖고 싶다 말했다. 나는 반대했지만, 남편은 사주고 싶어 했다. 자신의 용돈을 털어서라도 사주겠다고 선언했다. 남편이 이렇게까지 말하는데 사줘야겠다 싶었다. 이렇게 해서 원하던 핸드폰을 가진 딸은 뛸 듯이 기뻐했다. 그리고 그 핸드폰을 정말 애지중지 아꼈다.

새로 나온 최신핸드폰은 앞면 뒷면이 모두 유리로 되어있었다. 한번 떨어뜨리면 치명적이라 케이스를 끼기 전까지 떨어뜨리지 않으려고 노력했다. 그러다 어느 날 가족 넷이서 외출하게 되었다. 아들은 누나와 대화하면서 과하게 팔을 흔들다가 딸의 팔을 살짝 건드렸다. 그리고 딸은 핸드폰을 떨어뜨렸다. 핸드폰은 깨지고 딸은 절망스러워했다. 아들은 미안해서 어쩔 줄을 몰랐다. 나와 남편도 순간 깜짝 놀랐다. 딸이 얼마나 화가 났을까? 아들은 이제 죽었다! 하는 생각이 들었다. 그런데 딸은 엄청나게 속상했음에도 동생에게 비난의 말을 한마디로 하지 않았다. 도리어 너무 미안해서 시무룩한 동생이 신경이 쓰였는지

"너 때문에 깨진 거 아니니까. 신경 쓰지 마. 알았지? 엄마가 핸드폰 깨진

거 바꿔주겠지~ 괜찮아." 하고 대범하게 이야기했다.

그렇게 말하니 동생은 더 미안해했다. 몇 년 전의 딸은 극도로 까칠했다. 자기 물건에 동생이 손가락 하나만 대도 소리소리 지르고 왜 만졌냐고 하면서 짜증을 내던 아이였다. 아끼던 핸드폰을 깨트리면 상상이 안 될 지경이었다. 이 사건 이후 아들이 며칠 뒤 "누나가 그렇게 말해줘서 그날 감동했었어."라고 말했다.

사실 그날 제일 감동하고 울컥한 건 나였다. 핸드폰이 깨지고 애들 둘이 막장같이 싸울 수도 있었다. 남편까지 가세해서 아들에게 왜 그렇게 조심성이 없냐고 혼내는 상황이 왔을 거다. 아들을 혼내는 남편이 싫어서 아들이 일부러 그랬냐고 실수한 걸 가지고 혼낸다고 나도 가만있지 않았을 거다. 예전의 우리 가족이 보였던 행동 패턴이었다. 그런데 6년이 지난 지금은 다행히 핸드폰만 깨지고 가족의 사랑은 더 단단해졌다.

돈이 얼마가 들든 전혀 아깝지 않은 날이었다. 완벽하게 꿈꾸던 일상이 실제로 일어났기 때문이었다. 가족들이 서로를 감싸주고 사랑해주는 그런 날을 간절하게 원했다. 지금 당장 힘들고 앞이 안 보이는 상황이라도 희망적인 미래를 꿈꾸어야 한다. 밑져야 본전이다. 일단 한번 믿고 실천해 보길 바란다. 어떤 상황에서든 희망은 우리를 견디고 앞으로 나가도록 만들어준다.

사랑하는 것도 사랑받는 것도 연습이 필요하다

어려서부터 연습해야 잘하게 되는 것에는 뭐가 있을까? 우선 말하기이다. 태어나서 일정한 나이가 될 때까지 말하는 법을 배워야 한다. 애들 어릴 때를 생각해 보니 말 배우려고 물건만 보면 계속 질문을 했었다. 눈만 뜨면 손가락으로 "이거 뭐?"하고 묻고 또 물었다. 나중에는 대답하다 지쳐서 가만히 있으면 화를 내고 목청이 커지면서 "뭐?"하고 소릴 지르기 시작한다. 결국 대답을 해야 끝이 났다. 이 과정이 너무 힘들어서 원형탈모가 오기도 했었다.

딸아이는 자전거를 배울 때 극도로 무서워했다. 잡은 손 놓지 말라고 신신당부를 했었다. 그리고 수시로 뒤를 돌아보면서 자전거를 배웠다. 그러다 중심을 잡았고 몇 번 잡아 주니 금방 배웠다. 수시로 뒤돌아보더니 아빠가 놓지 않을 거라는 믿음이 생겼다. 그 뒤 뒤를 돌아보지 않게 되었고 자전거를 혼자 타게 되었다.

자전거를 배우고 나서 딸은 친구들과 온종일 자전거를 타고 온 동네를 돌아다녔다. 여름이 지나고 나니 온몸이 까맣게 타고 다리에 근육이 붙어있었다. 말하는 법은 태어나서 일정한 기간이 지나기 전에 꼭 배워야 하지만 자전거는 어느 때고 배워도 된다. 그럼 사랑하는 법과 사랑받는 법을 배우는 건 기간이 정해져 있을까? 다행히 없는 것 같다. 그러나 사랑을 하는 법을 잘못 알면 문제가 생긴다. 분명히 사랑을 많이 줬는데 상대방은 사랑을 전혀 못 받았다고 말하면서 펑펑 울기도 한다.

이런 일이 주위에서 많이 벌어지고 있다. 왜 이런 일이 벌어질까? 이런 경험을 해보신 분들이 있을 것이다. 물론 나도 있었다. 특히 아이를 키울 때 겪는다. 엄마는 아이에게 충분한 사랑을 줬다. 그런데 아이는 사랑을 하나도 못 받았다고 느낀다. 이유가 뭘까? 바로 내가 주고 싶은 사랑을 줬고 애들이 받고 싶은 사랑은 따로 있었기 때문이다. 그러면 아이가 받고 싶은 사랑을 어떻게 알 수 있을까? 그걸 알고 싶었다.

가슴이 한없이 답답했다. 그걸 알 수만 있다면 좋을 텐데~ 몰라서 힘들었다. 이래서 사랑을 주는 것도 연습이 필요한가 보다. 아이를 내 소유물이 아닌 한 사람의 인격체라고 생각해야만 답이 나왔다. 그런데 걷지도 못하고 말도 못 하는 아기에서 학교에 다니는 청소년으로 키우게 된다. 내가 낳고 키웠으니 당연히 내 아들, 내 딸이라고 생각하고 내 맘대로 하게 된다.

훈육이라는 미명하에 간섭과 통제를 하면서 그걸 사랑이라고 말한다. 아이는 진저리치도록 싫어하고 벗어나려는데 올가미를 채워놓고 더 심한 간섭과 통제를 한다.

과연 이게 사랑일까? 비싼 거 먹여주고, 비싼 옷 사주고, 좋은 차에 태워 학교나 학원의 등, 하원을 시킨다. 그런데 과연 이것만으로 사랑을 주는 거라고 말할 수 있을까?

세계 2차 전쟁으로 많은 사람이 사망했고 그런 가운데 전쟁고아도 많아졌다. 각국의 나라에서는 그 아이들을 잘 키울 수 있는 시설 좋은 보육원을 많이 지었다. 영양공급도 최고로 하고 세균도 없도록 위생 상태도 철저하게 했다고 한다. 그런데도 영아들은 이상하게 엄청난 수가 사망을 했다고 한다. 시설만 좋았고 아이를 안아주고 스킨십을 해줄 사람이 부족했기 때문이었다. 결국 이런 훌륭한 시설만으로는 영아기 살아갈 수 없음이 증명되었다. 차라리 환경이 조금 오염이 됐더라도 사랑으로 안아주고 따뜻한 체온이 더 필요함을 알게 해 주었다.

아이들이 어릴 때는 이런 스킨십과 보호가 절실하게 필요하지만, 어느 정도 자라게 되면 한 사람의 인격체로 대해줘야 한다. 그럴 때 더 사랑받는다고 느낀다.

아이가 스스로 입고 싶은 옷을 사서 입도록 해야 한다. 원하는 걸 먹게 놔둬야 한다. 설사 몸에 좋지 않은 라면이나 피자, 햄버거, 아이스크림을 많이 먹으려 해도 밥만 고집하지 말아야 한다. 서로 대화를 통해 조율해 나가야 한다.

요즘 청소년은 교복을 짧게 줄여서 입는다. 그걸 어느 정도는 인정해줘야 하는데 무조건 못하게 막기도 한다. 그러면 친구들 사이에서 이상한 아이 취급을 받을 수 있다.

자녀를 어릴 때 사랑하던 방식과는 달라져야 하는데 하던 대로만 하려고 한다. 유치원, 초등학생, 중학생에게 대하는 방식은 달라져야 한다. 부모도 아이와 같이 성장해야 한다. 이 사실을 알면서도 사실 실천하기는 너무도 힘들다. 부모로서 또 한 인간으로서 자신을 돌아보고 성찰하고 부단히 노력해야만 가능하다.

부부의 사랑도 마찬가지다. 우리가 연습해보고 부부가 되는 건 아니다. 부부끼리 사랑하는 방법을 모를 수도 있다. 그래서 자기식대로 사랑을 준다.

결혼 1주년 기념일 남편에게 특별한 걸 선물해 주고 싶었다. 그래서 옷을 사서 포장을 했다. 나름 세련되고 좋은 옷이었다. 남편이 얼마나 좋아할까? 기대하면서 선물을 줬다. 그런데 남편은 기대와는 다르게 엄청나게 화를 냈다.

"옷 선물을 왜 해? 나는 도대체 옷 선물을 하는 사람이 이해가 안 돼. 옷은 자기 맘에 들어야 입지. 왜 다른 사람이 사줘? 나는 누가 사준 옷을 입은 적이 없어. 절대 안 입어. 이제부터 선물로 옷은 절대로 사지 마." 이 말을 듣고 서운해서 눈물이 났다. 결국은 결혼기념일이 엉망진창이 됐다.

남이 사준 옷을 안 입는 건 몰랐다. 몰라서 이런 일이 생겼다. 부부는 남남이 만나 어느 날 갑자기 한집에 살 게 된다. 그러니 일상에서 이런 일이 얼마나 많겠는가? 서로 알아가는 과정을 겪으면서 상대방을 이해하게 된다.

성숙한 사랑은 자기가 주고 싶은 대로 주는 게 아닌 상대방이 받고 싶은 형태로 준다. 그래야만 상대방이 사랑을 제대로 받았다고 느끼게 된다. 결국에는 상대방을 알고 이해하면서 존중해야만 온전한 사랑을 줄 수 있다. 쉽지 않은 과정이다. 연습이 필요하다. 사랑받는 것은 어떨까? 에이 그게 뭐가 연습이 필요해? 그냥 누구나 사랑해주면 받으면 되는 거 아냐? 하고 질문할 수도 있다.

하지만 아니다. 자신이 사랑을 받기 충분한 사람이라고 생각해야 하는 게 먼저다. 만약 자기 자신을 그런 사람이라고 인정하지 못하면 아무리 사랑을 줘도 받지 못한다. 사랑이라고 느끼지 못하고 배려와 이해라고 느끼지 못한다.

열등감과 자격지심, 자기비하 때문에 괜한 오해를 하게 된다. 상대방의 진심이 느껴지지 않는 벽을 만들게 된다. 그 벽을 허물고 나와야만 진정한 사랑이라고 느끼고 사랑을 받을 수 있다.

나도 남편이 늘 한결같은 사랑을 주었지만 둘째 아이를 낳기 전까지는 그 사랑을 오해했고 사랑을 의심했다. 남편이 나를 이용한다 생각하고 배려하면 할수록 더 슬퍼졌다. 매일 이런 생각을 했었다. 그때 내 마음은 사랑받을 준비가 안 되어 있었다.

내 마음의 상처가 깊어질수록 남편의 사랑을 더 오해하게 되었다. 최악의 시나리오를 써 내려갔다. 자신의 부모님을 병간호를 위해 나를 사랑하는 척하는 거로 생각했다. '내가 자신을 사랑하는 걸 이용해서 간병인으로 잡아두려고 하는구나!'생각하니 매일 슬프고 마음이 괴로웠다. 나를 배려하는 행동들도 '나를 붙잡아 두려고 저러는구나!'생각되어 더 슬퍼졌다.

눈에서 눈물이 마를 날이 없었다. 사실은 남편의 사랑을 받고 있었음에도 비련의 여주인공처럼 생각되었다. 남편이 잘못한 일은 하나도 없었다. 단지 나 자신을 사랑하지 않았고 사랑받아도 되는 존재라고 생각하지 못했다.

그러다 어느 날 나 자신과 깊이 사랑에 빠지게 되는 순간이 왔다. 그 순간이 오고 나서야 남편이 '지금까지 눈물겹도록 나에게 사랑을 보냈구나!'느끼게 되어 하루하루 감동의 순간을 경험하게 되었다.

제 6장

아직 늦지 않았습니다
진정한 사랑을 원하나요?

인생이 엉망진창으로 꼬인 기분이 들고 절망적인 생각이 들 때도 있다. 나도 그런 경험을 했다. 이런 인생을 좋아하는 사람은 분명 없을 것이다. 벗어나고 싶은데 너무 엉망이라 어디서부터 손을 대야 할지 막막하다. 누구나 이런 경험을 한 번쯤은 했을 것이다.

그런데 이런 순간을 지나고 나니 축복이었다. 더 잃을 게 없다고 느껴지는 순간 두려울 일도 없게 된다. 죽기밖에 더 하겠어? 하고 모든 것을 내려놓는 순간, 바로 그 순간이 일생일대의 변화의 순간이다. 죽지만 않고 살아 있으면 힘든 그 순간은 어떻게든 지나가게 되어있다. 어떤 문제는 시간이 해결해 주기도 하고 누군가의 도움을 받아 해결되기도 한다. 포기만 하지 않으면 된다.

행복해지는 대화법

부부는 서로 많은 부분이 다르다. 우선 성별이 다르다. 성별이 같다고 닮은 것은 아니다. 그런데 성별조차도 다르니 부부가 서로를 처음부터 이해하기는 불가능하다. 우선 여성들은 공감 능력이 남성보다 더 뛰어나다. 사용하는 언어의 수도 평균적으로 다르다. 하루에 여성은 2만 단어를 사용하고 남성은 7천 단어 정도를 사용한다고 한다.

남성은 상대적으로 이성이 발달했다. 공감 능력은 덜 발달을 하였는데 이성만 발달하면 어떤 현상이 벌어질까? 부인이 힘들었던 하루에 대해 말하면 분석을 해서 자꾸 해결책을 말해주려고 하게 된다.

이렇게 뇌의 발달능력이 다름을 수용하고 다름을 인정하는 게 먼저이다. 일부러 안 한다고 생각하는 것과 발달상의 차이로 생각하는 건 천지 차이다. 이렇게 일단 다름을 알고 내가 바라는 걸 알려줘야 한다. 반복적으로.

우리도 매번 부부싸움을 했다. 내가 배운 것들을 남편에게 자주 말해주곤 했다. 한번은 에니어그램 강의를 듣고 와서 신기했던 내용을 말해주었다.

"자기야, 사람이 태어나자마자 바로 성격을 알 수도 있대. 울음소리나 골격이나 이런 다양한 걸 보면 알 수 있대" 남편은 갑자기 소리를 지르면서

"무슨 그런 말도 안 되는 소리를 하고 그래? 어느 놈이 그래? 그놈을 여기로 데리고 와봐!"

하면서 씩씩거렸다. 나도 열이 확 받아서

"아니, 왜 소리는 지르고 그래? 알 수도 있지!"

"하도 말 같지도 않은 말을 하니까 그렇지!"

"뭐야? 내가 하는 말이 말 같지도 않다고? 자기는 맨 날 그래. 옛날부터 내가 하는 말을 안 믿었어. 맨 날 내가 말만 하면 누가 그래? 어디서 그런 이상한 소릴 듣고 왔어? 이런 소리나 하고"

"내가 언제 마누라 말을 맨 날 안 믿었다고 그래. 이상한 소리를 하니까 그런 거지."

"이번에도 그랬잖아. 그놈을 데려오라고 하면서 소리 지르고~ 이게 내가 하는 말을 믿는 거야? 나를 무시하는 거잖아. 왜 맨 날 내가 말하는 거 믿지도 않고 무시해? 내가 그렇게 우스워?"

하면서 싸웠다. 남편도 나도 서로 감정이 격해져서 서로 심한 말로 상처를 주기도 했었다. 대화의 원칙이 있음을 알고 나서는 달라졌다.

'나 대화법'이라고도 하고 'I Massage' 라고도 부르는 대화법이다. 무조건 1인칭으로 이야길 해야 한다. 2인칭이 들어가면 절대로 안 된다.

"나는"이라고 시작해서 내가 느끼는 감정만을 이야기해야 한다. "너는"이라고 시작하면 절대 안 된다.

"나는 자기가 내가 하는 말을 안 믿고 소리 질러서 무시당하는 것 같고 기

분이 나빠."

하고 말하면 된다. "맨날, 예전에" 이런 단어는 모두 빼야 한다. 지금 시점에서만 얘기해야 한다. 내가 이렇게 말하고는 남편에게 해야 할 대사를 미리 알려준다.

"승희 씨가 무시당하는 느낌이 들어서 기분이 나빴구나! 미안해. 다음엔 주의할게."

계속 연습을 했다. 남편이 자연스레 습득될 때까지 말해야 할 대사를 미리 알려주었다. 물론 쉽지는 않았다. 하지만 해보면 바로 원하는 효과가 나타났다. 그 힘으로 계속할 수 있었다. 그리고 우린 달라지기 시작했다.

부부는 민감한 서로의 집안 문제를 이야기할 때도 있다. 서로의 부모님 이야기는 아킬레스건이기 때문에 더 세심하게 대화를 해야 한다.

친정엄마가 아킬레스건이었던 나, 그리고 시어머니가 아킬레스건인 남편이다. 남편은 친정엄마와 사이가 좋지 못했다. 서로를 좋아하지 않았다. 나는 그런 남편이 못마땅했다. 내가 시어머님을 모시고 사니 친정엄마의 모든 행동을 당연히 참아야 한다고 생각했다. 모시고 사는 사람도 있는데 같이 살지도 않는 장모님의 행동쯤은 당연히 감수해야 한다고 생각했다. 내가 이런 생각을 하고 있으니 남편이 친정엄마에 대한 불만을 말하면 화가 났다.

"장모님은 왜 매번 분리수거를 엉망으로 하셔? 그냥 놔두시라고 해. 제발."

"그런 말이 나와? 어머님은 내가 싫어하는 행동을 매일 하시는데 우리 엄마는 분리수거도 맘대로 못해? 그런 것도 못 참아줘?"

"그냥 놔두시라고 해. 내가 할게"

"싫어. 우리 엄마도 맘대로 하게 놔둬!"

매사가 이런 식이었다. 서로 악감정만 더 쌓여 갔다.

이런 경우에는 내가 원하는 결과를 맨 앞에 넣어야 한다.

"자기야, 나 좀 도와줘. 엄마가 자기가 싫어하는 행동을 하는데 나도 말릴 수가 없네. 엄마도 나이가 들었나 봐. 당신 하고 싶은 대로만 하려고 하시네."

내 부모의 행동을 일방적으로 감싸지 않고 객관적으로 말을 한다. 그러면 남편의 반응이 달라진다.

"장모님도 점점 나이가 드시나 보지."하고 이해를 해준다. 내가 미리 도와달라고 말했고 싸울 의사가 없음을 알려줬기 때문이다.

처음엔 어색하고 잘 안될 수 있다. 그런데도 될 때까지 반복해야 한다. 이 대화법을 습득하기만 하면 누구나 잉꼬부부가 될 수 있다. 말하는 건 상상 외로 중요하다. 말 한마디로 사람을 죽이고 살릴 수도 있으니 얼마나 중요한가? 우리 부부의 문제도 대부분 해소가 되었다. 자꾸 옛날 일을 끄집어내서 싸우지 않으니 감정이 격양되는 일이 없어졌다. 심리상태가 편안해졌고 억울하다든지 원망이 쌓이지 않게 되었다.

자녀와의 대화에서도 마찬가지다. 딸에게 매번 하는 잔소리가 있었다.

"지현아, 너는 왜 방을 안 치우니? 방이 이게 뭐니? 좀 치우고 살아야지."

"엄마, 그냥 놔둬."

"놔둘 수가 있겠니? 이렇게 어질러놓고? 그걸 말이라고 하니?"

"왜 그래~ 진짜! 짜증 나게! 내방에서 나가!"

"여기가 어떻게 네 방이니? 내 집이야. 내 집을 왜 이렇게 더럽게 해놓는데?"

하면서 딸과 끝도 없이 소리를 지르고 싸웠다.

우린 볼 때마다 감정이 상해서 싸움을 반복했었다. 딸은 매일 "짜증 나!"를 반복했다. 하루에 100번은 했다. 그 소리가 듣기 싫어서 싸우기도 했다.

결론부터 말하면 딸은 하나도 변하지 않았다. 나만 변했다. 아직도 딸은 방을 어질러 놓고 산다. 그런데 청소년의 뇌는 다시 재구성되는 시기라고 한다. 그래서 뇌와 자신의 방이 똑같아진다. 그래서 아무리 방이 지저분해도 못 느끼게 된다고 한다.

이런 사실을 알고 나니 딸에게 미안해졌다. 그래서 지금은 전혀 잔소리하지 않는다. 가끔가다 한 번씩 딸이 하길 원하는 행동만 말한다.

"버릴 거 없니? 쓰레기는 버려줄래?"

"알았어." 하고 순순히 대답하고 버려준다.

그러면 원하는 결과를 얻기가 쉬워진다. 사춘기라 한창 예민한 청소년들에겐 최소한의 말만 해야 한다. 그리고 무조건 잘해줘야 한다.

무조건 잘해주고 대화를 최소한만 하니 딸은 사랑스러운 딸이 되어주었다. 그래서 내가 배운 대화법을 여기저기 퍼뜨리고 싶다. 효과가 대단함을 느꼈기 때문이다.

남편이 시간 내 줄때만 기다리지 말자

드라마에서 보면 결혼기념일이나 생일날 남편이 먼저 기억해주길 바라는 장면이 나온다. 아이가 엄마의 생일을 기억해주길 원한다. 그래서 생일 당일까지 가족에게 말하지 않는다. 하지만 일하느라 바쁜 남편과 공부하느라 바쁜 아이들은 엄마의 생일을 기억하지 못한다.

주인공은 온종일 가족의 생일축하 전화나 선물, 저녁 식사를 같이하길 기다린다. 그러다 아무도 신경 쓰는 사람이 없게 되고 눈물을 흘리게 되는 장면을 많이 봤다. 드라마를 보면 무심한 남편이 많고 바쁜 남편도 많다.

나와 아이들은 생일 몇 달 전부터 카운트다운 한다. 그리고 가족 모두에게도 생일이 며칠 남았는지 말해준다.

"자기야, 내 생일이 이제 얼마 안 남았어. 석 달 밖에는."

"어. 그래. 그래. 알았어."

석 달 전부터 계속 카운트다운을 하며 기다린다. 남편은 처음에 내 행동을 어이없어했다. 매번 그러니 지금은 적응해서 그러려니 한다. 그래서 남편은 내 생일을 절대로 잊을 수가 없다. 애들도 절대 엄마 생일을 잊을 수 없는 구조다.

생일날이 가까워지면 남편에게 받고 싶은 선물을 이야기한다. 물론 아이에게도 말한다. 남편은 1년 전부터 생일 선물로 주려고 동전을 모은다. 동전 선물도 주고 맛있는 밥도 사준다. 내가 원하는 선물과 카드도 준다. 아이도 나름대로 선물을 준비한다. 가만히 기다리고 가족들이 알아주는 것도 좋지만 스스로 챙기는 것도 방법이다.

엄마 역할과 부인 역할은 가족을 돌보고 챙기는 역할이 많다. 매일 매일 하다 보면 습관이 된다. 습관이 무섭다. 어느 순간부터는 기계적으로 하게 된다. 기계적으로 하는 나를 발견한 순간이 있었다. 마음은 안 하고 싶은데 몸이 어느새 하고 있다.

안타까운 일이다. 습관은 내가 하는 생각에서 나온다. 이제는 생각을 살짝 바꿔서 내가 모든 걸 다 해줘야 한다는 생각을 내려놓으면 어떨까? 생일 뿐 아니라 아프고 힘들 때는 위로도 받고 돌봄도 받을 수 있는 존재로 살아보면 어떨까?

이벤트라는 말은 듣기만 해도 가슴이 설렌다. 누군가가 나를 위해 몰래 준비를 해서 깜짝 놀랄 만큼 기쁘게 만들어 준다. 전혀 예상 못 했기에 감동을 하고 눈물도 흘리게 된다.

나만을 위해 준비했다는 생각은 감동을 하기에 충분하다. 깜짝 이벤트는 내가 나에게 해줄 수 없다. 상대방이 해줘야 하는데 안 해주면 받을 수 없다. 그러나 해주는 사람이 없다면 작은 이벤트를 스스로 하면 된다. 특별한 날 자신을 위한 선물을 살 수도 있다. 이것도 참 좋은 방법이다. 하지만 나는 이제는 부인이 이벤트나 약속을 먼저 계획해 보길 권한다. 부인들이 이런 일을 주도적으로 해야 이뤄진다. 왜냐하면 부인들은 남편보다는 어린 자녀를 더 챙기고 더 사랑하는 경우가 있다. 생리적으로 모성이 강해지는 시기가 있기 때문이다. 그래서 남편과 시간을 갖기보다 아이가 걱정되고 아이 곁에서 한시도 떨어지려고 하지 않는다.

생각보다 이런 경우가 많다. 부부의 사생활이 진혀 없다. 자녀를 기우는 엄마, 아빠 역할만 한다. 물론 아이들을 양육하고 잘 보살피는 건 중요하다.

하지만 남편과의 시간도 필요하다. 그런데 부인들은 어린 자녀와 떨어져 고작 일주일에 두세 시간 남편과 둘이 시간을 보내는 걸 힘들어한다. 극도로 불안해하고 내키지 않아 하고 필요성도 못 느끼는 경우가 많다. 주부들을 만나서 물어봤다.

"남편과 둘이서만 외식을 하거나 영화를 보러 가나요?"

"어머? 왜 둘이서만 외식을 해요? 애들은 어쩌고?"

"그러게요. 같이 가야지 왜 둘이서만 가요?"

"남편하고 그런 짓을 왜 해요? 굳이?"

"우리 남편은 외식을 절대 하지 않으려고 해요. 아침, 점심, 저녁을 집에서 해주는 밥만 먹어요. 아 휴~ 힘들어 죽겠어요."

그럼 내가 또 묻는다.

"그럼 남편하고 둘이서 카페에 가서 차 마신 적은 있어요?"

"에이 왜 그런 짓을 해요? 돈 아깝게~ 집에서 마시면 되지!"

"그러게. 한 번도 그런 적 없어요. 우린."

"이상하네. 애들도 없이 그런데 가면 너무 어색하고 이상하지 않을까요?"

이런 대답이 돌아왔다. 내가 만난 분들은 남편과 둘이 여행을 가는 건 고사하고 영화나 식당, 카페에 가는 걸 이상하게 생각했다.

그리고 어떤 분들은 이런 대답을 했다.

"남편이 바빠서 시간이 없어요."

"그럼 남편이 시간이 있으면 둘이서만 외식을 할 건가요?"

그럼 또 펄쩍 뛴다. "아니요. 애들은 어쩌고요."

결국은 남편이 시간이 있어도 부인이 아이 때문에 시간을 못 낸다.

드라마 내용이 조금 바뀌어야 할 것 같다.

그래서 나는 내 또래의 주부를 만날 때마다 이야기한다.

"가끔은 남편과 시간을 보내야 해요. 애도 중요하지만, 나중에 애는 분명히 커서 엄마가 필요 없어지는 날이 오는데 그럼 어떻게 할 거예요? 결국엔 남편만 남고 평생을 남편과 살아야 하는데 평소에 관계를 잘해놔야 평생 사이가 좋고 사랑도 지속해요. 지금 둘만의 시간을 보내는데 드는 돈을 아까워하면 안돼요. 돈보다 더 중요한 걸 얻을 수 있게 돼요. 부모가 사이가 좋으면 애들에게도 좋고 가정도 화목하고 꼭 필요한 시간이에요."

우리 부부처럼 서로 시간을 보내며 살아가는 부부가 천연기념물처럼 만나기 힘들었다. 우리 부부가 사는 모습을 이야기하면 절대 이해하지 못한다.

"아직도 그렇게 남편이 좋아요? 이젠 좋을 때 다 지난 거 아니에요? 애들 아빠니까 그냥 사는 거지 결혼한 지 15년이 넘었는데 얼마나 좋아서 살까? 다들 그렇지 않아요?"

이런 말을 많이 들었다. 우리 부부를 이상하게 생각했다. 내가 하는 말을 못 믿기도 했다.

"저는 남편이 아직도 너무 좋아요. 출근 후에는 보고 싶고 연애할 때 좋아했던 만큼 지금도 좋은데."

"아니, 그게 가능해요? 어떻게 그럴 수 있어요?"

"말도 안 돼."

"이상한 부부네."

"헐~ 대박."

"비결이 뭐예요?"

등등 모두 믿을 수 없어 한다. 처음엔 이런 반응을 보이지만 몇 년 동안 둘이 사이좋게 지내는 모습에 지금은 "진짜 이상한 닭살 부부"라고 치부하고 있다.

이 글을 읽고 계신 독자분들 중에도 남편과 시간을 보내고 싶은 분이 있을 수 있다. 그렇다면 부인이 먼저 남편과 보낼 시간을 확보해놓길 바란다. 그 후에는 남편에게 전화를 걸어 시간약속을 정하라고 권하고 싶다. 분명히 남편도 좋아하고 원했을지 모른다. 남편의 퇴근이 일정할 경우 가능한 시간을 알 테니 정하면 된다. 약속했는데 남편에게 바쁜 일정이 갑자기 생긴다면 나는 자신만의 시간을 보내라고 말해주고 싶다.

자신이 보고 싶었던 영화를 보거나 서점을 가거나 좋아하는 친구와 만나도 되고 혼자 카페에서 차를 마시면서 생각에 잠길 수도 있다. 그리고 다음에 다시 시간을 잡으면 된다. 이런 시도를 한번 해보면 두 번째는 더 쉽게 할 수 있게 된다. 문제는 생각을 바꾸는 것이다. 이런 시간이 필요 없다고 생각하고 돈 아깝다는 생각을 바꿔보길 바란다.

아이에게 미안하게 생각하고 가족이 모두 다 같이 시간을 보내야 한다는 생각을 할 수도 있다. 그렇다면 생각을 바꾸는 게 먼저다. 남편도 가족과 같이 여행을 가고 외식하는 걸 좋아한다. 청소년인 딸은 시간이 없다고 한다.

그래도 끊임없이 딸에게 같이 가자고 말한다.

"언제 시간 돼? 낼은? 토요일은? 일요일은? 다음 주 토요일은 어때?"

결국에는 약속을 잡고야 만다. 의지의 아빠다. 대부분 아직 초등학생인 아들과 셋이서 시간을 보낸다. 그 사이에 둘만 가는 시간도 꼭 넣는다. 왜냐면 아이도 중요하지만, 우리만의 시간도 중요하기 때문이다. 남편도 나와 같은 생각이다.

남편은 퇴근 후 집에 올 때 뭔가를 사 오는 걸 좋아한다. 그런데 꼭 내 것도 따로 챙긴다. 그게 너무 황당할 때도 있다. 어느 날은 아이들을 주려고 드론을 사 왔는데 내 것도 사 왔다. 부인도 드론을 날리고 좋아하길 원했지만 나는 기계 조작에 서툴러서 사용하지 못했다. 아이들은 좋아하고 날렸지만 나는 드론을 날리지 않아 아직도 가지고 있다.

돌아보니 남편과 둘만 보낸 시간이 엄청나게 많았다. 물론 외식비가 들고 영화 티켓 비용 등 데이트 비용이 들었다. 대신 서로의 마음속에 사랑이 가득 차고 있다.

매일 매일 자고 일어나면 사랑이 샘솟는다. 사랑이 샘솟으면 서로의 말에 귀 기울이고 서로의 생각을 존중하고 아끼고 배려하는 마음이 더 커진다. 이런 마음으로 생활하다 보면 행복하고 편안하다. 우린 돈으로는 행복을 살 수 없음을 알고 있다. 하지만 시간과 돈을 적당한 곳에 쓰면 행복을 살 수 있게 된다. 그 돈과 시간을 오늘은 부부만을 위해 쓰는 시간을 가져보자.

부인이 먼저 "여보~ 오늘 저녁에 영화 한 편 봐요~ 나 시간 돼요." 하고 전화해보자.

집안일은 서로 서로 돕자

요즘은 맞벌이하는 분이 많다. 배우자를 선택할 때도 직장생활을 같이 할 수 있는 조건이 중요하다. 혼자서만 벌어서는 살기 힘든 세상이다. 집값도 오르고 물가로 올랐기 때문이다. 아이들을 키우려면 교육비도 만만치 않은데 혼자 생활비와 교육비를 감당하기가 버겁다. 요즘 신세대분들은 결혼하고 집안일을 같이 하는 경우도 많다. 하지만 예전 우리 부모님 세대에는 이런 일이 별로 없었다. 살림은 엄마만 했다.

결혼생활 중 12년을 시어머님과 같이 살았다. 시어머님은 전적으로 여자가 살림을 맡아서 해야 한다고 생각하셨다. 시아버님은 어머님이 집에 계시면 집안일을 전혀 안 하시는 옛날 가부장적인 남편이셨다. 그래서 남편이 저녁이나 점심을 먹고 설거지를 하면 아주 싫어하셨다. 소리소리 지르시고 못하게 막으셨다. 며느리인 나보고 일부러 들으라는 듯이 큰소리로 말씀하셨다.

"얘가 지금 뭐하는 거냐? 응? 일하고 들어와서 도대체 이게 뭐하는 거냐고? 저리 가! 엄마가 할 거니까."하고 남편을 밀치고 어머니가 설거지하셨다.

설거지뿐이 아니었다. 남편은 젖병을 삶고 기저귀를 세탁기에 넣고 빨래도 했다. 그것도 싫어했지만 가장 싫어하신 일은 청소하는 일이었다. 남편이 걸레를 들고 온 집안을 닦고 있으면 크게 화를 내셨다.

"놔둬~ 이게 뭐하는 거야? 왜 남자가 이런 일을 해? 엄마가 하고 애 엄마가 하면 되는데~ 저리 가." 하시며 고래고래 소리를 지르셨다. 시어머니는 며느리가 시켜서 남편이 이런다고 생각하셨다. 그래서 며느리인 나를 미워하는 게 온몸으로 느껴졌다. 분노를 뿜어내셨다. 그러거나 말거나 남편은 항상 설거지, 빨래, 젖병 삶기, 방 닦기 등 집안일을 시간이 날 때마다 했다. 나는 서툰 육아에 지치고 힘들었다. 도움이 필요했다.

남편에게 서운한 게 아니라 어머니에게 매일 서운했다. 같은 여자이고 같이 출산도 해보고 몸조리도 해보신 분이 왜 이렇게 말씀하실까? 여자의 적은 진짜 여자인 걸까? 내가 애도 보고 집안일도 모두 하고 남편은 손 하나 까딱 안 해야 한다고 생각하셨다.

남편이 집안일을 해서 결혼생활 12년 내내 어머님의 미움을 받아야 했다. 시어머님과 살았기 때문에 일상에서 매일 겪어야 하는 일이었다. 그래도 나는 남편에게 집안일을 못 하게 하는 대신 더 도와달라고 했다. 이유는 시어머니가 미워서 그랬기도 했고 실제로 도움이 필요했다. 남편도 손 하나 까딱 안 하는 걸 더 힘들어했다. 마음이 불편했기 때문이다.

내 나이 또래에 시부모님을 모시고 사는 사람이 많지 않았다. 주위에 극심하게 고부갈등을 겪는 사람이 한 명도 없었다. 따라서 조언을 해줄 사람도 주위에 없었다. 현명한 조언을 해줄 사람이 없어서 제일 힘들었다. 또 하나 아쉬운 점은 고부 갈등 없이 집안일을 분담해서 했다면 얼마나 좋았을까? 친구 남편을 보면 대부분 집안일을 잘 도와주는 경우가 많았고 부부 사이도 아주 좋았다. 우린 괜히 겪지 않아도 되는 일을 겪은 것 같은 억울함도 있었다. 가부장적인 남편들은 부인이 일하는 걸 용납하지 못한다.

"살림이나 똑바로 하고 애들이나 잘 키워라. 네가 나가면 돈을 벌면 얼마나 번다고 그러냐. 돈 버는 게 그렇게 쉬운 일인 줄 아냐?"

하고 부인을 무시하면서 사회생활을 막는다. 그래서 결국은 사회생활을 하려고 부인은 모든 집안일과 아이들 케어를 본인이 다 감당하겠다고 약속을 하게 된다.

사회생활을 하면 얼마나 힘든가? 진짜 남의 돈 벌기가 호락호락하지 않다. 회사일 끝나고 집으로 가는 퇴근길을 직장 맘들 사이에서는 또 다른 출근길이라고 부른다.

퇴근길에 장을 봐서 들어간다. 저녁을 준비하고 설거지에 청소에 빨래까지 해야 한다. 집안일을 하면서도 아이들 공부도 봐주고, 숙제와 준비물을 챙겨주고 다음 날 출근 준비를 하고는 기절하듯이 잠이 든다. 그리고 새벽같이 일어나서 출근 준비와 아침 식사 준비, 아이 등, 하원까지 시킨다. 그나마 아이들이 초등학생이면 덜 바쁜데 유치원생 일 경우 정말 하나하나 다 준비를 시켜야 하니 두 배는 더 힘들다.

출근하기도 전에 기력이 소진된다. 남편이 좀 도와주면 좋은데 혼자 모두 하겠다고 약속을 해놓은 상태다. 힘들다고 하소연하면 당장 회사 그만두라는 대답만 돌아온다. 이럴 때 남편이 정말 미울 것 같다.

본인은 술 마실 거 다 마시고, 운동하고 싶은 거 다 하면서 한쪽만 일방적으로 모든 희생을 해야 하는 구조가 된다. 이런 구조에서 존중과 배려, 사랑받는다는 느낌을 못 받는 건 당연하다. 나중에 늙어서 보자는 말이 나올법한 상황이다. 일본에서도 남편 퇴직까지 꾹 참고 기다렸다가 이혼을 요구하는 사례가 많았다고 한다. 충분히 공감이 간다.

　요즘은 직장생활을 해야 하는데 보육 시설에 맡기기가 불안해서 시댁과 살림을 합치는 경우도 생긴다. 그런데 시댁에서 손녀와 아들만 챙기고 며느리는 안 챙기는 사례도 종종 있었다.

　들으면서도 어떻게 이런 일이 가능할까? 하는 생각이 들었다. 며느리가 출근 전에 아침 준비도 해야 하고 퇴근 후에도 저녁 식사 준비를 해야 했다.

　오로지 아이만 봐주는 경우다. 그러다 아들이 오면 아들 밥은 차려주는데 며느리는 전혀 신경도 쓰지 않는다고 한다. 참 서러울 것 같다. 물론 연세 드신 부모님께서 아이를 봐주시는 건 고맙지만. 이런 부모님 밑에서 자란 남편은 대부분 자신만 아는 경우가 많았고 배려가 부족해 보였다. 뭐든지 자기 위주로 생각하고 부인이 화를 내고 속상해해도 이해를 못 하고 이상하게 생각했다.

　반대의 경우도 봤다. 며느리의 재능이 아까워서 적극적으로 시댁에서 아이를 키워준다. 살림까지 해주시는 시부모님도 있으셨다. 하나를 보면 열을 안다고 이런 부모님 밑에서 자란 남편은 다정다감하고 배려가 많았다. 뭐든지 부인을 힘들지 않게 하려고 배려하는 모습이었다.

　시부모님도 항상 며느리에게 좋은 말과 따뜻한 시선으로 봐주었고 남편도 마찬가지였다. 위의 경우처럼 똑같이 맞벌이에 시부모님과 같이 사는 데 부인의 행복지수는 차이가 크다. 한쪽이 약자라고 해서 무시하거나 더 많은 희생을 강요하면 안 된다. 약자일 때 더 잘해줘야 한다고 생각한다. 남편은 내가 전업주부여도 항상 집안일을 같이 했다.

　내가 점심을 준비해서 차려주면 설거지는 남편이 했다. 무슨 규칙이 정해진 것처럼. 내가 청소를 하면 남편이 분리수거와 쓰레기 버리는 일을 했다.

빨래를 돌리면 남편은 널었다.

맞벌이할 때는 더 많이 전담해줬다. 애들 식사 챙기는 것까지 하고 장도 봐줬다. 부부가 같이 집안일을 하는 것은 자녀에게 교육적으로도 좋다. 자연스레 양성평등의 모습을 일상에서 보여줄 수 있다. 서로 성별과 관계없이 더 잘하는 집안일이 있다. 서로 잘하는 걸 맡아서 하면 좋다.

남편은 나보다 더 꼼꼼하다. 그래서 바느질을 더 잘한다. 그래서 자연스레 남편이 단추를 날거나 옷이 찢어지면 수선해 준다. 덩치 큰 남편이 앉아서 조그만 바늘을 쥐고 단추를 달고 있으면 너무 사랑스럽다. 섹시해 보이기까지 하다. 남성이 자신의 남성성을 잠시 죽이는 순간이다. 가끔 이런 순간이 오면 넋을 잃고 보게 된다.

집안일을 나눠서 해야 하는 이유는 그 밖에도 많다. 집안일은 끝이 없다. 매일 매일 해도 끝이 없다. 빨래, 청소, 요리, 장보기, 애들 돌보기 등 안 하면 당장 입을 옷도 없고 굶어야 한다. 회사에 다니면 휴일이 있지만, 주부는 24시간 연중무휴다. 둘이 같이 하면 시간도 단축된다. 그래서 잠시 쉴 수 있는 여유도 생긴다. 이 조금의 여유가 꿀맛이다. 남편이 안 도와준다면 스스로 해주길 기다리지 말자. 잔소리하지 말고 부탁을 하자. 남편이 독심술을 하는 사람이 아니라면 원하는 걸 직접 이야기하자. 스스로 하길 기다리다 안 해주면 서운해서 잔소리하게 된다. 나도 계속 남편에게 부탁했던 기억이 난다.

"자기야, 나는 빨래 널어야 하니 설거지 좀 해줘."

"자기야, 나는 청소를 해야 하니 쓰레기 좀 버려줘."

"자기야, 이것 좀 봐아줘."

이렇게 부탁을 했다. 그러다 어느 날부터는 스스로 하게 되었다. 부부의 생활이 더 편하고 좋은 쪽으로 서로 맞춰나가는 과정이 필요하다.

상대방이 가장 바라는 건 꼭 하자

사람마다 성격도 다르고 가치관도 다르다. 나와 가치관이 같은 사람을 만나면 기분이 좋고 더 친해지고 싶은 마음이 든다. 그런 사람과 대화하다 보면 생각도 같고 비슷한 행동을 하고 있음을 알게 된다. 이야기해도 서로 공감도 잘되고 대화도 술술 풀린다. 대화를 통해 알게 되는 것들이 많다. 그 사람이 가장 중요하게 생각하는 것도 알게 된다. 만약 약속을 지키는 걸 중요하게 생각하는 사람이 있다면 나는 그 사람 만날 때마다 약속 시간을 칼 같이 지키려고 노력할 것이다. 또 어떤 사람은 매너 있는 태도를 중요하게 생각하기도 한다. 그러면 내 행동에 더 신경 쓸 것이다.

대화 내용을 잘 들어보면 그 사람이 원하는 걸 알 수 있다.

사람마다 사랑받고 있음을 느끼는 경우가 다르다. 나는 어떨 때 사랑을 받는다고 느낄까?

또 남편은 어떨 때 사랑을 받는다고 느낄까? 궁금했다.

내 경우는 남편이 시간을 같이 보내줄 때다. 한번 생각해 봤다. 남편이 재벌이고 회사 사장이라 나에게 좋은 집과 차를 사줬다면 사랑받는다고 느꼈을까?

분명하게 아니다. 집이 아무리 좋다 한들 남편이 집에 들어와서 시간을 보내주지 않는데 무슨 의미가 있을까? 좋은 차가 있지만, 남편 없이 혼자 좋은 곳을 가고 싶지 않을 거다.

돈을 아무리 많이 줘도 같이 쓸 남편이 없다면 싫다. 남편과 같이 식사도 하고 산책하러 가고 텔레비전도 보면서 웃고 싶다. 아이도 같이 키우는 그런 삶이 내가 가장 바라는 삶이다. 남편에게 받고 싶은 사랑이기도 하다. 다행히 남편은 내가 바라는 것을 충족해 준다. 한 가지가 더 있다. 남편과 스킨십을 할 때도 사랑받고 있다고 느낀다. 길을 갈 때 손을 잡거나 팔짱을 끼고 가는 사소한 스킨십이 나에게는 중요하다. 매일 매일 내가 사랑을 받고 있음을 알게 해준다. 남편에게도 물어봤다. 남편은 의외였다.

"나는 승희 씨가 나를 좋아하는 걸 표현해 줄 때마다 사랑을 느껴. 어떨 땐 좀 과하다고 생각될 정도로 오버할 때도 좋아."

남편에게 처음 들어본 말이다. 질문하길 잘했다는 생각이 든다.

"그래서 그렇게 웃었구나~"스치는 생각이 있었다.

남편이 아침에 퇴근하고 들어오면 나는 무조건 격하게 반긴다. 밤에 힘들게 일하고 와서 고맙기도 하다. 달려가서 안아주고 어떨 땐 안고 방방 뛸 때도 있다. 뽀뽀세례를 퍼붓고 웃어준다. 또 보고 싶었다고 말해준다. 아마 남들이 보면 오랫동안 못 보고 살았나? 하는 의심이 들 만큼 반긴다. 실제로 반갑기도 하고 조금 오버하기도 한다. 남편은 반겨주는 걸 좋아했다.

가끔은 부엌에서 요리하느라 못 반겨줄 때도 있고, 드라마 보느라 정신이 팔려서 그냥 대충 "자기 왔어?" 말하면 얼굴이 서운해서 굳어진다.

부부끼리 서로 어떨 때 사랑받고 있다고 느끼는지 서로 질문하고 답해보는 시간을 가져보면 좋겠다. 같이 오래 살았다고 상대방을 다 아는 건 아니다. 계속 대화하고 관찰하고 탐구해야 알 수 있다.

상대방이 가장 바라는 걸 알려면 대화도 많이 해야 하고 시간도 많이 보내야 한다. 요즘 시간을 같이 보내는 연인이나 부부 중에는 같은 공간에 앉아 있지만 서로 각자의 핸드폰이나 텔레비전을 보느라 바쁘다. 핸드폰이나 텔레비전을 볼 때도 있겠지만 서로에게 집중하는 시간도 필요하다.

생각해 보면 남편은 부모님을 모셔주는 걸 가장 원했던 것 같다. 그래서 사는 동안 힘들다고 말했는데도 들어주지 않았다. 다른 문제는 항상 져주고 들어주고 했지만, 이 문제만큼은 자신의 의사를 분명히 밝혔었다. 그건 그만큼 원했기 때문이 아닐까?

진짜 힘들었지만 이런 사실을 알았기에 마지막까지 남편이 원하는 대로 살았다. 다른 부부도 상대방이 가장 해 주길 원하는 것이 있을 것이다. 상대방이 절박하고 가장 원하는 건 반드시 해주어야 한다고 생각한다. 그걸 해주지 않고서는 세상 전부를 다 줘도 채워지지 않을 것이기 때문이다.

남편에게 반드시 해줘야 하는 일이 한 가지 더 있었다. 남편은 배고픈 걸 못 참는다. 평소에 천사 같은 성격과 느긋한 성품이 배가 고프면 헐크로 변한다. 처음엔 잘 몰랐다. 반면에 나는 무슨 일을 하다 보면 식사를 거르기도 하는데 남편은 그러면 신경이 예민하고 날카로워졌다. 재밌는 일이나 어떤 일보다 끼니는 제때 챙겨 먹어야 한다는 생각이 지배적이다.

"오늘 하루 중 거른 끼니는 평생 가도 못 챙겨 먹는다" 말한다. 끼니때마다 챙겨 먹는 일을 어떤 일보다 중요하게 생각하고 있음을 알 수 있는 말이다.

배우자가 이럴 정도로 중요하게 생각하는 일은 반드시 해줘야 한다. 이런 말을 무시하면 다른 일에서 자꾸 부딪치게 된다.

자꾸만 부딪치는 부부는 이런 원초적인 문제가 충족이 안 돼서 다른 문제에서도 많이 다투게 되는 경우가 있다. 한번 잘 생각해 보길 바란다. 반대로 전혀 상관없는 일인 것 같지만 이런 일 하나하나를 충족시켜주고 기쁘게 해주면 다른 일에도 한없이 자상하게 행동하는 걸 느낄 수 있다. 가장 중요한 것을 해주면 사소한 것들에서는 너그러워진다.

내가 100가지를 잘했다고 해도 남편의 부모님을 모시고 살지 않았다면 남편은 지금처럼 나에게 너그럽고 한없이 자상하게 굴지 않았을지 모른다. 또 끼니를 제때 챙겨주지 않았다면 우린 잉꼬부부와는 거리가 먼 삶을 살았을지도 모른다.

결혼하고 15년간 집에서 남편이 오는 시간에 맞춰서 점심을 준비해놓았다. 남편은 아침 9시에 퇴근하고 집으로 오면 점심, 저녁을 집에서 먹곤 했다. 날씨가 아무리 더워도 남편이 좋아하는 호박 부침개를 해놓고 찌개를 끓여놓는다.

그러면 남편은 고맙게 생각하며 잘 먹어준다. 설사 음식이 타거나 맛이 이상해도 다 먹어준다. 남기지도 않는다. 이렇게 15년을 꾸준히 했더니 욕구충족이 되었는지 맞벌이할 때는 스스로 밥을 챙겨 먹었다. 그래도 불만이 없었다. 충족은 이렇게 중요하다. 뭔가를 충분히 받았다는 생각은 더 요구하지 않게 된다.

독자분도 오늘은 서로가 가장 바라는 것, 중요하게 생각하는 일을 질문해 보자. 찾았다면 앞으로는 그 부분을 세심하게 챙겨주길 바란다. 분명 상관없던 문제까지 해결이 되고 관계도 좋아질 거라고 믿는다.

마치는 글

지금 결혼은 했는데 매일 부부싸움으로 상처를 받는 분이 있을지도 모른다. 심지어 원수랑 살고 있다고 느낄 수도 있다. 결혼이 이런 거였으면 차라리 혼자 살 걸 하고 후회하는 분도 있을 수 있다. 결혼을 앞둔 예비부부가 막연한 걱정으로 잠들지 못할 수도 있다. 현재 별거를 하다가 이혼을 하려고 준비 중인 최악의 상태인 부부도 분명 있을 것이다.

반면에 풍족하진 않지만 서로 의지하고 행복하게 평생을 같이 살고 있는 노부부도 주위에서 볼 수 있다. 그렇다면 결혼해서 왜 누구는 잘 살고 있고 누구는 잘 살지 못하는 걸까? 결혼생활이 힘들고 어려운 것이라면 모두 실패해야 하는 거 아닐까?

나도 결혼생활이 내내 힘들었다. 자존감이 낮은 사람이었고 고부갈등도 극심했다. 또한 양가 부모님들은 결혼생활이 평탄하지 못하셨다. 아니 평탄과는 거리가 아주 멀다. 불화가정에서 자랐다. 나는 왜 이런 악조건에서 태어났고 왜 이런 결혼생활을 해야만 했을까? 우리 부모님의 최악의 결혼생활을 모두 보고 자랐다. 그러면 나는 반대로 살아보면 어떨까? 우리 부모님의 결혼생활과는 180도 다르게 산다면 나에게도 행복이 찾아오지 않을까?

이 질문을 결혼생활 내내 했다. 그리고 답을 찾았다. 내가 생각한 것이 맞았다. 부모님이 아이러니 하게도 나에게 답을 주었다. 고스란히 겪었던 불행을 바꿔 생각해 보니 행복이 담겨 있었다. 이 답을 찾아가는 과정이 평탄하지는 않았다. 불완전하고 미숙했다. 실수도 많이 했다. 넘어지고 다치고 상처 나고 피를 철철 흘렸다. 하지만 포기하지 않고 절망하지 않고 앞으로 계속 나아갔다. 지푸라기라도 잡을 수만 있다면 잡았다. 그만큼 행복하려는 마음이 간절했고 원했다.

우리 아이들은 나처럼 힘들게 답을 찾지 않도록 해주고 싶었다. 힘든 건 나와 남편까지만 겪고 아이들은 평탄하게 살길 원했다. 우리 대에서 바로 잡고 싶었다. 지금 자녀를 키우고 있는 분들이라면 모두 공감하실 것이다. 그리고 힘들게 찾은 답을 우리 독자분들과도 나누고 싶다. 그래서 결혼생활이 힘들고 어려울 수 있지만 반면에 기쁘고 즐거울 수 있음을 알려드리고 싶었다. 그래서 희망을 가득 전파하고 싶다.

행복한 결혼생활을 하고 싶지만 방법을 모를 수도 있고 막막할 수도 있다. 그래서 우리 부부가 19년 동안 변함없이 사랑할 수 있게 된 방법을 세 가지만 뽑아보았다.

첫째는 배우자를 있는 그대로 수용한다. 우리는 어떤 경우라도 상대를 바꾸려고 하지 않는다. 설사 이해가 되지 않는 부분이 있더라도 존중해준다. 나와 다른 인격체이니 다른 게 당연하다는 전제를 가진다.

이 기본전제가 되어있지 않으면 싸우게 된다. 상대의 행동을 자꾸 머리로 판단하고 가슴으로 수용하지 못하게 된다. 이해와 수용이 되지 않으면 비판하게 되고 내가 원하는 대로 하길 바라게 된다. 그러면서 다툼이 시작된다.

우리 부부는 성격이 완전히 반대이다. 맞는 구석이 하나도 없다. 나는 길치인 데다 기계치에 하루에도 마음이 이랬다가 저랬다가 계속 바뀐다. 외출하자고 했다가도 5분 후에는 나가기 싫어지는 사람이다. 감성적이고 감정 기복이 심해서 주기적으로 우울한 마음과 즐거운 마음이 왔다 갔다 한다.

반면에 남편은 매일 매일 감정 상태가 잔잔하고 이성적으로 뭐든 판단해서 좋으면 하면 되고 싫으면 안 하면 된다. 뭐든지 심플하다. 복잡할 게 하나 없다.

하고는 싶은데 두려워서 어쩔 줄 모르는 걸 이해하지 못한다. 하고 싶으니까 그냥 하고 하기 싫으면 하지 말라고 말한다. 남편은 복잡한 인간감정을 겪어본 적이 별로 없다.

그럼에도 나를 있는 그대로 수용해준다. 내가 우울한 것 같으면 그냥 가만히 기다려준다. 이랬다가 저랬다가 변덕을 부려도 그냥 말없이 따라준다. 나를 있는 그대로 수용해 주는 사람을 만나면 말할 수 없는 깊은 감동을 하게 된다. 어찌 사랑이 샘솟지 않겠는가?

둘째는 싸울 때는 I Massage 대화법으로, 대화는 매일 나눈다.

우리 부부도 치열하게 싸웠다. 다른 부부들처럼 감정에 치우쳐서 싸운 날이 10년 정도 되었다. 그때마다 받은 상처가 여기저기 남아서 더 큰 싸움이 되었다. 내 상처가 크니 상대에게도 상처를 주려고 복수하는 맘으로 싸우게 된다. 둘 다 마음이 너덜너덜 해지도록 싸우고 난 뒤에야 뭔가 잘못 됐음을 알았다. 그러다 상처를 받지 않는 대화법을 배우게 되었다. 내가 먼저 실행하고 남편에게는 계속 원하는 말을 하도록 요청했다. 2인칭으로 말하는 "당신이, 너는" 이런 말이 대화에서 점차 사라졌다.

그러자 기적처럼 평화가 찾아왔다. 자녀에게도 이 대화법을 적용하게 되었고 현재 청소년 아이와도 사이가 좋아졌다. 특별한 일이 없어도 우린 매일 대화를 나눈다. 못 만나면 전화로, 만나면 산책을 하러 간다. 비가 오면 우산을 쓰고, 눈이 오면 눈을 맞으면서, 바람이 불면 부는 대로 우린 시간이 날 때마다 산책하며 대화를 나눈다.

대화를 나누면서 서로의 관심사를 자세히 알게 되고 지금 어떤 생각을 하고 있는지 알게 된다. 서로를 잘 이해하게 된다. 이해하지 않는 사랑은 사랑이 아니라고 생각한다.

셋째는 부부만의 시간을 정기적으로 가진다.

우린 기념일, 생일, 특별하게 축하할 일이 있으면 둘만의 시간을 가진다.

같이 근사한 곳에서 식사를 한다든지, 드라이브를 하러 간다든지, 풍경 좋은 카페로 데이트를 하러 간다. 나도 예쁘게 차려입고 남편도 깔끔한 복장으로 가서 맛있는 것도 같이 먹고 좋은 풍경도 같이 본다. 사랑하면 같은 곳을 바라봐야 한다는 말을 믿는다.

우린 상대방이 다른 곳을 바라보는 건 아닌지 상대가 원하는 건 무언지를 알려고 노력한다. 배우자가 무얼 원하는지 알게 되면 그 방향 쪽으로 맞춰간다. 결혼할 때 원했던 방향이 쭉 이어지는 게 아니다. 나이를 먹고 자녀를 키우고 많은 경험으로 인해 방향이 계속 바뀔 수 있다. 그걸 배우자가 모르면 안 된다.

가는 방향이 맞는지 수시로 점검하는 시간이기도 하다. 부부가 같은 방향을 바라보면 삶의 의미와 가치관도 같게 된다. 성격은 달라도 이 부분이 같다면 행복하게 여생을 살아갈 수 있다.

이 책은 우리 부부가 오랜 결혼생활에도 변함없이 사랑을 유지하는 방법을 적었다. 뭐 새로운 것도 없는 방법이고 모두가 알고 있는 방법이라 여길 수도 있다.

그러나 문제는 실천이다. 아무리 좋은 방법이라도 받아들이지 않으면 아무 소용이 없다. 부디 이 책을 보신 독자 모두가 이 세 가지 방법을 실천하길 바란다. 실천한다면 여러분에게는 이제부터 평생 함께할 든든하고, 멋진 친구 한 명을 새로 만나게 된다. 그 새로운 친구와 분명 편하고, 행복한 인생을 살 게 될 것이다. 먼저 경험한 사람으로서 효과는 보장을 한다. 그래서 이 책을 쓴 목적이 달성되어 우리나라의 모든 부부들이 행복하고 잉꼬, 닭살 부부가 되길 진심으로 바란다.

부족한 책을 끝까지 읽어주신 모든 독자에게 깊은 감사를 드린다. 그리고 마지막으로 느닷없이 작가가 되려는 저를 열렬히 응원해준 남편과 아이들에게 사랑을 보낸다.

한승희 드림